도파민 인류를 위한 대화의 감각

도파민 인류를 위한 대화의 감각

이승화 지음

막힌 귀가 뚫리고 흐린 눈이 맑아지는 문해력 수업

ORIGINALS

목차

CHAPTER 1

Q. 안 들려요
A. 귀를 여세요

CHAPTER 2

Q. 못 알아듣겠어요
A. 유연한 태도로 문맥을 파악하세요

어쩌다 우리는 대화가
어려운 사람이 됐을까?

여러분은 메신저가 편한가요? 전화 통화가 편한가요?

전화 통화를 생각하면 어떤 감정이 떠오르나요?

조금 부담되나요? 나아가 두려움을 느끼기도 하나요?

　많은 사람이 전화 통화 시 긴장, 불안, 두려움 등을 느끼는 '콜 포비아' 증상을 겪고 있습니다. 2024년 10월 채용 플랫폼 '알바천국'이 Z세대 765명을 대상으로 '소통 방식'과 관련한 조사를 실시했는데 40.8%가 콜 포비아 증상을 겪고 있다고 응답했어요. 동일 조사를 진행한 최근 3년 결과를 보면, 30.0%, 35.7%, 40.8%로 점점 증가하는 추세입니다. 전화 통화가 어려운 이유로는 '생각을 정리할 틈 없이 대답해야 해서(66.3%, 복수응답)', '생각한 바를 제대로 말하지 못할 것이 걱정돼서(62.2%, 복수응답)'가 있어요. 요즘 사람들이 머릿속에서 생각을 정리하고 밖으로 표현하는 행위를 힘들어한다는 사실을 알 수 있습니다.

전화 통화가 힘들면 메신저로 소통하면 된다고요? 글자를 읽고 쓰는 것은 부담이 조금 덜한가요? 문자를 기반으로 한 메신저 소통도 생각보다 매끄럽지 못합니다. 소리 나는 대로 글자를 쓰다 보니 '외않되?(왜 안 돼?)', '아쿠아된다(악화된다)', '괴자번호(계좌번호)'와 같은 외계어가 탄생하기도 하고요. '병이 낳다(병이 낫다)', '넌 장례희망이 뭐니?(넌 장래희망이 뭐니?)', '엿줄게 있어 메일 드립니다(여쭐 게 있어 메일 드립니다)' 등 소리가 비슷한 다른 단어를 사용하여 수많은 오해가 생기기도 합니다. 글이 조금만 길어지면 '스크롤 압박 주의', '3줄 요약 좀' 등의 반응도 쉽게 볼 수 있습니다. 메신저 소통도 힘들어요.

말과 글을 제대로 이해하거나 표현하지 못하는 상황에서 마음은 점점 더 조급해집니다. 한 시간짜리 예능 방송을 통째로 보는 시간이 아까워 1.5배속으로 보거나 10분 내외로 편집된 클립 영상을 봐요. 심지어 그 10분도 아까워서 1분짜리 숏폼 콘텐츠를 소비하고요. 이제는 그 1분도 아까워서 댓글로 더 빠른 결론을 요구합니다. 점점 집중력은 떨어지고, 인내력은 짧아지며 직관적인 이해를 원하게 되는 것이죠.

숏폼 콘텐츠를 보다가 흥미로운 콘텐츠를 발견했어요. tvN 〈유 퀴즈 온 더 블럭〉의 편집본이었는데, 아침 운동과 저녁 운동 중에 어느 것이 다이어트에 효과적인지 말해주는 내용이었어요. 저도 궁금했던 내용이라 흥미롭게 보고 있었습니다. MC의 질문에 전문의는 성심성의껏 기초대사량에 대한 내용을 설명했어요. 그 근거를 바탕으로 저녁 운동보다는 아침 운동이 훨씬 더 효과적이라고 결론을 말했습니다. 명쾌한 결론에 끄덕끄덕하며 사람들의 반응을 보고자 댓글 창을 열었어요. 그때 큰 충격을 받았습니다.

'결론부터 말해주세요!'
'그래서 뭐가 좋다고 하나요?'
'성질 급한 한국인은 25초부터 보세요.'

이런 댓글들이 많이 달려 있었어요. 내용이 흥미롭지 않아서 콘텐츠를 넘기는 상황과는 다른 문제였습니다. 관심 있는 주제인데도 1분을 참지 못해서 중간으로 넘어가고, 댓글을 먼저 확인하는 사람들이 많았어요. 나아가서 왜 그런지에 대한 궁금증도 전혀 없었던 거죠. 이해하고자 하는 의지도 결여된 상태입니다. 호기심과 탐구심만 있다면 집중해서 보고, 반복해서 보고, 추가 검색도 할 수 있는데 말이죠.

요즘 세대를 '도파민 인류'라고도 해요. 도파민은 새로운 자극을 받는 과정에서 '쾌락과 보상'의 감각과 감정을 조절하는 신경전달물질이에요. 삶의 활력소를 주는 이 도파민이 스마트폰과 만나 '도파민 중독'이란 키워드를 만들어냈습니다. 쾌감을 자극하는 디지털 콘텐츠들에 내성이 생겨 점점 더 짧고 강렬한 콘텐츠만 찾게 되는 현상이에요. 그 외에 나머지 콘텐츠는 지루하게 느껴지고, 집중이 되지 않아서 이해하기도 힘듭니다.

도파민 인류는 숏폼 콘텐츠로 대표되는 파편화된 정보에 익숙해요. 그러다 보니 집중력이 떨어지고, 인내력도 줄어듭니다. 서사가 없는 콘텐츠에서 키워드만 뽑아 수용하다 보니 맥락 파악을 특히 힘들어해요. 또 맥락 파악을 못하니 추론하는 능력이 부족해지고, 사람들과 원활하게 소통하지 못하는 경우도 많아요. 말귀가 왜 이렇게 어둡냐고, 집중하지 않는다고, 사회성이 부족하다고 혼나지만 결국 원인은 문해력입니다.

국제리터러시협회는 문해력*literacy*을 '다양한 분야와 맥락에서 시각, 청각 및 디지털 자료를 사용하여 찾아내고, 이해하고, 해석하고, 만들어내고, 계산하며, 소통하는 역량'으로 정의합니다. 글자를 읽고 쓰는 능력을 넘어 확장된 해석이에요. 즉, 사회에서 타인과 상호작용하며 살아가기 위해서는 반드시 필요한 능력이라고 할 수 있습니다. 그래서 일상생활에 필요한 충분한 문해력, 실질적인 문해력이 이토록 중요한 화두로 떠오르고 있는 것이죠.

인터넷에서 화제가 됐던 문해력 이슈들을 생각해 보면 공문이나 가정통신문, 안내문인 경우가 많습니다. 매우 깊고 간절하게 사과했는데 지루한 사과로 오해해 감정이 상하거나, 오늘까지 과제를 제출하라고 했는데 금요일까지 제출해 벌점을 받거나, 비가 오면 장소를 변경한다고 안내했는데 우천시가 어디인지 몰라서 불안해하는 경우죠. 이 모든 것이 결국은 생활 속 소통이고, 이는 대화의 맥락과 긴밀하게 연결되어 있습니다.

누군가는 여러 문해력 이슈들을 보고 "이런 걸 모르는 사람이 있다고?"라며 놀랍니다. 하지만 누군가는 "이런 거 배운 적 없는데요? 어디서 알 수 있나요?"라고 응답해요. 세대를 떠나서 누구나, 무엇이든 배워서 익힐 수 있는 시대입니다. 과거의 기준을 버리고 아주 사소한 것부터 점검해야 해요. 기본적인 의미를 이해하고 상황과 맥락을 파악하는 능력, 원활한 소통 능력이 문해력의 기본이라는 점을 꼭 기억해 주세요. 이 기본을 바탕으로 빠르게 변하는 시대에 새로운 지식과 문화를 습득하고 적응하는 힘을 키울 수 있습니다.

취업콘텐츠 플랫폼 '캐치'가 2023년 10월 Z세대 1,008명을 대상으로 'Z세대 문해력'에 관한 조사를 진행했는데, 37%가 '주변 혹은 또래 중 문해력이 부족한 사람이 많다'라고 응답했습니다. '보통'이라고 응답한 결과는 46%, '적다'고 답한 비중은 17%였습니다. '심심한 사과', '글피' 등의 어휘력 퀴즈 다섯 개를 모두 맞힌 인원은 5%에 불과했어요. 이어서 평소 가장 많이 이용하는 콘텐츠에 대해 물었는데, '영상 콘텐츠(유튜브, 숏폼)'가 70%이고 'SNS 이미지 콘텐츠'가 19%, '단문 텍스트'가 6%, '인쇄물(책, 신문)'은 3%였습니다. 이 결과들을 연결 지으면 영상 콘텐츠에 대한 소비와 문해력 부족의 관계를 추론할 수 있죠.

이런 도파민 인류에게는 과거와 다른 방식의 문해력 수업이 필요합니다. 문해력 수업으로 대화의 감각을 끌어 올려야 해요. 맥락 파악을 바탕으로 한 언어의 감각을 향상시켜야 실질적인 문맹에서 벗어날 수 있습니다.

이 책은 긴 호흡의 글을 힘들어하는 도파민 인류를 위해, 흥미로운 콘텐츠를 활용하되 짧은 호흡으로 내용을 구성했어요. 평소 즐겨 보았던 숏폼 영상이나 대화의 장면을 분석하고, 일상 속 사례를 접목해 우리의 문해력에 어떤 문제가 있는지를 꼼꼼하게 살펴봅니다. 들기를 바탕으로 대화, 읽기까지 확장하며 문해력을 키우고 '대화력'을 수직 상승시킬 비법을 공유해요. 더불어 평소에 문제라고 생각하지 않았던 부분까지 명확하게 진단해서 현대인에게 딱 맞는 대화력과 문해력 꿀팁을 제공합니다. 체크 포인트를 통해 직접 생각하고 정리할 수 있는 공간도 마련했으니 적극적으로 참여해 주세요.

챕터별 구성을 살펴볼게요. 1장은 문해력 향상의 시작이라고 할 수 있는 '듣기'에 대해 다룹니다. 많은 분들이 듣기를 누구나 할 수 있는 기본적인 것이라 생각하고 소홀히 대하죠. 하지만 의사소통이 어긋나는 순간은 대부분 듣기부터 시작됩니다. '제대로' 듣지 못하는 사람은 결코 잘 소통할 수 없어요. 우리가 잘 듣고 있는지부터 점검해야 하는 이유입니다. 2장은 본질적인 이해력을 다룹니다. 듣기와 읽기에서 중요한 핵심과 맥락을 어떻게 파악하고 실제 대화에 적용할지를 집중적으로 알아보려고 해요. 심리가 우리의 이해에 미치는 영향도 살펴봅니다. 3장은 대화의 기본 요소인 양, 질, 관련성, 방법의 원칙을 다룹니다. 우리의 대화 습관을 점검하며 스몰토크 꿀팁도 얻어갈 수 있어요. 4장은 본격적으로 문해력을 높이는 방법을 다룹니다. 어휘력과 배경지식, 텍스트의 구조와 질문법까지 체계적으로 알아봐요. 난이도 순서로 내용을 구성하고 있어 차근차근 읽는 것을 권하지만, 급하게 해결해야 할 문제가 있다면 해당 챕터를 먼저 읽어도 됩니다. 어떻게든 이 책이 여러분의 막힌 귀를 뚫고 흐린 눈을 맑게 해줄 것이라 믿습니다.

CHAPTER 1

Q

안 들려요

A

귀를 여세요

듣기는
훈련이다

당신도 말귀가 어둡나요?

제 주변에는 말귀가 어두운 사람들이 꽤 있습니다. 대표적으로 그중 한 분은 굉장히 산만하고, 또 다른 한 분은 고집이 매우 셉니다. 말을 듣다가 졸거나, 안 듣거나, 듣고 싶은 대로 듣거나, 귓등으로 듣습니다. 그러고선 나중에 딴소리를 하거나 딴 행동을 하죠. '이분들은 왜 이럴까?' 호기심을 갖고 관찰하다 보니 생각보다 많은 사람이 이런 '말귀가 어두운' 문제를 겪고 있다는 사실을 발견했어요.

　문해력 강의를 할 때도 "말귀가 어둡다는 소리를 들어보신 적 있나요?"라고 물어보기 시작했는데 꽤 많은 사람이 웃으며 손을 들었어요. 다들 은근한 고민을 갖고 있었습니다. 고민이긴 한데, 어떻게 고쳐야 할지 막연해서 그냥 버티고 있었던 것이죠. 조금이나마 도움이 됐으면 하는 마음으로 유튜브 콘텐츠를 만들어 올렸더니 진솔한 고민을 고백하는 댓글들이 많이 달렸어요. 친구에게 놀림당한 이야기, 학원 선생님에게 답답하다고 혼난 이야기, 직장 생활에 적응이 힘들다는 이야기 등등 안타까운 사연들이 참 많았습니다.

의사소통을 이루는 듣기, 말하기, 읽기, 쓰기 중 가장 먼저 시작되는 과정이 듣기입니다. 말도 못 하고, 읽지도 못하고, 쓰지도 못할 때부터 우리는 이런저런 소리를 듣고 자랍니다. 그래서 우리는 듣기에 너무 익숙하고, 듣는 능력은 타고나는 능력이라 생각하기 쉽습니다. 신체적 문제가 없는 상황에서 큰 문제를 느끼지 못합니다. 학교 수업 시간에도 듣기 학습은 가볍게 넘기곤 해요.

하지만 사회생활을 하기 시작하면 듣기에 대한 결핍이 가벼운 문제가 아니라는 사실을 느끼게 됩니다. 사회에서 받는 지적은 친구들이나 가족들이 "왜 이렇게 말귀를 못 알아먹냐, 으이구!" 했던 애정 어린 꾸짖음과는 다르니까요. 이제부터 실전! 그냥 소리를 듣는 것*hear*을 넘어 의도를 파악하고 의미를 이해하는 것*listen*이 중요합니다.

가장 먼저 '모두 당신의 탓은 아니다'라고 말하고 싶어요. 소통은 쌍방향을 전제로 하기에, 불협화음이 생긴다면 대화에 참여하는 모두에게 책임이 있습니다. 즉, 말하는 사람이 제대로 말하지 않았을 가능성도 크다는 이야기죠. 하지만 듣기에 어려움을 고백하는 대부분의 사연은 '그게 무슨 뜻인가요?'라고 다시 묻기 어려운 직장 상사거나 선생님, 연장자를 대하는 경우가 많았습니다. 이때 우리는 복합적인 노력을 하며 문제를 해결하고 상황을 극복해야 합니다. 이 부분은 3장에서 좀 더 자세히 다룰게요.

제대로 빛을 발할 때 듣기 능력은 새로운 지식을 습득하고 관계를 형성하고 업무에 적응하는 데 큰 도움을 줍니다. 듣기란 곧 주변 자극을 명확하게 수용하는 과정이니까요. 이 기본 수용 능력에 문제가 생겼을 때, 우리는 새로운 환경에 스며들기 힘들어합니다. 듣기는 사소한 문제가 아니에요. 그래서 꼼꼼하게 진단하고 문제를 찾아 해결해야 합니다. 듣기를 타고난 센스로 치부하는 사람들이 있는데 그렇지 않습니다. 훈련만 잘하면 훨씬 좋아질 수 있어요. 맞춤형 훈련을 위해서는 정확한 진단이 필요하니, 꼼꼼히 뜯어보겠습니다.

대화를 구성하는 요소

'대화'라고 하면 무엇이 떠오르나요? 우선 말이 오가려면 말하는 사람과 듣는 사람이 있겠죠. 그리고 말하는 이가 전하는 메시지가 있을 거예요. 마지막으로 이 상황을 둘러싼 맥락이 존재합니다.

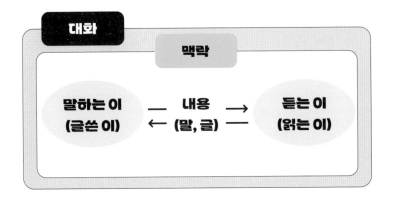

이 네 가지 중 어딘가가 삐긋하면 대화가 어긋날 수 있어요. 특히 듣는 사람은 누구와 말하는가(말하는 이), 무슨 이야기를 하는가(내용), 주변 상황은 어떤가(맥락)를 고려해야 합니다. 대화 중 막막했던 경험을 잘 떠올려보세요. 누구와 대화했는지, 어떤 내용을 주고받았는지, 어떤 상황이었는지……. 그 안에 문제 해결의 실마리가 있습니다.

다른 사람과는 소통이 되지 않아도 가족끼리는 말이 잘 통하는 경우가 많죠. 눈빛만 보내도 탁! 고개만 까딱해도 척! 패턴이 익숙해지면 이해도 쉬워집니다. 이런 관계는 결국 관심과 호기심을 바탕으로 합니다. 결국 '명확한 타깃 분석'이 성공적인 소통의 필수 요소라고 할 수 있습니다.

내용(메시지)을 이해하기 위해서는 배경지식과 어휘력이 필요한 경우가 많습니다. 모르는 내용은 잘 안 들리고, 아는 내용은 귀에 쏙쏙 박혀요. 그런 면에서 서로 공유한 지식이 많을수록, 말하는 사람에 대해 아는 것이 많을수록 내용 파악에 유리합니다. 대표적으로 의학 드라마나 법정 드라마를 보면 독특한 용어가 많이 나오죠. 이런 단어들은 너무 생소해 외계어처럼 들리기도 해요. 하지만 그 분야에 대해 공부하고 익히면 어느 순간 자연스럽게 의미가 파악됩니다. 의학 드라마나 법정 드라마를 즐겨 보는 사람들은 어휘력과 배경지식이 차곡차곡 쌓여서 자연스럽게 전문 용어들을 이해하고 즐기는 경지에 이르기도 해요.

맥락(상황)은 굉장히 민감한 부분이에요. 그래서 센스가 필요합니다. 같은 말이라도 상황에 따라 뜻이 달라지기 때문에 주의해야 합니다. 뜻이 달라지면 거기에 따른 반응도 달라지는 법이죠. 대화하는 사람과의 관계, 그날의 분위기 등 대화에는 영향을 미치는 요소가 많아 안테나를 쫑긋 세우는 자세가 중요해요. 이렇게 눈치 보는 게 무슨 문해력이냐고 따진다면, 과감하게 상황과 맥락을 파악하는 것이야말로 중요한 문해력이라고 말하고 싶습니다. 우리는 말을 할 때 많은 것을 생략하니까요. 그럼 듣는 사람은 그 빈칸을 추론해서 채워 넣어야 합니다. 특히 주어나 목적어 같은 문장 성분이 생략되었을 때 난감한 경우가 많습니다. 그럴 때는 이전에 했던 말이나 주변 인물 등을 고려해서 추론해야 해요. 누군가 '그 친구가'라고 말하면 '그 친구'는 도대체 누구인지 알아야 하고, 비유적인 표현을 활용해서 농담을 해도 알아들어야 웃을 수 있죠. 이러한 추론에는 상황과 맥락을 바탕으로 찾은 합리적인 단서가 중요합니다. 잘못된 추론은 불통의 시작이니까요.

모든 소통은 사람 간에 일어납니다. 그러니 당연히 심리적 요소, 정서적인 부분이 많은 것을 좌우하죠. 긴장되고 경직된 상태에서는 들릴 말도 안 들립니다. 심리적으로 과도하게 흥분한 상태에서는 상대방의 의도를 파악하기 힘들고요. 또 정신이 다른 데 가 있으면 대화의 맥락을 모두 놓칠 수 있어요. 여러 면에서 감정 컨트롤도 중요하죠. 이제부터 다양한 사례를 통해 '듣기의 모든 것'을 자세히 살펴보겠습니다.

**상황과 맥락,
센스를 챙기자**

개떡같이 말해도 찰떡같이 알아듣기

회사에서 자주 듣는 말 중 하나가 '바빠요?'란 질문입니다. 이 세 글자만 들으면 겁난다고 하는 분도 있어요. 여러분도 흠칫 놀란 적이 있나요? 어떻게 대답해야 할지 몰라 우물쭈물한 적 있나요? 여러 사례를 알아보고 상황에 맞게 듣고 행동하는 센스를 키워보도록 해요. 일단 문제를 제대로 찾아내기 위해 증상부터 구체화해 볼까요?

이 과장   노 사원, 바빠요?

노 사원   네, 지금 굉장히 바쁩니다! 야근하게 생겼어요.

이 과장   그렇군요……. 무슨 일 하나요?

노 사원   결산 보고서 자료 준비하고 있습니다!

이 과장   아! 그거 별로 급한 일 아닌데, 일정 남았잖아요?

노 사원 오늘까지 마무리하려고 마음먹어서요.

이 과장 노 사원 마음보다 중요한 건 회사 일정 아니겠어요?

노 사원 그렇지만 저는 마무리를 해야 개운할 것 같습니다.

이 과장 거참⋯⋯. 답답하네! 더 급한 일이 있다니까요!

노 사원 아, 업무 지시하시려고요? 말씀하세요.

이 과장 알아서 센스 있게 받으면 좀 좋나요. 말귀 한번 못 알아먹네 참!

노 사원 네, 죄송합니다.

노 사원은 상사에게 구박받아서 기분이 상했을 거예요. 많이 억울할 수도 있습니다. '일을 시키려면 그냥 직설적으로 말하면 되지, 괜히 바쁘냐고 물어놓고 왜 혼자 급발진하지?' 하는 생각이 들면서 당황스럽기도 할 거예요. 어쩌다 말귀 못 알아먹는다는 말까지 들은 건지 아리송합니다. 노 사원 입장에서 이런 상황은 녹음을 하고 반복해서 다시 들어도 이해가 되지 않을 수 있어요. 텍스트 그 자체로는 전혀 문제가 없는 충실한 반응이었으니까요.

역으로 이 과장 입장에서는 노 사원이 되바라졌다고 오해할 수도 있어요. '이렇게 신호를 줬는데도 거절하다니, 철벽 방어를 치는구나'라고 말이죠. 그 나름대로 친절하게 돌려서 이야기한 상황인데, 거절당했다고 생각하니 더 화가 날 겁니다. 이 과장이 기대했던 그림은 이렇습니다.

이 과장 노 사원, 바빠요?

노 사원 아, 과장님! 괜찮습니다. 뭐 도와드릴까요?

이 과장 이것 좀 봐줄래요? 급하게 처리해야 할 건이라서요.

노 사원 넵!

개떡같이 말해도 찰떡같이 알아듣고 반응해 주길 바라는 상사의 마음! 그래서 어떤 곳에서는 '회사어'라는 용어를 쓰며 '바빠?'라고 물어보는 건 곧 일을 받으라는 뜻이니 외우라고 시키기도 합니다. 답은 정해져 있으니 그냥 괜찮다고 하고 일을 받으라고요. 하지만 이것도 모든 상황에 적용되지는 않아요.

100% 정답은 없다

그럼 모두가 바라는 적절한 반응이 하나로 정해져 있을까요? 또 그렇지 않습니다. 다른 예를 볼게요.

이 과장 고 사원, 바빠요?

고 사원 아, 과장님! 괜찮습니다. 뭐 도와드릴까요?

이 과장 나는 안 도와줘도 되고요. 주변 정리 좀 하세요.

고 사원 아……. 알겠습니다. 바로 하겠습니다.

이 과장 노 사원, 바빠요?

노 사원 네, 지금 굉장히 바쁩니다! 야근하게 생겼어요.

이 과장 바빠서 주변 정리가 미흡했던 거군요. 일 마무리되면 주변 정리도 하면 좋겠어요.

노 사원 알겠습니다. 이것만 마무리하고 정리할게요!

고 사원은 암기한 대로, 열린 마음으로 반응했지만 돌아오는 것은 뾰족한 잔소리뿐! 오히려 방어할 명분이 사라졌습니다. 졸지에 시간이 있는데도 주변 정리를 안 한 사람이 되었어요. 이 상황에선 오히려 철벽 방어를 한 노 사원이 정당한 이유를 대고 잔소리를 피해 갈 수 있었어요. '사정상 바빠서 못 한 겁니다' 하고요. 잘못하면 고 사원은 원래 지저분한 이미지가 될 위험도 있네요. 그런가 하면 이와 다르게 뜻밖의 복이 찾아오는 예도 있습니다.

이 과장 노 사원, 바빠요?

노 사원 네, 지금 굉장히 바쁩니다! (눈물을 지으며) 야근하게 생겼어요…….

이 과장 아! 점심에 외주자분들 오셔서 같이 식사하려고 했는데, 안 되겠군요. 거리가 좀 있는 호텔이라서……. 아쉽네요.

이 과장 고 사원, 바빠요?

고 사원 아, 과장님! 괜찮습니다. 뭐 도와드릴까요?

이 과장 아! 점심에 외주자분들 오신다고 하는데 같이 식사할까요? 거리가 좀 있는 호텔이라서 시간이 좀 걸리는데, 여유롭게 먹고 옵시다.

고 사원 와, 좋죠! 알겠습니다.

여기서는 일을 넘겨받아도 된다는 열린 마음이 호텔 식사라는 복을 가져왔네요. 이렇게 상황에 따라 적절한 답이 바뀌기 때문에 단순 암기로 해결되는 문제가 아닙니다. 그냥 눈치 보지 않고 솔직하게 대답하면 된다고 생각하지만, 적절한 소통은 상대와의 상호 존중을 전제로 합니다. 상황과 맥락! 외부적인 요소를 잘 파악하고 대응하는 과정이 중요해요.

대화의 구성 요소 적용하기

앞에서 언급했던 대화의 구성 요소를 기억하나요? 말하는 사람과 듣는 사람, 내용과 맥락이 있었죠. 지금까지 살펴본 상황을 이에 맞춰 네 가지로 진단해 보고 종합 처방을 내려볼게요.

① 말하는 이 파악하기 | 누가, 어떤 의도로 말했나요?

이 과장은 어떤 사람인가요? 평소 어떤 화법을 쓰나요? 돌려 말하기를 자주 하나요? '바빠요?'라는 질문을 자주 하나요? 자주 한다면 그 상황은 어떤 상황이었나요? 자기 나름의 데이터를 모으는 겁니다. 말하는 사람의 평소 스타일에 따라 1차원적으로 이해할지, 복합적으로 이해할지 선택할 수 있으니까요. 반복되는 데이터로 말하는 이를 파악할 수 있어요. 제가 아는 한 상사분의 별명은 '내 마음을 맞혀봐'입니다. 워낙 돌려 말하는 스타일이라 팀원들이 붙인 별명이에요. 느낌이 확 오죠? 처음에 삐끗하더라도 그 상황을 꼭 기억해 두세요. 오답노트에 기록하듯이! 그럼 나중에 대응하기가 훨씬 수월해집니다.

② 듣는 이 파악하기 | 어떤 마음으로 들었나요?

스스로에 대해 얼마나 알고 있나요? 정말 눈치가 없는 건가요? 아님 알면서 회피하는 건가요? 은연중에 일을 떠맡을까 봐 피했을 수도 있어요. 무의식적으로 그렇게 반응했을 수도 있으니 자신의 심리를 잘 파악해 보세요! 정확한 데이터를 바탕으로 이해하고 추론하는 습관이 필요합니다. 상대방과 대화를 나누기 싫어서, 혹은 추가로 더 일을 맡기 싫어서 등등 여러 이유로 무조건 의도를 파악하지 못한 척하고 있다면 그런 자신 또한 직시해야 합니다! '척'만 하다가 진짜 멍청해지지 않도록 주의해야 해요. 어리바리한 이미지로 굳어지면 실제로 그런 사람이 될 수도 있으니 스스로에게는 솔직해져야 합니다.

③ 내용 파악하기 | 무슨 내용이 오겠나요?

사실 그대로, '바빠요?'라는 글자가 귀에 쏙쏙 들어왔는지 확인합니다. 메시지 그 자체를 우선 파악하는 것이 중요해요. 집중력과 관련이 있죠. '네?'라고 다시 묻지 않고 소리 자체를 잘 파악해야 얼떨결에 아무 답이나 하지 않고 여유롭게 생각을 가다듬을 수 있어요. 심지어

"네? 아빠요?"라고 엉뚱한 말로 되물으면 "여기서 아빠가 왜 나와!" 하면서 말귀가 어둡다는 소리를 듣기에 딱 좋습니다. 차라리 "다시 말씀해주시겠어요?"라고 하세요. 일단 소리부터 잘 듣고, 숨은 의도는 그 후에 말하는 이와 상황, 맥락을 고려해 추론해 봅니다.

④ 상황과 맥락 파악하기 | 지금 어떤 분위기인가요?

이번 사례의 포인트! 상황과 맥락을 통해 메시지가 다양하게 해석될 수 있습니다. 그래서 이 상황이 적절한 추론의 단서가 됩니다. '앞에서 뭐라고 했었지?', '지금 우리 팀 일이 많고 바쁜 상황인가, 아니면 여유롭게 커피를 마실 수 있는 타이밍인가?', '주변이 지저분한가?', '잔소리 할 타이밍인가?' 등 여러 퍼즐을 맞춰보세요. 안테나를 쫑긋 세워야 상황에 맞는 반응도 가능하니까요. 상황에 따라 평소 말하는 이의 패턴이나 관계 데이터가 무용지물이 될 수 있습니다. 상황을 제대로 파악하지 못하고 '평소처럼 커피나 한잔 하시려나'라고 유추해서 가볍게 반응했다가 크게 혼나고 상처받을 수도 있어요! 방심은 조심하고 센스 있게 대응해요.

━━━━ ✦ 20초 대화의 감각이 깨어나는 시간 ✦ ━━━━

만약 간단한 말인데 어렵게 들리고, 많은 생각을 유발한다면 복합적인 요소가 얽힌 경우입니다. 누가, 어떤 상황에서, 어떤 말을 했는지 입체적으로 고려할 필요가 있습니다. 섬세하게 앞뒤, 좌우 맥락을 파악해야 최적의 대응이 나올 수 있어요. 그것이 힘들다면 솔직하게 말하거나, 이중적으로 '바쁘지만, 뭐 도와드릴 일 있나요?'와 같은 복합 멘트를 던져도 됩니다. 중요한 건 이 경험을 차곡차곡 쌓아 자산으로 삼아서 센스를 갈고 닦아야 한다는 사실입니다.

사연 많은 동문서답

말하는 이와 듣는 이는 대화를 구성하는 중요한 요소입니다. 대표적인 예로, 연인 관계는 둘 말고는 아무도 모른다고 하죠. 가족 관계도 밖에서 보기와는 영 다르다고 합니다. 친한 친구들 사이의 대화는 다른 사람들이 볼 때 오해하는 경우도 많죠. 이런 깊은 관계에는 함축된 사연이 많기 때문입니다. 그래서 같은 내용의 텍스트라도 둘의 관계에 따라 전혀 다른 의미를 갖기도 해요. 그로 인한 불통의 사례를 한번 만나봐요.

이 과장 노 사원, 밥 먹었어요?

노 사원 어제도 야근했어요……

이 과장 밥 먹었냐고요.

노 사원 일이 좀 많네요…….

이 과장 밥은요?

노 사원 마감도 얼마 안 남았고요.

이 과장 밥은…….

노 사원 굶어 죽기야 하겠어요.

이 과장 법인카드를 줄까요?

여기서 퀴즈! 노 사원은 밥을 먹었을까요? 맥락을 추론해 보면, 노 사원은 밥을 못 먹은 상황 같습니다. 밥을 왜 못 먹었을까요? 일이 많아서죠! 지금 밥을 먹었냐, 먹지 않았냐보다 중요한 문제는 일이 많다는 점! 이 모든 사태의 원흉입니다. 노 사원은 일을 많이 준 이 과장에게 시위하는 중일 수도 있겠네요. 하지만 이 과장이 확인하고 싶은 것은 법인카드 사용 여부입니다. 밥을 안 먹었으면 법인카드를 주고 퇴근할 수도 있으니까요. 이 대화 역시 둘의 관계에 따라 달라질 수 있습니다.

여기서 떠오르는 영화 명대사가 있죠. 〈살인의 추억〉의 "밥은 먹고 다니냐?"란 대사입니다. 주인공 형사가 범죄자에게 던지는 말은 느낌이 확 다릅니다. '너 같은 범죄자도 밥을 먹고 다니냐! 나쁜 놈아? 밥이 넘어가냐?'라는 분노가 느껴지기도 해요. 물론 다른 해석도 가능합니다. 똑같이 밥 먹었냐고 묻는 말인데 달달한 부부 관계, 칼 같은 직장 선후임 관계, 형사와 범죄자의 관계 등 대화의 참여자들이 어떤 관계이고 어떤 상황인지에 따라 의미가 달라집니다.

회피형 동문서답

조금 다른 분위기의 대화를 한번 살펴볼게요. 한 프로그램에서 교수로도 활동하는 실력파 가수가 다른 가수들에게 보컬 레슨을 해주는 상황이 나왔습니다. 보컬 레슨이다 보니 스승과 제자의 구도가 형성되었어요. 그 내용을 조금 각색해서 대화로 구성했습니다.

(학생이 노래를 엉망으로 부른 후, 교수가 피드백을 해주는 시간)

교수 이 발라드 노래를 선곡한 이유가 뭐야?

학생 통 큰 소리를 내고 싶어요.

교수 이런 발라드 노래 자주 들어?

학생 휘트니 휴스턴 노래 너무 좋아하죠.

교수 평상시에 그냥…… 댄스곡 들어? 발라드 들어?

학생 원래 좀 아티스트의 길을 가고 싶어서……

교수 아니, 발라드 노래 듣냐고……?

학생 듣고 싶어도 요즘 그런 노래가 많이 없어요. 근데 아델이나 그런 가수 좋아해요.

교수 요즘 듣긴 들어?

학생 요즘 아델이 앨범도 안 내고……

교수님은 "발라드를 자주 들어?"라는 아주 간단한 질문을 했습니다. 하지만 학생은 자꾸 이상한 대답만 합니다. 왜 그럴까요? 친구가 그냥 물었어도 이렇게 말했을까요? 상황을 보면 학생은 교수님 앞에서 노래를 제대로 하지 못했어요. 노래방에서 친구들끼리 부르는 상황과 다릅니다. 민망하겠죠. 교수님은 어울리지 않는 노래 선곡부터 짚어보고 싶고, 학생은 이 부분을 회피하고 싶습니다. '잘 듣지 않는 스타일의 노래라 잘 부르지 못한다'라는 교수님의 질책을 피하고자 하는 마음이 동문서답을 불러온 상황이에요.

대화의 구성 요소 적용해 보기

이 많은 동문서답들은 어떤 부분에서 문제가 있었을까요? 대화를 구성하는 요소를 바탕으로 예시들을 뜯어보고 어떻게 해결하면 좋을지 짚어볼게요.

① 말하는 이 파악하기 | 누가, 어떤 의도로 말했나요?

이 과장은 궁극적으로 노 사원이 법인카드를 사용할지, 사용하지 않을지가 궁금합니다. 밥을 먹지 않은 상황이라고 하면, 법인카드로 밥을 사 먹을 수 있으니 법인카드를 주고 가야겠죠. 직접적으로 대화하는 스타일이었다면 "법인카드 사용할 건가요?"라고 물었겠네요.

교수님의 "발라드 자주 들어?"라는 질문도 정말 노래를 얼마나 듣는지 궁금해서라기보다는, 발라드를 잘 부르지 못하는 이유를 찾으려는 의도입니다. 대놓고 '너 발라드 안 들으니까 발라드를 못 부르는 거야!'라고 말하는 스타일이라면 대화의 양상이 달라졌겠죠. 저렇게 말을 빙빙 돌릴 틈도 없이 바로 혼났을 테니까요.

② 메시지 파악하기 | 어떤 내용이 오갔나요?

겉으로 드러난 키워드를 뽑아봅시다. 이 과장과 노 사원의 대화에서 파악할 수 있는 메시지는 노 사원이 바쁘다는 사실과 이 과장이 법인 카드 관련 용무가 있다는 사실입니다. 노 사원의 식사 여부를 명확히 알 수 없지만 '굶어 죽기야 하겠어요'에서 안 먹었다는 사실을 어느 정도 추론할 수 있습니다.

교수님에게 혼나는 학생은 발라드 노래를 부르고 싶어 합니다. 통 큰 소리를 내고 싶어서요. 이어서 평소에 발라드 노래를 들을까요? '요즘 아델이 앨범도 안 내고……'라는 말에서 요즘은 발라드를 듣지 않는다는 점을 추론할 수 있습니다.

③ 상황과 맥락 파악하기 | 지금 어떤 분위기인가요?

이 과장과 노 사원의 대화도, 만약 이 과장이 자기 일을 노 사원에게 떠넘긴 상황이라면 어떨까요? "밥 먹었나요?"라는 질문의 의미가 풍부해집니다. 그냥 궁금해서 물은 게 아니라 미안한 마음이 담긴 표현일 수도 있어요. 또 노 사원이 혼자 야근하고 있고, 회사에 단둘이 있는 상황인지 여럿이서 야근하는 상황인지에 따라서도 느낌이 다르죠. 법인카드로 야근 식사를 하는 것도 기본 사항인지, 이 과장의 특급 배려인지 살펴봐야 합니다. 다른 의미로 읽힐 수도 있어요.

학생과 이 교수의 상황도 마찬가지입니다. 학생이 앞에서 만족스럽게 노래를 잘했다면 대화의 분위기가 달랐겠죠. 이 교수도 좀 더 호의적인 의도로 물었을 테고, 학생도 긴장하지도 않은 상태에서 대답을 회피하지 않았을 거예요. 오히려 당당하게 의견을 말했을 수 있어요. 이런 상황과 맥락이 주변의 싸한 분위기를 형성하고 듣는 이의 태도에 큰 영향을 미칩니다.

✚ 20초 대화의 감각이 깨어나는 시간 ✚

가족들과 대화할 때, 친구와 대화할 때, 직장 상사와 대화할 때 모두 다르다는 사실을 분명히 인지해야 합니다. 그 관계가 주는 공통된 맥락, 온도 차이, 계급의 차이가 주는 분위기 등을 고려해야 대화가 원활해지죠. 누군가와 반복적으로 대화가 어긋난다면 둘의 관계를 파악해 보세요. 그 관계를 정의한 후에 메시지를 이해하려고 노력하는 태도가 필요합니다. 물론 직접 소통할 때도, 상대와 나의 관계를 가늠해 적절한 언어를 고르려고 노력해야 하고요.

1단계

귀가 조금 열렸나요?

① 빈칸에 적절한 대화의 구성 요소를 채워 볼까요?

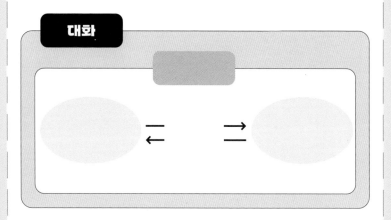

② 말을 제대로 알아듣지 못해 힘들었던 상황, 센스가 없다고 느낀 경험을 꺼

내 볼까요?

---

③ 듣는 사람과 말하는 사람의 관계가 대화에 영향을 미친 적이 있나요?

_____

_____

_____

_____

_____

_____

_____

④ 지금까지 읽은 내용 중 나의 귀를 여는 데 가장 도움이 된 내용을 기록해
   보세요.

_____

_____

_____

_____

_____

_____

_____

_____

배경지식,
마중물이 필요해

마신 만큼 들린다?

유튜브에서 재미있는 영상을 보았습니다. 누나가 초등학생 남동생에게 음료수를 사 오라고 심부름을 시키자 가게에 도착한 남동생은 누나한테 확인 전화를 합니다. 그 전화 통화 속에 우리가 새로운 지식을 수용하는 과정이 잘 담겨 있어요. 듣기가 어떻게 어긋나는지 살펴보세요.

(누나의 심부름으로 간 가게, 가게에서 누나에게 확인 전화 중)

남동생　어떤 음료수 사라고?

누나　미에로화이바.

남동생　어?

누나　미에로화이바.

남동생 이에로사이다?

누나 화이바!

남동생 미에로하이다?

누나 아이 씨, 너 지금 장난하냐?

남동생 아니, 안 들려…….

가게 점원 (남동생한테) 미에로화이바 아니에요? 이에로사이다는 없는데…….

남동생 누나, 없다는데?

가게 점원 잠깐만 도와드릴게요. 어떤 거 찾으세요?

누나 미에로화이바요.

가게 점원 아, 그거 맞죠. 잠시만요.

유튜브 영상 '이에로사이다'를 검색해서 보면 정말 재미있습니다. 조회 수도 많이 나왔어요. 누군가는 댓글에 남동생이 '지능형 캐릭터'다, 심부름하기 싫어서 못 들은 척한 거라고 말하기도 합니다. 하지만 남동생의 순수함을 의심하지 않고 보면 챙길 부분이 많습니다. 생각보다 우리가 자주 접하는 상황이에요.

남동생은 우선 미에로화이바의 존재를 모릅니다. 먹어보지 못했거나, 먹어봤어도 그 이름까지는 몰랐을 것입니다. 그러니 "장난하냐? 반항하냐?"는 누나의 반응에 동생은 억울할 수 있어요. 누나는 편하게 전달했지만, 공통된 배경지식이 형성되어 있지 않으니 동생은 제대로 수용하지 못한 상황입니다. 서로가 가지고 있는 배경지식이 다르니까요. 누나와 남동생이 다르듯, 남동생과 가게 사장님도 다릅니다. 이제 먹어보고 나면 '미에로화이바' 소리가 잘 들릴 거예요. 누나가 갑자기 발음이 좋아져서 잘 들리는 것이 아니라, 동생이 경험했기 때문입니다. 먹어보지는 않아도 다른 사람이 먹는 모습을 봤다면, 아니 최소한 광고라도 봤다면 바로 이해했을 겁니다. 배경지식을 쌓는 방법은 다양하니까요. 아는 만큼 들리는 법입니다. 이렇게 심부름하느라 고생한 남동생은 이제부터 다양한 음료수로 관심이 뻗지 않을까요?

모르는 만큼 혼난다

앞서 만났던 상황을 이 과장과 노 사원으로 바꿔서 생각해 볼게요.

이과장 노 사원, 협력사에 연락해서 이 업무 좀 처리해 달라고 해요. (업무를 설명함.)

노 사원 알겠습니다. 과장님.
(협력사와 업무 조율 중, 잘 모르는 내용이 나오니까 얼렁뚱땅 말하고 넘김.)

노 사원 과장님, 협력사에서 그 업무 안 된다고 하는데요?

이 과장 지금까지 해오던 건데, 그럴 리가요. 제가 한번 연락해 볼게요.

노 사원 안 된다고…… 네…….
(과장님이 직접 협력사와 업무 조율 중, 부연 설명을 덧붙여서 이해시킴.)

이 과장 진행하기로 했습니다. 업무 요청을 어떻게 한 건가요?

노 사원 죄송합니다······.

경력의 차이는 경험의 차이라고 할 수 있죠. 잘 모르는 분야는 제대로 전달하기 힘들고, 일이 어긋날 수도 있어요. 그래서 경험을 통해 쌓은 배경지식이 업무를 더 효율적으로 만들어주기도 합니다. 차곡차곡 쌓인 경험과 배경지식이 일을 더 잘하게 해주니 경력에 따라 월급도 더 주는 것이겠죠?

대화의 구성 요소 적용해 보기

누나와 남동생, 노 사원과 이 과장의 대화가 완벽하게 어긋나버린 이유를 대화의 구성 요소로 이야기해 볼게요. 물론 대화를 잘 이어 붙일 팁도 함께요.

① 말하는 이 파악하기 | 누가, 어떻게 말했나요?

우선 누나는 어떻게 전달했나요? '미에로화이바'라고 명확히 말했습니다. 정확한 발음으로 반복해서 전달했어요. 잘못 말했다면 옆에서 듣던 가게 점원도 못 알아들었겠죠. 조금 신경질적으로 말하긴 해요. 친절하게 설명해 주진 않습니다. 그냥 무한 반복만 하죠. '미.에.로.화.이.바.' 권위적인 모습이 조금 보입니다. 친절하게, 다른 방법으로 돌려서 부연 설명을 해주면 더 좋았을 텐데 하는 아쉬움이 있습니다. "주황색 음료수인데, '화이팅' 할 때 그 '화이' 말이야!" 하는 식으로 듣는 이의 배경지식 수준을 고려해 말하기를 보완하면 소통이 더 쉬워질 거예요.

그런가 하면 이 과장은 설명을 충분히 해줬을까요? 적어도 노 사원이 이 과장을 어렵게 생각하는 상황을 느낄 수 있습니다. 제대로 이해하지 못했을 때 다시 묻지 못했으니까요. 이 과장은 노 사원이 그 정도 일은 이미 알고 있을 것이라고 오해했을 수도 있어요. 상대방이 나와 같지 않다는 마음의 배려가 필요합니다.

② 듣는 이 파악하기 │ 충분한 배경지식을 갖췄나요?

이번 사례의 포인트! 남동생은 나이가 어리고 경험과 지식도 부족합니다. 남동생은 미에로화이바는 먹어보지 못했지만 사이다는 먹어봤습니다. 그러니 계속 '사이다'로 들리는 거예요. 미에로사이다, 이에로사이다, 기승전 '사이다'에만 꽂힙니다.

우리는 기존에 알고 있는 배경지식을 기준으로 생각하는 경향이 있어요. 그래서 직·간접 경험이 중요합니다. 남동생은 배경지식을 확장할 필요가 있어요. 어휘력과 배경지식을 쌓아 지식 수준을 높이면 이해도가 훨씬 좋아집니다! 혹시나 평소에 고집이 좀 있다면 유연한 심리 태도도 필요해요. 나중에는 누나가 성질을 내니까 긴장해서 잘 들리지 않았을 수도 있습니다. 평소에 많이 혼났다면 더 그럴 수 있어요. 심리적인 태도가 대화에 미치는 영향에 대해서는 다음 장에서 더 깊이 알아보겠습니다.

노 사원도 마찬가지로 업무 지식이 부족합니다. 그럴 때 심리적으로 더 위축되고 회피 성향이 발동하는 경우가 많아요. 새로운 지식이 포함된 내용이 잘 안 들린다면 해당 업무 내용, 전문 용어들을 우선 공부해 보세요. 요즘 세상이 워낙 빨리 변하기 때문에 낯선 용어도 많이 등장했다가 사라지곤 합니다. 낯선 말들이 오가면 귀에 잘 들어오지 않으니, 부지런히 익혀두세요.

③ 상황과 맥락 파악하기: 지금 어떤 상황인가요?

가게에서 낯선 음료수 심부름을 하는 상황입니다. 내가 먹을 음료수가 아니라 누나가 먹을 음료수라는 사실이 중요해요. 이 상황만 명확히 인지해도 생각의 폭이 넓어집니다. 누나가 평소에 무엇을 먹는지, 지금 어떤 것을 원할지 같은 내용을 추론할 수도 있습니다. 지금 남동생은 나이가 어리긴 하지만, '평소 누나가 주황색 음료를 먹었는데……' 같은 단서를 활용해서 가게 점원과 소통할 수도 있죠. 휴대폰이 없고 가게와 집이 멀다면, 이런 식으로 추론해서 뭐라도 사가야 했을 겁니다. 친절한 가게 점원이 도와줘서 다행이네요. 난감할 때는 주변의 도움을 받는 것도 좋은 전략입니다.

노 사원도 중요한 업무 상황이라는 점을 인지했으면 좀 더 체계적으로 대비할 수 있었을 거예요. 메모하고 다시 묻기도 하고, 심지어 녹음도 할 수 있어요. 나의 겸연쩍음보다 회사의 이익이 중요한 상황이라면 감내해야 합니다. 나중에 더 큰 폭풍우를 만날 수 있어요. 들리지 않았다는 핑계로 모든 일을 모면할 수는 없으니까요.

우선 자신의 상황을 객관적으로 인지해야 합니다. 회피할수록 더 긴장하고 움츠러들고 악순환만 반복됩니다. 최대한 빠르게 이 고리를 끊어야 해요. 배경지식이 부족하다면 명확히 도움을 요청하고, 이번 경험을 바탕으로 배경지식을 쌓으면 되니까요. 스스로 공부하고 이해한 만큼, 전문성이 쌓인 만큼 잘 들린다는 사실을 명심하세요. 이런 능력이 자신감 있는 태도와 좋은 성과로 이어집니다.

판교에도 사투리가 있다고?

지역마다 다양한 방언이 있습니다. 경상도 사투리, 충청도 사투리, 전라도 사투리 등으로 불리죠. 최근에 SNS에서 스타트업을 희화화한 콘텐츠로 화제가 된 것은 '판교 사투리'입니다. 판교에는 IT 관련 업계가 몰려 있다 보니, 기존 회사들과는 다른 용어들이 자주 오고 갑니다. 그 분위기가 조금 과해져서 새롭고 낯선 용어들이 일상에도 스며들어 있어요. 관련 검색만 해봐도 다양한 자료가 뜨고, 용어집 모음까지 나오고 있어요. 그러한 판교 사투리 콘텐츠를 바탕으로 예를 들어볼게요.

이 과장 이번 프로젝트 잘 진행되고 있나요?

고 사원 개발 방향은 얼라인 했고요. 개발팀 리소스 파악 중입니다.

이 과장 지라에 공유했나요?

고 사원 슬랙으로 말씀드린 내용이 전부라, 아직 공유 못 했습니다. 그래도 듀데잇까지는 이상 없습니다.

이 과장 좀 린하게 업무 처리할 수 없어요? 씨레벨에 보여줄 게 있어야지.

고 사원 네…….

이 과장 지난 미팅 때 애자일하게 일하겠다며 레슨런 공유해 주셨잖아요. 변한 게 없네요.

고 사원 죄송합니다.

이 과장 오늘 회의 내용 바탕으로 보완할 점 정리해서 CC 걸어 보내주세요.

고 사원 넵.

신입인 고 사원은 머리가 멍한 상황입니다. 낯선 업계 용어들은 귀에 잘 안 들어오니까요. 막 일을 배우기 시작한 사람에게는 어려울 수밖에 없습니다. 어쩔 수 없이 익혀야 해요. 그래서 〈판교어 사전〉이라는 농담 섞인 용어집 콘텐츠도 나옵니다. 아래의 판교어를 참조해서 위의 대화를 다시 해석해 보세요!

얼라인_align_ | 방향성을 조율하다
(예) 타 부서랑 목표 얼라인됐습니다.

리소스_resource_ | 자원, 업무 여력

(예) 리소스 확인하세요.

지라 *Jira* / **슬랙** *Slack* | 업무 협업 도구

(예) 지라, 슬랙으로 보냈습니다.

듀데잇 *due date* | 마감 일정

(예) 듀데잇 보고하세요.

린하다 *lean* | 일을 군더더기 없이 빠르게 하다

(예) 린하게 일하세요.

씨레벨 *C-level* | 경영진 통칭

(예) 씨레벨 보고 잡습니다.

애자일 *agile* | 유연하게, 민첩하게

(예) 애자일한 조직 운영

레슨런 *lesson learn* | 일하면서 배운 점

(예) 레슨런 정리

CC *carbon copy* | 메일 참조

(예) CC 걸어서 보내주세요.

업계별 어휘사전

사실 업계마다 독특한 용어집은 다 있습니다. 디자인 업계, 출판 업계
도 마찬가지죠. 새로운 곳에서 낯선 용어들은 귀에 잘 들어오지 않습
니다. 이런 환경 속에서는 금방 말귀 못 알아듣는 사람이 됩니다. 저
를 포함해서 누구나 겪을 수 있는 상황이에요. 앞에서 외래어와 혼용

되는 판교 사투리를 이야기했다면, 문서에 많이 등장하는 한자어도 많은 직장인을 힘들게 합니다. 대표적인 몇 가지 예시를 살펴볼게요.

- 작일昨日, 금일今日, 명일明日 | 어제, 오늘, 내일
  (예) 금일 업무 보고합니다.
- 삼명일三明日 | 오늘로부터 3일 뒤, 모레의 다음 날
  (예) 삼명일까지 제출하세요.
- 배상拜上 | 자기 이름 다음에 쓰며 스스로를 낮추는 말
  (예) 이승화 배상
- 제위諸位 | '여러분'을 문어적으로 이르는 말
  (예) 수신자 제위
- 반려返戾 | 주로 상급자에게 제출한 문서를 처리하지 않고 되돌려줌
  (예) 사표 반려
- 분장分掌 | 일이나 임무를 나누어 맡아 처리함
  (예) 업무 분장

심지어 이미 알고 있던 용어도 회사마다 다르게 사용해서 혼란스럽기도 해요. 예를 들어, MOT*Moment of truth*는 진실의 순간, 즉 고객 접점 응대의 순간을 이야기해요. 문제는 기업마다 그 순간이 다르다는 것입니다. 영업 회사는 고객 상담 시간이라면 교육 회사는 선생님과 학생(고객)의 수업 시간이 되기도 합니다. 흥미롭죠? 협력사와 소통한다고 했을 때 맞춰가야 할 부분이 많습니다. 이런 부분이 꼬이면 내

용을 잘못 이해하게 됩니다.

카카오웹툰 〈미생〉에서 좋아하는 장면 중 하나는 장그래가 어휘를 공부하는 장면입니다. 바둑만 두다가 처음으로 무역 회사에서 일을 하게 된 장그래는 어리바리한 사원 그 자체죠. 준비되지 않은 장그래는 직원들이 주고받는 말을 하나도 알아듣지 못하고 보고서나 자료를 읽어도 이해가 되지 않아 자괴감을 느낍니다. 그때 장그래는 좌절하지 않고 무역 단어들을 하나하나 다 적고 외우며 공부합니다. 그때부터 사람들의 대화가 이해되고, 보고서와 기획안이 눈에 들어오게 되죠. 그렇게 자신의 영향력을 키워나갑니다.

새로운 영역을 공부할 때도 마찬가지입니다. 학계에서 사용하는 개념을 담은 단어들이 있고, 이 단어들을 익혀야 비로소 의사소통이 명확해집니다. 그래서 논문에서는 '용어 정리'를 명확히 한 후에 논의를 진행하는 경우도 많아요. 이 역시 혼란을 최소화하기 위해서죠. 이 용어들을 알아야 뒤에 나오는 논의들을 이해할 수 있다는 의미이기도 합니다.

대표적으로 '문해력'이란 단어가 있습니다. 대학원에서 처음 공부했을 때는 글을 읽고 쓸 줄 아는 능력, '리터러시'라는 말을 '문식성文識性'으로 번역해서 연구했어요. 강의명도 '문식성 연구'였습니다. 하지만 지금은 '문해력文解力'이란 말이 더 널리 쓰이고 있어요. 더 이전에 쓰이던 '독해력'이란 말에 익숙하신 분들은 '문해력'이란 말도 낯설었어요. 그래서 '독해력'과 '문해력'이 무슨 차이가 있느냐는 질문도 많이 받았습니다. 여러 미디어의 영향 덕분에 지금 '문해력'은 화제의 키워드가 되었습니다. 그런 분들에게 '문식성'이라는 용어를 사용해 설명하면 혼란스러울 겁니다. '리터러시'라는 말을 들으면 어렵게 느껴지고 이해가 바로 안 될 수도 있죠. 이렇게 단어는 이해의 폭을 정하는 데 중요한 요소입니다.

팝송을 듣거나 외국 드라마를 보는 상황을 생각해 보세요. 아는 단어는 귀에 쏙쏙 들어오지만, 모르는 말들은 훅 지나갑니다. 아는 단어라도 현지 사람들만 쓰는 약자나 은어로 표현되면 해석이 엉키곤 해요. 정체불명의 소리라서 '외계어'라는 표현도 쓰죠. 그래서 학교 수업 때 영어 단어 공부를 그렇게 시켰나 봅니다. 지금은 평생 교육 시대죠. 말귀가 어두워 고생이라면, 먼저 업무에 필요한 기본적인 단어를 익혀보세요.

대화의 구성 요소 적용해 보기

특정 상황이나 소속, 분야에 따라 주로 사용하는 어휘가 다르다는 점을 확인할 수 있었어요. 관련 어휘를 잘 모를 때와 제대로 알고 있을 때 나누는 대화에는 큰 차이가 있다는 것도 느꼈을 거예요. 그 사례들을 하나씩 짚어보고 더 좋은 대화를 위한 조언을 드릴게요.

① 말하는 이 파악하기 | 누가, 어떻게 말했나요?

사람에 따라 자주 사용하는 단어들이 있어요. 그 단어들이 의미하는 바가 사전적 의미와 다른 경우들도 있습니다. 말하는 이의 언어 습관에서 비롯된 단어들에 익숙해지면 알아듣기 좋습니다. 예를 들어, 전 회사에서 영어를 교육했던 분은 '랩업$^{wrap\,up}$'이란 표현을 자주 썼어요. "지금까지 배운 내용을 랩업하는 코너를 만들어야지!", "오늘 회의 내용 랩업해서 알려주세요." 그래서 처음에는 무슨 말인가 했는데, 알고 보니 '요약 정리'라는 표현을 그렇게 하셨습니다. 또 "러프^{rough}하게 해봐!"라는 말을 많이 하는 팀장님도 있었는데, '대강 간단히' 해보라는 의미였어요. 말하는 이의 언어 습관을 잘 관찰해 보세요.

공부하는 학생 입장에서는 교수자의 언어 습관에 귀를 기울이는 태도가 중요합니다. 앞에서 말한 리터러시를 문식성, 문해력으로 다르게 표현하듯이 쓰는 사람에 따라 독서 토론이란 말도 다른 개념을 나타냅니다. 누구는 경쟁식 토론을 떠올리고, 누구는 원탁에 모여서 이야기 나누는 비경쟁식 토론을 생각해요. 논문으로 따지면 용어를 명확히 정리하는 것이 중요합니다.

② 내용 파악하기 | 무슨 내용이 오갔나요?

이번 사례의 포인트! 전문 용어들은 정리하고 학습하세요. 한번 익혀 두면 오히려 깔끔합니다. 판교 사투리, 한자어 같은 생소한 용어들은 처음에는 낯설어도 잘 듣고, 기록하고, 내용을 파악해 두면 다음부터는 이해가 됩니다. 내용을 파악하려는 의지가 중요합니다. 물어볼 사람이 있으면 적극적으로 물어보고, 없으면 녹음을 하거나 메모해 둔 뒤에 나중에 찾아보세요. 얼렁뚱땅 짐작하고 넘어가지 말고 확실하게 이해하려는 습관이 중요해요.

예를 들어, 출판 용어 중에 '적자 대조'라는 말이 있어요. 적자는 빨간 글자, 대조는 차이점을 확인하며 본다는 의미입니다. 즉 이전에 교정을 본 텍스트와 새로운 텍스트를 비교·대조하면서 새 텍스트에 교정 내용이 잘 반영됐는지 확인하는 절차입니다. "적자 대조했어? 적대조했어?" 이런 말이 처음에는 낯설었지만 지금은 익숙합니다. 디자이너들과 업무할 때도 '인디 파일', '검판용', '랩핑', '베다'와 같은 독특한 말들이 많이 쓰이는데 처음엔 당황스러웠어요. 업무의 효율성을 위한 것이니 익히면 좋습니다. 결국은 어휘력 공부! 어휘만 알아도 업무 효율이 팍팍 올라갑니다.

③ 상황과 맥락 파악하기 | 지금 어떤 상황인가요?

'판교 사투리'라는 말은 굉장히 흥미로워요. 우리가 아는 사투리, 즉 지역 방언과는 차이가 있습니다. 그 지역의 사회 문화적 맥락을 파악해 보면 판교 사투리란 IT 업계의 디지털 용어에서 유래한 언어로 추정됩니다. 판교에 IT 업계, 특히 스타트업들이 많이 모여 있으니 하나의 문화를 만들어낸 것이죠. 많은 회사가 디지털로 업무 영역을 확장하면서 판교 지역 외에서도 외래어를 섞어 사용하는 곳들이 늘어나고 있습니다.

문화가 형성되는 시간이 압축적이고 새로 유입되는 사람들도 많아지다 보니 부적응 문제도 생기게 마련입니다. 물론 누구나 이해할 수 있도록 문화를 살짝 바꾸면 좋겠지만, 효율적인 업무를 위해서는 변화를 기다리기보다는 새로 온 사람들이 적응하는 편이 더 빠르겠죠. 그러므로 이전의 기록들이나 주변 사람들의 반응을 보며 하나하나 익혀가는 과정이 필요합니다. 부끄러워하지 말고 동료들에게 도움을 요청하거나 적극적으로 검색하는 방법도 있습니다. 사전적 의미와 함께 '저런 상황에서, 저런 의미로, 저렇게 사용하는구나'라는 뉘앙스도 함께 파악하면 적응하는 데 큰 도움이 됩니다.

 20초 대화의 감각이 깨어나는 시간

평생 학습 시대, 어휘력은 꾸준히 키워나가야 합니다. 여기서 단어는 지식적인 개념어도 있지만 사고의 전개 과정을 담당하는 사고 도구어도 있습니다. 특정 조직에서 활용되는 개념어는 개념을 학습하는 것이 중요하고, 사고 도구어는 대화 맥락을 통해 적극적으로 추론하는 것이 중요해요. 처음에는 막막하겠지만 기본기만 다져도 명확한 성과가 드러나는 부분이니 효율적인 영역이기도 합니다. 새로운 환경에 빨리 적응하고 싶다면 그 환경에서 많이 활용되는 단어에 우선 익숙해지세요. 무엇보다 낯설고 자주 반복된다면 꼭 각 잡고 익히세요.

감정, 기분이 귀를 막지 않도록

무엇이든 과유불급

인간은 감정적인 동물입니다. 아무리 냉철한 사람이라고 해도 감정에 휘둘리기 마련이에요. 고집 센 사람이 말귀가 어둡다는 말도 있습니다. 여기 한 상황을 한번 보겠습니다. 백인 여자가 경찰을 부릅니다. 흑인 경찰이 오고 둘은 대화를 해요. 살짝 화가 난 듯한 흑인 경찰은 이야기를 나누던 도중 격양된 모습을 보입니다. 그러다 급하게 뛰어갑니다. 무슨 일일까요?

백인 여자 거기 경찰이죠! 여기 흑인 아이가 수영장에 있어요. 빨리 와주세요.
흑인 경찰 무슨 일이죠? 아! 제가 맞혀볼까요? 수영장에서 놀고 있는 애들이 흑인이라서 그런 겁니까?

백인 여자 네 맞아요. 걔들은 흑인이에요.

흑인 경찰 입 닥쳐요!

백인 여자 …….

흑인 경찰 수영장에 있는 그 아이들이 당신을 괴롭혔나요?

백인 여자 …….

흑인 경찰 도대체 무엇을 했길래 신고를 하죠?

백인 여자 …….

흑인 경찰 말 좀 해봐요!

백인 여자 아이들이 지금 물에 빠졌어요.

흑인 경찰 오! 이런! (후다다닥)

앞에서 듣는 사람이 눈치가 없어 상황 파악을 제대로 하지 못해 힘든 사례가 있었어요. 이번은 그 반대입니다. 너무 멀리 생각하고 잘못된 추론을 해서 곤란한 상황에 빠졌습니다. 개인의 경험이 기반이 된 추론이죠. 인종차별적인 신고를 몇 번 받았고 그렇게 경험이 쌓이면서 이번에도 또 그와 같은 일이 벌어진 상황이라고 짐작한 것입니다. 그러다 급발진까지 이어졌어요……. 여기선 분노란 감정도 중요한 요소입니다. 이성적인 판단이 흐려진 상황이에요. 불안정한 감정 때문에 합리적인 단서들을 모아서 이해하고 추론하는 과정이 생략됐어요. 거기서 오해가 시작됩니다.

기분이 듣기가 될 때

회사에서도 마찬가지입니다. 간단한 심부름만 하더라도 명확한 의사소통이 중요해요. 나의 감정 상태에 따라 메시지를 오해할 수도, 생략할 수도, 곡해할 수도 있어요. 혹은 평소의 관계가 문제일 수도 있고 최근에 발생한 사건 때문에 감정이 상했을 수도 있습니다. 감정은 나의 듣기 태도와 능력에도 영향을 미칩니다. 감정이 이해에 중요한 요소란 사실을 꼭 기억해 주세요. 다음 이 과장과 고 사원의 사례를 볼게요.

이 과장 고 사원! 1층 카페에 직원들 커피 미리 주문해 놨는데 좀 가져다줘요. 따뜻한 허브차 하나만 추가해주고요.

고 사원 네! (바빠 죽겠는데 이런 일만 시키고 짜증나 진짜. 내가 막내도 아니고! 이번에 진급도 안 시켜주고 엄청 부려먹네. 성질나네……. 아오.)

이 과장 음료 가져오느라 고생했습니다. 근데 따뜻한 허브차는 어디 있죠?

고 사원 엇, 주문된 걸 그냥 가져왔는데…….

이 과장 갑자기 목이 안 좋아져서 따뜻한 차를 따로 먹으려고 했는데요.

고 사원 아, 깜빡했습니다.

이 과장 이런 작은 일도 놓치면 큰일을 어떻게 맡기겠나요?

고 사원 죄송합니다.

이 상황에서 고 사원이 잘한 일은 없지만 나름 억울할 수 있습니다. 분명 의도적으로 반항한 상황은 아니니까요. 하지만 이 과정에서 나의 감정을 잘 들여다봐야 해요. 내가 상대방을 무시했을 때, 상대방을 너무 믿었을 때, 이 상황 자체에 불만이 있을 때, 메시지가 너무 마음에 들거나 들지 않을 때……. 정말 다양한 요소가 듣는 사람의 합리적 판단을 방해합니다. 이런 감정적 요인 때문에 중간 단계를 건너뛰고 오해하는 과정이 자주 일어나요.

답이 정해진 꽉 막힌 대화도 결국 감정과 태도의 문제에서 발생합니다. 마케팅 회사에서 광고 모델을 정한다고 생각해 보세요. 나는 A 그룹의 오랜 팬입니다. A 그룹을 광고 모델로 선정하면 오랜 시간 함께 작업할 수 있다는 마음에 A 그룹을 내세웠어요. 하지만 A 그룹이 최근 부정적인 이슈에 휩말려 있고 기업 이미지와도 맞지 않는다는 의견이 있습니다. 이 상황에서 객관적으로는 A 그룹을 배제해야 하지만 감정적인 팬심으로는 절대 포기할 수 없습니다. 그때부터 회의는 '답이 정해진' 상태로 진행될 위험이 있어요. 감정이 원활한 의사소통을 막은 상황이죠.

대화의 구성 요소 적용해 보기

감정이나 기분이 대화를 어떻게 가로막는지 살펴봤어요. 앞에서 다뤘던 대화에서 특히 주목해야 할 부분과 해결 방법도 제안해 드려요.

신고한 백인 여성분은 우선 말이 짧은 편입니다. 중간에 형사가 말을 막기도 했지만 구구절절 다 설명하는 스타일이 아니에요. 그러다 보니 충분한 정보가 전달되지 않았습니다. 사람마다 언어 습관이 다르기 때문에 이 점을 고려해야 해요. 누군가가 TMI$^{Too\ Much\ Information}$를 남발하는 사람이면 다른 누군가는 반대로 너무 말을 적게 해서 속이 터지는 사람일 수 있습니다. "왜 말 안 했어?"라고 따지면 "안 물어봤잖아!" 혹은 경찰의 말대로 "닥치라며……?"라고 반응할 수 있죠. 듣기를 할 때는 충분히 원하는 정보를 얻을 때까지 기다리는 자세가 필요합니다. 그에 맞는 적절한 질문과 상호작용도 중요하겠죠. 상대방이 알아서 다 말해주길 바라는 태도는 좋지 않아요.

그리고 말하는 이에 대한 이미지도 중요합니다. 흑인 경찰이 생각한 백인 여자의 이미지, 고 사원이 생각한 이 과장의 이미지. 이런 요소들도 대화에 복합적으로 영향을 미칩니다. 고 사원이 이 과장에게 갖고 있는 불만이 하루이틀 사이에 쌓인 것은 아니겠죠. 그 이미지가 말하는 사람의 업보라고 할 수도 있지만, 문제는 그로 인해 발생하는 불통의 책임을 듣는 이가 질 수도 있다는 것입니다. 상대방에 대한 감정은 잘 분리해서 들어야 합니다.

② 듣는 이 파악하기 | 어떤 마음으로 들었나요?

이번 사례의 포인트! 듣는 순간의 감정을 정확히 이해해야 합니다. 열정적인 흑인 경찰은 굉장히 적극적으로 듣고 추론하고 반응하는 편입니다. 그러다 보니 상대방에 대한 반감이 발동했죠. 먼저 흥분하고 상대방의 의도와 상관없이 급하게 말의 숨은 의미를 추측해서 상황을 악화시켰어요. 제대로 듣지도 않고 반응해서 상대방은 순간 인종차별주의자가 되었고 아이들도 위험한 상황에 처하게 됐습니다. '우리나라 말은 끝까지 들어봐야 안다!'라는 말이 있죠. 다혈질이거나 성질이 급한 편이라면 듣기 태도를 점검하는 습관을 들여야 해요.

고 사원과 이 과장의 대화도 마찬가지입니다. 듣는 입장에서 말하는 이를 어떻게 생각하는지, 말하는 입장에서 전하는 메시지에 어떤 감정적 요소가 섞여 있는지 들여다봐야 합니다. 괜히 밉상인 사람이 말하면 듣기 싫고 한 귀로 흘리죠. 또 무시하는 사람의 말은 무조건 다 반박하고 싶은 마음이 샘솟습니다. 이렇게 감정은 대화에 중요한 영향을 미칩니다. 이미 마음속에 정해진 답이 있고 감정적으로 지지하는 의견이 있을 때는 사실을 충분히 고려하지 않으면서 자신이 듣고 싶은 말만 듣는 '편협한 듣기'가 됩니다. 하지만 편향적 사고의 가장 큰 피해자는 본인이라는 사실을 잊지 마세요.

③ 내용 파악하기 | 무슨 내용이 오갔나요?

메시지는 굉장히 간단합니다. "수영장에 흑인 아이들이 있어요." 이 정도 메시지로는 얻을 수 있는 정보가 적어요. 그럼 '아이들이 뭘 하고 있나요?', '그래서요?', '별일 있나요?' 등등의 추가 질문이 필요합니다. 극히 한정된 정보만 듣고 사실을 넘겨짚는 것은 위험해요. 육하원칙(왜, 어디서, 어떻게, 언제, 누가, 무엇을)을 비롯해 관련된 정보를 많이 습득할수록 추론이 탄탄해집니다.

"따뜻한 허브차 추가해 주세요." 크게 어렵지 않은 내용의 요청입니다. 하지만 메시지가 오는 상황에서 감정의 안개가 메시지를 흐리게 만들었어요. 맥락을 파악하는 능력이나 센스가 아무리 뛰어나도, 상대의 말을 귀 기울여 듣는 태도가 병행되지 않으면 듣기에 구멍이 생깁니다. 우선 내용을 정확히 파악하도록 노력하고 가능한 상황에서는 메모하는 습관을 가지면 좋습니다.

 20초 대화의 감각이 깨어나는 시간

우선 마음고생한 당신에게 위로의 말씀을 전합니다. 어떻게든 부정적인 감정을 해소할 수 있는 방안을 생각하는 것이 우선이에요. 감정을 억누르기만 하면 나중에 더 큰 폭발이 일어날 수도 있습니다. 당신의 불만이 어디서 시작되었는지, 당신의 굳은 신념이 어디서 나온 것인지 우선 파악하세요. 그리고 거리를 두고 그 감정과 신념을 바라보며 자기 객관화를 할 필요가 있습니다. 시작은 결국 '마음의 여유를 갖고 유연하게 듣기'입니다. 개인의 노력으로 해결이 되지 않는다면 근본적인 원인을 찾아 꼭 구조적인 문제도 살펴보세요. 무조건 참고 끙끙 앓다가 스트레스만 더 쌓일 수 있으니까요.

2단계

귀가 완전히 열렸나요?

① 배경지식이 없는 분야와 배경지식이 풍요로운 분야를 나누어 써볼까요?

부족한 분야	풍요로운 분야

② 다음 문장을 풀어서 해석해 볼까요?

메일로 전달드린 레퍼 참고해서 이 시안 좀 디벨롭해 주세요.

컨펌 받으면 삼명일 안으로 픽스할게요.

다들 분장된 업무 잘 숙지하고 알앤알에 맞게 쭉 팔로업 해주세요.

이번 기획안은 반려당하지 않도록 잘해봅시다.

③ 감정이 대화에 영향을 미쳤던 경험이 있나요?

_____

_____

_____

_____

_____

_____

④ 지금까지 읽은 내용 중 나의 귀를 여는 데 가장 도움이 된 내용을 기록해 보

세요.

_____

_____

_____

_____

_____

CHAPTER 2

Q

못 알아듣겠어요

A

유연한 태도로
문맥을 파악하세요

대상을 명확하게 파악하자

소통의 대상을 생각하기

'소귀에 경 읽기', 우이독경牛耳讀經이란 말이 있어요. 아무리 좋은 뜻이 담긴 말을 해도 알아듣지 못하거나 효과가 없을 때 쓰는 말입니다. 소귀에 불경을 읽어주든, 성경을 읽어주든 소에게는 큰 의미가 없습니다. 그러니 어떠한 행동의 변화나 반응이 나타나지도 않죠. 그런데 소가 아니라 사람에게도 이런 현상은 자주 볼 수 있어요.

아이가 무언가 잘못한 상황에서 엄마가 이런저런 잔소리를 합니다. 그걸 앞에서 듣고 있는 아이의 표정은 어두워요. 뾰로통하게 입술이 나온 것이 심술 나 보입니다. 무언가 억울하고 못마땅한가 봐요. 그럼 엄마는 말해요. "듣기 싫어?" 당연히 듣기 좋진 않겠죠. 듣기 싫은 잔소리는 아이의 귀에 들어가기도 전에 튕겨 나갑니다.

순한 아이는 그래도 싫은 티 내지 않고 묵묵히 듣고는 있어요. 하지만 반대쪽 귀로 곧바로 나가기 때문에 잔소리에 큰 효과는 없습니다. 잔소리는 실상 어떠한 행동도 변화시키지 못하는 경우가 많아요. 이처럼 아무리 듣기 능력이 뛰어나도 듣기 싫은 말에는 그 능력을 발휘하지조차 않는 경우가 대부분입니다. 이는 읽기나 쓰기도 마찬가지입니다. 말하는 이와 듣는 이의 관계는, 글쓴 이와 읽는 이의 관계와도 일맥상통하니까요. 소통할 때는 항상 상대방에 대한 인식, 상대방과의 관계를 고려해야 합니다.

소귀에 경 읽기는 보통 소와 같은 답답한 사람을 꾸짖을 때 자주 사용되는 말입니다. 하지만 생각해 보면 소에게 경을 읊어주는 사람도 현명하진 못해요. '소'라는 대상에 맞는 소통 방법을 고민했어야 합니다. 메신저가 메시지를 수신자에게 전달하는 과정에서 '어떻게'는 중요한 요소입니다.

그래서 좋은 대화를 운전에 비유할 수 있습니다. 운전을 잘하는 사람은 빨리 달리는 사람이나 화려한 운전 스킬을 가진 사람이 아닙니다. 도로 규칙을 명확히 아는 사람도 아니에요. 안전 운전을 하고 사고를 내지 않는 사람입니다. 그래서 '무사고 경력 30년'과 같은 타이틀을 자랑스럽게 여깁니다. 옆에 혹은 앞뒤에 운전이 미숙한 차가 달리고 있다면 방어 운전을 해서 사고를 내지 않아야 진정한 고수입니다. 사고를 내고 도로 규칙을 들이밀며 누가 잘했는지 따져봤자 이미 입은 피해를 되돌릴 수 없습니다. 이처럼 상대방을 명확히 파악하고 그에 맞게 적절히 조절하며 전달하는 태도가 진정한 대화 고수의 자세입니다.

말하는 사람이 있으면 듣는 사람이 있고, 글을 쓰는 사람이 있으면 읽는 사람이 있어요. 말하는 이는 듣는 이를 고려해 눈높이에 맞게 말하고, 듣는 이는 말하는 이를 떠올리며 말을 해석합니다. 작가는 독자를 대상으로 와닿는 글을 쓰고, 독자는 작가의 삶을 바탕으로 글을 해석해요. 다 유기적으로 연결되어 있기 때문에 소통의 대상을 생각할수록 의미를 명료하게 이해할 수 있습니다. 이런 연결고리가 메시지를 전달하는 데 어떤 영향을 미치는지 끊임없이 고민해야해요. 긍정적인 역할을 할 때는 적극적으로 활용하고, 부정적인 역할을 할 때는 과감히 분리해야 합니다.

메신저와 메시지 연결하기

독서 모임을 10년째 하면서 많은 사람과 책 이야기를 나눴어요. 오랜시간 함께해 온 분들은 그 캐릭터가 머릿속에 그려집니다. 문학소녀, 열혈 청년, 공대 남자, K-장녀 등 별명도 지을 수 있어요. 그래서 책을 읽으면서도 그 사람들의 반응이 떠오릅니다. '이 부분은 문학소녀 님도 좋아하겠는데?', '이 부분은 K-장녀 님이 싫어하겠는데?'라고 추측도 하며 읽어요. 나중에 독서 모임에서 감상을 나누다 보면 대부분

맞아떨어집니다. 메신저와 메시지가 연결되는 순간이에요.

평소에 대화를 나눌 때도 생각해 보세요. 누군가가 내뱉는 이야기는 그 사람을 드러냅니다. 대표적으로 MBTI 반응 시리즈가 있어요. 냉철한 T 성향의 반응과 공감의 아이콘 F 성향의 반응이 많이 비교되곤 합니다. 또 주제 면에서도 다릅니다. 어떤 친구는 자녀 교육에 꽂혀 있고, 어떤 친구는 주식과 부동산 이야기만 하고, 어떤 친구는 축구에 빠져 살고 있습니다. 사람마다 관심 있는 주제가 있고 그것에 대해 자주 이야기하죠. 상대방이 좋아하는 주제만 파악해도 소통이 훨씬 원활해집니다.

문학이나 영화에서 '작가주의 작품'이란 말을 종종 씁니다. 여기서 작가는 글 쓰는 사람 외에도 자신만의 색깔을 바탕으로 콘텐츠를 제작하는 사람을 모두 포괄하는 의미입니다. 한 작가는 '모든 소설은 결국 자전적인 이야기'라고 말하기도 했어요. 그 정도로 작가와 작품은 깊은 관계가 있음을 강조하는 겁니다. 이런 작품들은 메신저에 대해 많이 파악할수록 메시지를 깊고 넓게 이해할 수 있으니 적극 활용해야 합니다.

특히 유명한 성장 소설은 작가의 이야기를 담은 작품이 많아요. 헤르만 헤세의 『데미안』, 『수레바퀴 아래서』, 『싯다르타』 같은 작품은 저자의 삶을 알수록 더 깊게 이해할 수 있고요. 조지 오웰의 『동물농장』, 『1984』도 저자의 사연 많은 정치 인생을 들여다보면 작품 속 주제 의식을 더욱 폭넓게 이해할 수 있습니다. 『개밥바라기별』도 근현대사를 살아낸 황석영 작가님의 삶의 궤적이 자연스럽게 녹아 있죠.

영화 중에도 감독 자신의 경험담을 풀어내 화제가 된 작품들이 있어요. 영화 〈미나리〉는 한국계 이민자 가정에서 태어난 감독의 자전적인 이야기를 모티브로 하고 있습니다. 실제로 할머니가 한국에서 미국으로 가져온 미나리 씨앗, 그 미나리의 질긴 생명력과 강한 적응력이 작품의 제목이자 주제가 되기도 했어요. 감독에 관심을 가질수록 작품에 대한 감상도 깊어집니다.

자전적 이야기 외에 주제 의식에 꽂힌 작가들도 있어요. 정유정 작가는 '인간의 악'이 자신의 인생 테마 중 하나라고 인터뷰에서 언급한 적이 있어요. 실제로 그의 작품 『7년의 밤』, 『28』, 『종의 기원』, 『완전한 행복』에는 살인마, 사이코패스와 같은 악한 인물이 주인공으로 자주 등장합니다. 작가의 주제 의식을 알면 작품의 주제 의식도 파악하기 쉽죠.

주제 의식에 꽂힌 영화감독 중에는 봉준호 감독이 대표적입니다. 봉준호 감독에 대해 다룬 책, 삶에 대한 다큐, 인터뷰 모음집 등 자료도 굉장히 많아요. 그의 영화에서는 '권력과 계급'에 대한 이야기를 자주 만나볼 수 있어요. 영화 〈기생충〉은 '현대적 계급 우화'라는 평이 달릴 정도로 적나라하게 계급의 차이를 드러내고 있어요. 영화 〈설국열차〉도 머리 칸과 꼬리 칸이라는 명확한 계급 대립이 작품을 이끌어갑니다. 영화 〈옥자〉도 순수한 소녀와 동물 옥자가 탐욕에 물든 자본가에게 위협을 당하며 대립해요. '권력과 계급'이라는 키워드가 작품을 이해하는 데 큰 도움을 주죠. 이렇게 메신저를 파악하면 메시지를 이해하는 데 큰 도움이 됩니다.

메신저와 메시지 분리하기

반면에 메신저와 메시지를 연결했을 때 부정적 효과를 가져오는 경우가 있습니다. 메시지를 오염시키거나, 메시지를 이해하는 데 감정적인 걸림돌이 되기도 해요. 이런 상황이라면 메신저와 메시지를 과감하게 분리할 필요가 있어요. 이 부분에서 많은 사람이 오해를 하고 힘들어하기 때문에 좀 더 집중해서 다룰게요.

　메신저와 수신자의 관계로 인해 소통이 가로막히는 몇 가지 대표적인 상황이 있어요. 첫째, 수신자가 메신저를 무시할 때 소통이 단절됩니다. 여러 가지 이유가 있을 거예요. 상대방의 나이가 어려서, 전문성이 떨어져서, 인성이 별로라서 등등. 어떤 이유든 신뢰를 잃은 이의 메시지는 듣는 이에게 와닿기 힘듭니다. '꼭 들어야 하나?'라는 생각과 함께 관심도와 집중력이 사라집니다. '귓등으로 듣는다'는 말이 있죠? 이야기를 들어도 다 튕겨내는 상황이에요. 경청하려는 태도 자체가 사라지는 것이죠. 그러면 무슨 말을 들어도 당연히 이해도 잘 안 되고, '역시 별로였다'고 평하기 쉽습니다. 저 사람의 말은 들을 가치가 없다고 판단했을 때, 우리의 귀는 굳게 닫힙니다. 그래서 마음의 문을 열어야 귀도 열린다는 말이 있어요. 말은 쉽지만 어려운 행위 중 하나가 마음의 문을 여는 거예요. 회사에서도 내가 무시하는 상사, 밉상인 사람의 이야기는 귀에 잘 안 들어오고 머리에도 남지 않습니다. 다음 상황을 볼게요.

(오전 회의실 집합)

A　다음 주에 회사에서 제일 큰 행사가 코엑스에서 열립니다.
○○월 ○○일에 열리는 이 행사는……

B　(쓸데없이 자꾸 부르고 그래. 자기 일이나 잘하지. 이번에도 실적 마이너스
더구만……) 에휴.

(오후 업무)

C　B님, 다음 주 행사 어떻게 준비할까요?

B　어? 다음 주? 행사가 언제지?

C　오전 회의 때 안건 나왔잖아요.

B　아, 그랬나…….

C　(뭐야, 귀가 먹었나) 확인 부탁드려요.

　B는 A에 대한 안 좋은 인식을 갖고 있고, A의 말을 흘려서 듣습니다. 그 태도가 C에게 고스란히 전해져요. A를 무시한 B가 C에게 오히려 무시당할 수 있는 상황입니다. 상대방을 존중하며 경청하자는 이야기를 많이 하는 이유입니다. 존중하면서 들으면 더 집중하게 되고, 의미도 잘 이해되니까요. 서로 기분도 좋아지고요.

　책을 읽을 때도 마찬가지입니다. 작가를 존중하지 않는다면 그가 쓴 내용도 가볍게 여기게 됩니다. 나이가 어려서, 학위가 없어서, 첫 책이라서……. 장벽이 되는 조건들은 많습니다. 전문가가 아니기에 오히려 신선한 시각으로 해당 주제를 다룰 수도 있는데, 권위가 없다고 그 내용을 무시하면 잘 쓴 글이라도 마음속에 와닿지 않습니다. 그럼 결국 나의 손해가 됩니다.

둘째, 메신저와 수신자의 사이가 좋지 않을 때 소통이 단절됩니다. 여러 가지 이유로 부정적인 관계가 형성되었을 때도 상대방의 말이 제대로 들리지 않아요. '듣기 싫어!'라는 마음이 먼저 들면, 아무리 좋은 내용이라도 귀에 와닿지 않습니다. 더 심할 때는 말을 왜곡하고 오해해서 더 부정적으로 대할 수 있어요. 오히려 반항하기도 합니다. 특히 가족 간 잔소리는…… 위험해요.

선생님에게 반발감이 생기면 수업을 잘 듣지 못해요. 하지만 호감을 가진 선생님의 과목은 더 열심히 듣고 공부도 부지런히 하게 됩니다. 더 집중해서 듣고 의도를 고민하고 되새김질하니까 내용도 잘 이해하겠죠. 사회생활도 마찬가지입니다. 관계가 좋은 상사, 타사 직원과의 소통은 굉장히 원활하지만 특정 직원과만 유독 불통이라면 감정이란 요소가 개입돼 있을 수 있어요. 나아가서 '이익을 독차지하려고 수 쓰는 거 아니야?', '나를 공격하려고 지금 이러는 거지?'와 같은 음해성 추론까지 할 위험이 있습니다. 그러다 관계가 더 악화되고 상황도 심각해지니 주의해야 해요.

책을 좋아하는 독서 모임 회원이 하소연을 한 적이 있습니다. 한 작가의 작품을 좋아했는데, 그가 특정 정치적 색깔을 띠는 활동을 하기 시작했다고 합니다. 그 사실을 알게 된 이후로 정이 확 떨어졌다고 했어요. 이전에 좋아했던 책들도 꼴 보기 싫다고, 너무 아쉽다는 하소연이었습니다.

우선 이때 수신자는 선택할 수 있습니다. 내가 지금 미워하는 메신저와 과거의 메시지를 분리할 것인지, 아니면 함께 폐기 처분할 것인지 말이죠. 만약 메시지를 수용할지 말지 선택할 수 없는 전공 서적이라면 어떨까요? 저자는 비호감이지만 그 책은 교재로서 활용해야 한다면, 메신저와 메시지는 분리해야 합니다. 싫은 건 싫은 거고 공부는 공부니까요.

듣기와 읽기를 통해 메시지를 수용할 때 선행되어야 할 질문이 있습니다. 나는 말하는 사람과 어떤 관계인가? 그 관계가 메시지에 어떤 영향을 미치는가? 이 질문을 자주 해주세요. 그리고 긍정적인 영향을 미친다면 적극 활용해야 합니다! 중간만 되어도 메신저를 탐색하면서 많은 단서를 얻을 수 있어요. 하지만 메신저의 존재가 나의 듣기와 읽기에 부정적인 영향을 미친다면 거리를 두고 분리하세요. 메시지라도 알차게 취해야 합니다. 메시지를 놓치면 손해를 보는 것은 결국 누구인지 생각하세요.

결국은
심리다

머리가 하얘질 때

방송에서 경연 프로그램을 쉽게 볼 수 있는 시대입니다. 다양한 경연 프로그램이 서바이벌식으로 진행돼요. 많은 사람이 열심히 연습하고 준비한 상태에서 무대에 오르지만, 무대에서 숱한 실수를 합니다. 심리적 압박감과 긴장 속에서 실수한 사람들이 자주 하는 말이 있어요. "머리가 하얘진다." 그 상태에서는 글자가 제대로 보이지도 않고, 들리지도 않고, 생각대로 되지 않습니다.

일상에서도 긴장되는 상황은 자주 찾아옵니다. 시험이나 면접을 보거나, 많은 사람 앞에서 중요한 발표를 하거나, 상사에게 혼이 나는 등 여러 가지 경우가 금방 떠오르죠. 평소에 사람들과 무리 없이 대화를 주고받았다고 하더라도 그 상황의 기세에 눌리는 경우가 많습니다.

머리에 들어오지 않으니 자꾸 되묻고, 정리도 안 되고 혼란스럽죠. 일반인이 유명한 프로그램에 나왔을 때 얼마나 긴장될까요? 한 예능 프로그램에 나온 부동산 중개인의 반응이 큰 재미를 주었습니다. 다음은 해당 프로그램에 나온 장면을 바탕으로 각색한 내용이에요.

개그맨1   안녕하세요. 집 주인분이신가요?

공인중개사   이 빌라는 탑층의 복합 구조입니다.

개그맨1   ……?

개그맨2   잠시만요, 잠시만요. 자기소개를…….

공인중개사   아, 저요?

개그맨1   누구신지……?

공인중개사   ◇◇ 공인중개사사무소의 소장 ○○○입니다.

개그맨2   반갑습니다!

개그맨1   저희가 집을 보러 왔는데, 좀 특이한 점이 있을까요?

공인중개사   이 빌라는 탑층의 복합 구조입니다.

개그맨1   잠시만요. (로봇처럼 움직이며 상황극을 시작함)

개그맨2   저희가 몇 층으로 가면 되나요?

공인중개사   탑층에 복합 구조로…….

개그맨1   여기가 1, 2, 3, 4층이잖아요. 저희가 갈 곳이?

공인중개사   탑층!

개그맨1   4층이잖아요?

일반인 공인중개사분은 많이 긴장한 상태라 상대방의 메시지가 귀에 들어오지 않았고, 머릿속에 새겨진 '탑층의 복합 구조'만 반복했어요. 이 로봇 같은 모습에 많은 분들이 즐거워했습니다. 하지만 공인중개사 본인은 식은땀이 뻘뻘 났을 거예요. 이처럼 심리적 요인 때문에 외부의 언어 자극이 차단되기도 합니다. 고객 상담도 많이 하고, 집에 대한 지식도 빠삭한 전문가도 긴장하면 머리가 하얘지고 행동이 어리숙해집니다. 무엇보다 마음의 여유가 중요해요.

많은 사람이 시험을 치를 때 긴장해서 제 실력을 발휘하지 못합니다. 문제를 거듭 읽어도 내용이 머릿속에 들어오지 않아 반복해서 읽기만 하다가 풀 시간이 부족해지기도 하고, 글의 의도를 파악하지 못하고 헛다리를 짚기도 해요. 다른 생각이 머릿속에 들어와 글의 내용과 뒤섞여 버리기도 하죠. 집중해서 자료를 읽고 보고서를 작성해야 하는데, 시간에 쫓겨 마음에 여유가 없어지면 일의 효율이 떨어지게 됩니다.

이렇게 메시지를 이해하고 표현하는 데 심리적인 부분은 결정적인 역할을 합니다. 그래서 잘 소통하기 위해서는 긴장감이나 두려움을 관리하는 능력이 중요해요. 과하게 긴장한 상태에서는 소리 자체가 제대로 들리지 않습니다. 그러니 의미도 당연히 이해가 되지 않죠. 긴장감이나 두려움을 없애고 이해하도록 노력해야 해요. 그래서 많은 강사가 강의를 시작할 때 '아이스 브레이킹Ice Breaking' 시간을 넣습니다. 말 그대로 얼음과 같이 경직된 분위기를 깨는 시간이에요. 가벼운 게임이나 유머를 통해 한바탕 웃고 나면, 서로에게 친근감을 느끼게 되고 강의 내용도 더 잘 들어옵니다. 강사도 긴장이 풀리니 더 술술 말하게 되고, 수강생도 말랑말랑한 분위기 속에서 스펀지처럼 내용을 습득합니다.

서바이벌 오디션이나 무거운 회의 시간에도 가벼운 농담을 통해 사람들의 긴장을 완화시켜 주는 순간들이 종종 필요합니다. 그래야 참여자 모두가 자신이 준비한 것을 다 보여줄 수 있으니까요. 그렇게 누군가가 긴장감을 풀어주면 정말 좋겠지만, 스스로의 힘으로 해결해야 하는 상황도 있죠. 그럴 때는 천천히 호흡을 하거나, 스트레칭을 하거나 재밌는 생각을 하세요. 이런저런 상상을 하는 것도 방법입니다. 가벼운 음악을 들어도 좋고, 재밌는 웹툰도 좋아요. 미리 긴장감을 해소해 주세요. 편하게 글을 읽고 말을 들을 수 있는 환경을 조성해야 합니다.

대화에 대한 긴장감과 두려움은 특별하지 않은 상황에서도 자주 나타나는 추세입니다. 그 예로 '콜 포비아' 현상이 있어요. 단순히 전화 통화를 기피하는 것을 넘어 두려움과 불안을 느끼는 현상입니다. 이 상태로 취업했을 때, 전화 통화로 진행하는 업무에 대한 괴로움을 호소하기도 해요. 콜 포비아 현상의 원인 중 하나는 말실수나 오해, 무반응, 침묵에 대한 걱정입니다. 충분히 준비하지 못한 상황에서 나누는 대화 때문에 어떤 사태가 벌어질까 봐 불안해요. 썼다 지웠다 할 수 있고, 보고도 잠시 외면할 수 있는 메신저에 비해 부담감이 크죠. 긴장하니 더 들리지 않고, 제대로 반응하지 못하고, 횡설수설하다 실패를 경험하고, 그 경험이 고착화됩니다. 메신저가 편하니 텍스트로 소통하면 된다고 하지만, 이 문제는 대면 소통과도 이어지기 때문에 그냥 넘어가면 위험합니다. 회사에서 업무를 진행할 때도 이 영향으로 큰 어려움을 겪을 수 있죠. 우선 소통에 대한 완벽주의를 내려놓고, 실패에 대한 두려움도 버려야 합니다. 긴장감을 체계적으로 관리하는 방법을 알아볼게요.

긴장감을 관리하는 방법

일상생활을 잘하다가 특정 대상이나 장소에서 소통 문제로 고충을 호소하는 분들이 있어요. 상대방에 대한 심리적 압박 때문에 감각도 마비되고, 전략적으로 판단할 의지도 잃는 상황이 자주 생기기도 합니다. 그런 분들은 반복되는 패턴이나 상황을 꼭 점검해야 합니다. 문제를 피하기보다 명확하게 드러내야 효율적인 대책을 세울 수 있어요.

최근에 육아 예능에서 학교라는 공간만 가면 불안하고 스트레스를 받아서 제대로 소통을 하지 못하는 아이가 나왔어요. 담당 박사님의 처방은 꾸준한 시뮬레이션으로 상황에 익숙해지는 방법이었습니다. 집 안에서도 학교와 같은 환경을 만들고, 역할극도 하고, 책상에 앉아서 공부도 해보고요. 친구들이 없는 빈 교실에 미리 가서 조금씩 적응해 보는 훈련도 했죠. 학생들 모습과 같은 인간 모형도 준비해서 최대한 비슷한 상황을 만들어줬어요. 수능을 보기 전에 지정된 학교에 미리 가보고 비슷한 상황에서 훈련하는 것과 같은 맥락입니다. 큰 무대에 서기 전에 리허설을 하는 것도 같은 이치고요. 불편한 요소에서 배제할 수 있는 부분은 배제하고, 안 되는 부분은 서서히 적응해야 합니다.

너무 긴장해서 이해가 되지 않을 때, 우선 공간을 이동하는 방법이 있어요. "잠깐만 쉬었다 해도 될까요? 화장실 좀 다녀오겠습니다"
와 같이 양해를 구하고 진짜 쉬는 시간을 가져요. 아니면 "잠시 노트
좀 챙기고 오겠습니다", "물 좀 마시고 오겠습니다"라는 말로 흐름을
살짝 바꿀 수 있죠. 도서관에서 책을 읽다가도 내용이 머리에 들어오
지 않고, 답답할 때는 좀 더 트인 장소로 이동하면 도움이 됩니다. 그
래서 일부러 회의를 카페에서 하거나 오픈된 공간에서 하기도 해요.
역으로 주변이 산만하고 다른 사람의 시선이 신경 쓰인다면 안정적
인 공간으로 장소를 바꿀 수 있어요. 1인 독서실 같은 공간을 이용하
거나 '포커스 존'이라고 집중해서 일할 수 있는 공간을 따로 구분하기
도 합니다. 이런 것들이 모두 공간의 이동을 통해 정신을 환기시키는
전략이에요.

　몸을 이동하기 힘들면 심호흡을 충분히 한 상태에서 상상 속으로
본인을 다른 곳에 데려다 놔도 좋습니다. 맘 편히 이야기를 나누고 책
을 읽을 수 있는 옥상이나 카페로 말이죠. 그리고 상사의 꾸지람을
듣고 있다면 내가 믿고 의지하는 사수와 티타임을 하는 시간이라고
생각하세요. 티타임을 하면서 뭐 따끔한 조언도 나올 수 있는 거니까
요. 티타임을 하면서 해고를 하진 않겠죠? 그런 생각을 하면 마음의
부담이 줄어듭니다. 큰소리가 나도 자체적으로 데시벨을 조절하며 마
음을 조절하세요. 대화 중에 망상을 하라는 게 아니라, 공간만 살짝
이동하는 겁니다.

　전화 통화에 대한 공포도, 사무실에서 유난히 심하게 느끼는 분들
이 있습니다. 회사 전화벨 소리만 들어도 짜증과 두려움이 밀려오죠.
업무 전화로 꾸짖음을 당했거나 부정적인 내용의 전화를 자주 받았

을 때 나쁜 기억이 함께 연결될 수 있어요. 그럴 때 의도적으로 사무실을 벗어나 봅니다. 라운지로만 나와도 괜찮아요. 착신 전환을 해두고 밖에 나와 연락하는 방법도 있습니다.

유튜브에도 다양한 백색소음을 통해 '바닷가에서 공부하기', '캠핑장에서 공부하기'와 같은 효과를 주는 콘텐츠들이 있어요. 파도 소리나 장작 타는 소리를 들으며 공부하면 상상 속에서 나는 이미 그곳에 가 있는 겁니다. 다 공간이 주는 압박을 벗어나 나의 심리적 환경을 재구성하기 위함이에요. '여기는 답답한 도서실이 아니라 자연 속이다!'라고 적극적으로 상황을 바꿔 태도가 안정되면 내용도 잘 들리고 다음 지시 사항도 잘 수행할 수 있어요.

다음은 정면으로 돌파하는 방법입니다! 지금의 긴장된 상황을 인정하고 이겨낼 수 있어요. 학생과 선생님처럼 배운다는 마음으로, 고수에게 수련받는다는 마음으로 정신 바짝 차리고 달려들어요. 상황은 내가 바꿀 수 있는 것이 아니니, 나의 태도를 바꿔보자는 겁니다.

전화를 걸기 전에, 대화를 하기 전에 충실히 연습합니다. 인사말부터 전해야 할 내용까지 반복해서 훈련하고 상호작용의 상황을 시뮬레이션하면 도움이 됩니다. 들을 때도 그 의지를 살려 받아쓰기하는 마음으로, 상대방의 말을 놓치지 않겠다는 자세로 메모해 보세요. 열심히 뭔가 적으면 눈을 마주치지 않아도 되고 메시지 자체에 집중할 수 있어요. 물론 말보다 빨리 쓸 수 없으니 키워드 중심으로 적어야 합니다. 필요하면 녹음도 하고 나중에 다시 들을 수 있어요. 정면 돌파의 의지! 마찬가지로 어려운 텍스트를 읽을 때도 꼭 이해하겠다는 마음으로 반복해서 읽고 밑줄도 그으며 몰입합니다. 쉽게 포기하지 않고 참고 자료를 활용하여 호전적인 자세로 읽어요. 그러한 몰입이 긴장되는 상황을 잊게 만들 수 있습니다.

전혀 다른 두 가지 방법을 이야기한 이유는 성향 차이 때문이에요. 긴장된 마음은 결국 심리적 요인이기 때문에 평소의 성향과도 많은 관련이 있어요. 메시지를 받아들이는 태도를 정립하는 데 개인의 성향이 큰 영향을 미칩니다. 누군가는 회피함으로써 평온을 찾고 주의를 환기하기도 하지만, 누군가는 회피할 때 더 찝찝함을 느끼고 불안해합니다. 정면 돌파가 괴로운 사람도 있지만, 오히려 그 분노와 열등감, 수치심을 승화시켜 에너지로 전환해 성장의 기회로 삼는 사람도 있어요. 마음이 여린 제 절친한 친구는 전자이고, 독한 저는 후자입니다. 제가 처음 대학원을 가게 된 이유도, 특정 분야를 깊게 공부한 이유도 시작은 분노 때문이었어요. 신입 사원 때는 선생님들의 항의성 문의 때문에 전화가 무서웠습니다. 그러다 연구개발팀으로서 무시당하지 않겠다는 마음으로 반박하기 위해 열심히 공부했고, 그렇게 내공이 쌓이자 더 이상 전화가 두렵지 않더라고요.

누구에게나 다양한 사정이 있지만 시작은 내가 처한 상황을 파악하고 메시지를 분리해서 들을 수 있는 자세입니다. 말하는 사람과 그 말을 분리하고, 글을 쓴 사람과 글을 분리하는 연습을 해보세요. 쉽지 않겠지만 꾸준히 훈련해 보시길 바랍니다. 사람에서 감정을 빼고, 메시지에서 감정을 빼고, 오롯이 언어 기호와 감각끼리 직접 연결될 수 있도록 애써 봅니다.

마음의 문제가 가장 고치기 힘듭니다. 자존감과 관련되는 면도 있어요. 사람들도 성격이 다르고, 관계도 다르고 서로에게 미치는 영향력도 다릅니다. 그 사이에서 긴장이 된다면 무엇이든 쉽지 않습니다. 그래서 운동선수들이나 큰 무대에 서는 사람들은 자기만의 마인드 컨트롤 방법을 실행하기도 해요. 명상하는 사람도 있고, 좋아하는 음악을 듣는 사람도 있고, 시뮬레이션으로 철저히 훈련하는 사람도 있고, 자신만의 징크스를 챙기는 사람도 있습니다.

여러분이 미리 준비할 수 있는 상황이라면 이 모든 것들을 꼼꼼히 챙겨보세요. 그리고 명확한 원인 분석과 함께 자신만의 마인드 컨트롤, 극복 방법을 꾸준히 찾아보는 거예요. 두드리면 열리게 되어 있습니다.

부정적인 감정을 전환하기

앞에서 사례들을 통해 파악한 것처럼 메신저와 메시지를 연결해서 이해의 폭을 더 넓힐 수 있어요. 하지만 반대로, 메신저에 대해 부정적인 감정이 있다면 오히려 메시지가 가려집니다. 그럴 때는 의도적으로 감정을 전환해야 합니다. 실제로 많은 사람이 '기분 나빠요,' '불편해요'라는 말을 덧붙이며 자기가 들은 메시지에 대한 감상을 말합니다. 그런데 그 감상은 정작 메시지의 본질에서 벗어나 있는 경우가 많아요. 감정을 상하게 한 일부 장면 때문에 진짜 중요한 메시지를 놓치는 사례를 많이 봐왔습니다. 감정이 상한 부분과 본질적으로 좋은 부분을 분리하면 좋을 텐데, 그것이 쉽지 않습니다. 그 부분만 극복해도 메시지를 깔끔하게 이해할 수 있어요.

우선 메신저의 단점을 긍정적으로 승화시키는 방법이 있습니다. 여기서 '승화'는 더 높은 상태로 발전하는 일, 부정적 충동이나 욕구를 사회적·정신적 가치가 있는 것으로 바꿔 충족시키는 행위를 의미해요. 요즘 유행하는 초 긍정의 사고 방식을 떠올리면 됩니다. 여기서는 '승화적 사고'라고 할게요.

젊은 강사가 교육할 때 수강생들의 반응은 크게 두 가지입니다. '저런 젊은 사람한테 배울 만한 것이 뭐가 있겠어? 경험도 얼마 없을 텐데!'라고 생각하며 부정적인 태도로 임하는가 하면, 승화적 사고로 접근해 '젊은 강사가 주는 새로운 인사이트가 있겠지? 신선한 자극이 기대된다!'라고 생각하며 긍정적인 태도로 임할 수도 있어요. 어떤 수강생이 더 많은 것을 얻을 수 있을까요? 당연히 후자입니다. 유연한 태도와 열린 마음이 조금이라도 신선한 자극을 수용할 수 있어요.

선생님도 마찬가지예요. '저 선생님, 꼰대같이 잔소리만 하고 정말 꼴 보기 싫어!'라고 생각하는 것과 승화적 사고로 접근해서 '저 엄격한 선생님 덕분에 내가 긴장하게 되니까 학습 태도가 좋아지는 것 같네!'라고 생각하는 것은 관계 면에서 큰 차이를 만들어냅니다. 그 관계가 학습 태도와 성과로도 이어질 수 있어요.

회사원이라면 상사에 대한 판단도 각기 다르게 나타날 수 있습니다. 누군가는 "팀장님은 자기 혼자 잘난 줄 알아. 독단적으로 일해서 문제야"라고 말하고, 누군가는 "팀장님은 카리스마 리더십이 있어. 일당백이라니까"라고 표현할 수 있어요. 상사를 어떻게 판단하느냐에 따라 그에게 얼마나 많은 일을 배울 수 있는지도 달라질 것입니다.

저는 책을 읽고 나서도 항상 리뷰에 '추천 대상'을 남깁니다. 나에게는 아쉬운 책이었지만, 누군가에게는 더 의미 있는 책일 수 있다고 생각을 전환하고 확장하기 위해서예요. 예를 들어, 나의 수준보다 쉬운 책을 만나서 아쉬울 수 있어요. 그때 아쉬운 마음에서 멈추지 않고 '이런 쉬운 책이 필요한 누군가가 있겠구나!'라고 시야를 넓히는 겁니다. 실제로 '미디어를 활용한 문해력 지도'로 강의 및 텍스트 콘텐츠를 만들고 사람들의 앞에 설 때 여러 반응을 만났어요. 누군가는 '별짓을 다 하네'였지만 또 누군가는 '미디어를 활용해서 공부해야 할 시대가 되었구나', '(나는 아니지만) 요즘 애들이 좋아하겠네'라는 새로운 깨달음을 얻습니다. 문해력의 의미를 대화와 소통으로 확장했을 때도 마찬가지입니다. 누군가는 '이게 무슨 문해력이야'라고 불평하지만 누군가는 '문해력의 의미가 시대에 맞게 확장됐구나', '(나는 아니지만) 대화를 힘들어하는 사람들이 있구나'라고 세상을 이해하는 도구로 삼습니다. '콜 포비아 현상'을 알게 되고도, '별일이 다 있네. 이런 걸 책으로 쓰냐?'라고 외면하기보다 '나는 전화가 더 편하던데……. 전화를 두려워하는 사람들도 있구나. 참 힘들겠다'라고 유연한 시선으로 바라봅니다.

더 상위 기술로는 메신저를 상상 속에서 대체하는 방법이 있어요. 이건 마인드 컨트롤이 중요한 고급 기술이에요. 1차로 그 사람의 좋았던 부분을 바탕으로 긍정적 상상을 할 수 있고요. 2차로 완전히 다른 사람이라고 상상할 수 있어요. 제가 실제로 가장 많이 활용하는 방법입니다. 잔소리가 많고 업무에 하나하나 간섭하는 상사를 대할 때 한 친척 어르신을 생각하며 일하곤 했어요. 그럼 자연스럽게 포근한 마음이 들더라고요. '내가 걱정되어서 이러시는구나. 조금 피곤하지만 참 감사한 분이다.' 부정적인 마음이나 반발감이 많이 누그러졌습니다. 조금은 옛스러운 주장과 문체의 글을 읽을 때도 가까운 어르신을 떠올리며 조금이나마 호감을 더해 글을 읽습니다. 전달 방식이 마음에 들지 않을 수 있지만, 그 안에서도 좋은 메시지를 뽑는 것이 중요하니까요.

밉상인 친구가 있다면, 그 친구의 (얼마 없는) 좋은 점을 열심히 떠올리며 경청해 줍니다. '그 친구가 지금은 밉상이지만 고등학교 때 나한테 참 잘해줬지', '그때 그 친구 없었으면 참 외로웠을 거야' 하며 추억을 떠올리면 밉상 짓도 조금은 귀엽게 보입니다. 부담스럽고 무서운 상사의 이야기를 들을 때 그 상사가 잘해줬던 아주 작은 일들을 긍정적으로 떠올려보고, 나아가 편한 친구라고 생각하면 긴장하지 않고 들을 수 있어요. 앞에서 강의하는 선생님과 관계가 좋지 않다면? 좋았던 기억을 떠올려보세요. 정 없다면 다른 선생님이라고 상상해 보세요. 실력이 의심스럽다면? 일타강사라고 생각하세요. 너무 친해서 장난치고 싶고 집중이 되지 않는다면? 처음 보는 특별 강사라고 상상해 보세요!

평소 대화하거나 전화 통화를 할 때 긴장을 많이 하더라도, 그나마 조금 편한 사람이 있을 겁니다. 그럼 그 사람을 상대방으로 자주 떠올리며 대체 자원으로 활용하세요. 전화 통화일 때는 상상하기가 좀 더 수월합니다. 수화기 너머에 그 사람이 있다면, 내가 못 알아들어도 좀 더 친절하게 다시 설명해 줄 테고 말실수를 하더라도 부드럽게 넘어가 줄 것이니까요. 도망가는 방법이 아니라 극복하는 방법으로 여러 시도를 해봅니다.

감정은 메시지를 이해하는 데 큰 영향을 미칩니다. 그래서 항상 나의 심리를 들여다봐야 해요. 그리고 그 상황에 맞게 적극적으로 대처해야 듣기와 읽기 모두 효과적으로 이뤄낼 수 있어요. 특히 부정적인 감정이 나에게 오는 메시지를 막거나 뒤튼다면 적극적으로 감정을 전환할 필요가 있습니다. 억지로라도 장점 위주로 바라보거나, 힘들면 상상 속에서 대체합니다. 내 감정 때문에 메시지를 놓치거나 오해하지 않도록 주의하세요. 안 그래도 책을 읽는 시간이 줄고, 사람들과 정갈한 대화를 나눌 시간이 귀해지고 있는데, 더 알차게 활용해 봐요.

편향된 인식을
바꾸자

강력한 확증 편향

흥미로운 책을 한 권 소개할게요. 『지구가 평평하다고 믿는 사람과 즐겁고 생산적인 대화를 나누는 법』이라는 책인데요. 제목부터 의미심장합니다. 지구가 평평하다고 믿는 사람이 있다고 전제하니까요. 설마 있을까 싶지만, 유튜브에 'flat earth'라고 검색하면 많은 영상이 나옵니다. 학회도 있고 정기 모임도 연다고 해요. 신기하죠. 그 외에 지구 온난화를 인정하지 않는 사람의 이야기도 나와요.

책의 저자는 이렇게 신념이 가득한 분들과 대화할 때 논리는 큰 힘을 발휘하지 못한다고 말해요. 아무리 합리적인 말이라도 해당 신념과 다르다면 다 튕겨내니까요. 오히려 정서적으로 친밀한 관계를 맺는 것이 생산적인 대화에 도움이 된다고 강조합니다. 라포르^{Rapport} 형성이 돼야 그 이후에 대화가 진행될 수 있다는 거죠. 앞에서 이야기했던 것처럼 말하는 이와 듣는 이의 관계는 긍정적인 듣기 태도를 형성하는 데 매우 중요하니까요.

읽는 것도, 듣는 것도 결국은 다 뇌를 거쳐 진행됩니다. 그래서 우리는 사실 보고 싶은 것만 보고, 듣고 싶은 것만 듣는다고 하죠. 이를 확증 편향이라고 해요. 확증 편향이란 '원래 갖고 있는 생각이나 신념을 확인하려는 경향성'으로 풀이하는데, 가볍게는 나에게 유리한 쪽으로 해석한다거나 내가 관심 있는 주제에 대한 이야기로 오해하는 경우도 포함할 수 있어요. 세상에서 제일 무서운 사람이 한 권의 책만 읽은 사람이라는 말도 있습니다. 그 한 권을 진리인 것처럼 믿고 지내면, 다른 이야기는 귀에 들어오지도 않을 테니까요.

저희 어머니는 콜라 중에서 '코카콜라'가 최고라고 생각하십니다. 왜 그런지 모르겠지만 코카콜라만 좋고 나머지는 아류작이라는 인식을 갖고 있어요. 저는 별생각 없이 '펩시콜라'를 집에 사 갔는데 싸고 맛없는 콜라를 사 왔다고 퉁명스럽게 말씀하시는 거예요. 저는 졸지에 몇백 원 아끼려고 맛없는 콜라를 사 간 쪼잔한 불효자가 됐어요. 살짝 오기가 생겨서 어머니에게 블라인드 테스트를 제안했습니다.

아들 콜라 사왔으니 치킨이랑 드세요.

엄마 왜 싸구려 콜라 사왔어. 맛도 없는 걸.

아들 코카콜라와 펩시콜라의 맛을 바로 구분하실 수 있나요?

엄마 당연하지! 코카콜라가 훨씬 맛있고 좋은데, 딱 알지!

아들 그럼 블라인드 테스트를 해보죠. 잠시만 기다리세요. 여기 콜라 두 잔이 있는데, 드셔보시고 코카콜라를 찾아보세요.

엄마 (드신 후에) 이게 더 맛있네!

아들 그건 펩시콜라입니다! 어머니!

엄마 장난친 거지? 거짓말하지 마!

저는 짐작했습니다. 톡 쏘는 코카콜라보다 조금 순하고 달달한 펩시콜라가 어머니 입맛에 맞다는 사실을 말이죠. 누군가는 지독한 아들내미라고 하겠지만 저는 어머니의 그릇된 신념을 꺾고 싶었습니다. 몇백 원 아끼자고 맛없는 콜라를 사는 불효자가 되는 상황보다는 낫다고 생각했어요. 하지만 제 기대는 무너졌습니다. 어머니는 이 테스트의 공정성 자체에 문제를 제기하시면서 끝내 결과에 승복하지 않으셨습니다. 그 후에도 2차, 3차 테스트를 해봤지만 논리적인 결과물로 어머니의 신념을 꺾지는 못했어요. "아 됐어! 저리 가. 몰라!"를 연발하시며 콜라는 코카콜라가 최고라는 신념을 그대로 유지했습니다. 충분히 친한, 하나뿐인 아들이 하는 말인데도 굳은 신념에 스크래치 하나 내지 못했습니다. 정말 강력하죠.

고집이 듣기가 될 때

주변에 고집 센 친구가 있는 분은 공감할 거예요. 고집 센 사람과 의견을 조율하는 상황이 얼마나 힘든지 말입니다. 뭔가 들은 척하지만 결국 하고 싶은 대로 하죠. 의도하고 우기는 것이 아닌 경우도 많아요. 평소 이해력이 떨어지는 사람도 아니고요. 그냥 머릿속에 콱! 박힌 것입니다. 예를 들어 고집 센 친구가 얼큰하고 매콤한 음식을 먹고 싶은 상황이에요. 대화가 어떻게 진행되는지 보겠습니다.

A   점심 뭐 먹을래?

B   얼큰한 짬뽕 먹고 싶다. 먹자~ 먹자!

C   나 매운 거 못 먹잖아.

A   나도 치과 다녀서 자극적인 건 피해야 돼. 다른 거 먹자.

B   그래, 그럼! 어쩔 수 없지!

C   초밥이나 먹을까?

B   그거 별로 안 땡기는데.

A   돈까스 어때, 그럼?

B   그건 느끼해. 저기 떡볶이나 먹을까? 신메뉴 나왔다는데.

A, C   에라이, 자극적인 건 못 먹는다고.

B   아! 맞네…….

감이 오나요? '매콤하고 얼큰한 음식이 먹고 싶다'는 생각에 사로잡혀 있으면 새로운 정보가 입력되지 않습니다. 한 친구가 매운 것을 못 먹는다고 말했고, 다른 친구는 자극적인 걸 피해야 한다고 말했어요. B는 긍정의 대답까지 했습니다. 그럼에도 또 맵고 자극적인 '떡볶이'가 메뉴로 언급됩니다. 누군가는 인성의 문제라고 하고, 누군가는 머리가 나쁘다고도 합니다. 하지만 이 또한 대화의 태도에서 비롯돼요. 내가 마음을 비울수록 더 멀리 보고 소통하며 배려할 수 있어요.

본인도 모르게 글자가 다르게 들리는 경우도 많은데요. 이때도 자신의 신념과 생각이 이유가 되곤 해요.

A   이 검정 코트로 입어볼게요.

점원   네. 사이즈 잘 맞을 거예요. 입어보세요.

A   딱 맞네요. 이 옷으로 할게요. 포장해 주세요.

점원   알겠습니다. 잘 입으세요. 옷걸이도 드릴까요?

A   네? 목걸이를 준다고요?

점원   네? 옷걸이요, 코트 옷걸이.

A   아! 네…….

비슷한 예입니다. A는 목걸이를 사고 싶어요. 하지만 진짜 필요한 소비인가 계속 고민하고 있습니다. 그러다 겨울을 맞이해서 코트를 사러 갔어요. 코트는 필요하니까 사야 하고, 목걸이는 부가 액세서리니까 더 고민됩니다. 하지만 마음은 목걸이에 더 기울어 있어요.

사실 옷걸이나 목걸이나 글자도 비슷하고, 모음에서 발생하는 소리도 비슷해서 충분히 헷갈릴 수 있어요. 하지만 맥락을 생각하면, 옷을 샀을 때 옷걸이를 주는 상황과 목걸이를 주는 상황 중 어느 상황이 적절해 보이나요? 이성적으로 생각하면 당연히 옷걸이지만, 이 순간엔 이런 판단이 잘 되지 않습니다. 왜냐하면, 목걸이를 사고 싶으니까! 마음속에 이미 목걸이가 들어와 있으니까! 지나가는 줄만 보면 다 목걸이로 보일 수도 있어요. 말 그대로 듣고 싶은 것만 듣는 겁니다.

업무에서도 마찬가지입니다. 내가 맞다고 생각하는 메시지, 옳다고 생각하는 메시지, 경험으로 쌓였던 메시지, 관심 있는 메시지가 있을 때 관련 내용이 더 잘 들립니다. 이는 당연해요. 누구나 신념을 갖고 살아가니까요. 하지만 문제는 듣는 내용이 신념과 충돌할 때입니다. 반대 내용을 긍정 내용으로 왜곡해서 수용하거나 잘못된 해석을 덧붙이곤 해요. 심지어 그런 분이 팀장이거나 의사 결정권자라면 더 답답한 노릇입니다. 그럼 제대로 된 듣기가 되지 않으니까요.

이처럼 너무 강한 자아는 메시지를 이해하는 데 방해가 되곤 합니다. 이를테면 여러 사람들과 관심사를 이야기할 때도 내가 관심 있는 주제 외에는 다 대충 듣습니다. 대화의 중심이 '나'이기에 다른 주제에 대해서는 호기심도 없고 이해하려는 노력도 하지 않습니다. 이 경향이 심하면 상대방의 말을 끊고 주제를 바꾸기도 해요. 내가 중심이 아닌 걸 용납할 수 없으니까요. 나아가서 듣기보다 말하기가 앞서는 분들도 많죠. 이 모든 게 자아 과잉이 불러온 불통입니다.

내가 관심 있는 주제라도 입장의 차이가 생길 수 있어요. 그 입장의 차이에서 유난히 꽉 막힌 사람들이 있습니다. 특히 성인들에게 이런 현상이 자주 발생합니다. 기존의 신념이 너무 강해서 새로운 정보 자극을 수용하지 못하는 상황이에요. 그런 사람을 보며 '고집이 세다'고들 쉽게 말하는데, 이런 경향은 대화의 태도에 반영되곤 합니다. 내가 A라고 믿는 상황, 머릿속에 정답이 90% 정해져 있는데 누가 A는 틀렸고, B가 맞다고 한다면? B라는 정보를 배제해 버립니다. 그냥 못 들은 내용처럼 되어버려요. 아니면 B라고 했지만 사실은 A를 말하고 싶었을 거라며 왜곡해서 받아들일 수도 있고요. 특히 연애 프로그램에서 자주 연출되는 상황이에요. 상대 출연자가 그렇게 거절해도, 거절을 거절로 받아들이지 않아요 '그건 거절이 아니라 조금 부담스러워서, '나에게 미안해서 그런 거야'라는 최면을 걸면서 밀고 나갑니다. 결국 기존에 가지고 있던 A라는 믿음에는 흠집도 나지 않는 상황이에요. 이러한 선택적 수용을 조심해야 합니다. 듣기, 읽기 모든 면에서 문제가 되거든요.

인지 부조화를 즐겨라!

우리가 기존에 알고 있던 지식, 경험, 신념과 새롭게 수용되는 정보, 지식 사이에 불일치가 생기는 상황을 인지 부조화 상태라고 해요. 이처럼 일관되지 않은 상태는 우리를 혼란스럽게 합니다. 혼란을 해소하기 위해서 많은 사람은 이 불일치를 제거하려고 해요. 어떻게 제거할 수 있을까요? 대부분의 사람들은 새롭게 수용되는 정보와 지식을 제거하고 평소의 신념을 관성대로 유지해요. 그럼 맘 편히 살던 대로 살면 되니까요. 이렇게 편향된 사고가 생성되고 강화됩니다. 이 편협함을 극복하기 위해서는 혼란스러울지라도 상대방의 의견을 경청하고, 받아들이며 조화로운 지식을 적극적으로 구성해야 해요. 이런 유연한 태도가 우리의 귀를 밝게 만들고 눈을 뜨게 만듭니다. 그래서 항상 질문하는 습관이 중요합니다.

나는 유연한 태도로 듣고, 읽고 있는가?
나의 신념을 지키려고 애쓰고 있지 않은가?

일터라고 가정해 볼게요. 이 과장은 오랜 현장 경험상 A안은 실패할 거라고 생각하고 있습니다. 그때 노 사원이 A안을 이야기하면 당연히 반대하겠죠. 하지만 문제점을 보완한 AB안을 제시했을 때도 마찬가지로 반대하는 경우가 많아요. 이미 A안에 대한 불신이 마음을 닫고 눈과 귀도 막은 상황입니다. 새로운 안을 잘 살펴보고 A안과 AB안을 분리해서, 문제점을 어떻게 보완했는지 집중해서 이해해야 해요. 그 준비 자세로 '열린 마음'이 중요합니다.

열린 마음을 갖추기 가장 힘든 분야가 정치와 종교입니다. 그래서 주변 사람을 만났을 때 이 두 가지 주제에 대해서는 입도 뻥긋하지 말라고도 하죠. 아무리 친해도 대화하다가 사이가 멀어질 수 있으니까요. 그만큼 사람 신념이 무섭습니다. 마음을 열고 외부 자극을 수용하는 태도를 갖추기가 힘들어요. 그럴수록 더욱 굳은 의지로 훈련하는 방법을 알아볼게요.

첫째, 마음을 비우는 태도입니다. 열린 마음! '목걸이를 갖고 싶어'라는 생각을 강하게 할수록 세상 온갖 물건들이 다 목걸이로 보이고, 들립니다. 그 마음을 비우고 자극을 수용해야 정보가 정확하게 입력됩니다. 애매하면 다시 묻는 것이 나아요. "무슨 걸이라고요?" 이렇게만 반응해도 좀 더 객관적인 태도가 됩니다. 또한 상대방을 싫어하고, 무시하고, 미워하는 마음이 있다면 그 감정도 비우고요. 의식적으로 감정을 비운 상태에서 글을 읽고, 말을 듣는 것이죠. 기존 신념에 잡아먹히지 않도록 주의하면서요.

둘째, 기록을 남기는 습관입니다. 눈으로만 읽으면 편협하게 인식할 위험이 있습니다. 나중에 스스로 말을 바꾸고 우기기도 쉬워요. 그

때 직접 밑줄을 긋고 메모도 하면 새로운 자극을 외면하기 힘들죠. 쓰기 힘들면 사진을 찍는 것도 방법이에요. 요즘은 핸드폰으로 문장을 찍으면 디지털 텍스트로 변환도 가능해요. 들을 때는 소리를 그대로 기록할 수 있습니다. 내가 오해해서 잘못 이해했더라도 녹음한 자료는 유의미한 증거가 됩니다. 헷갈릴 때 들여다보기 좋고, 스스로 상태를 직시할 때도 좋아요. 중요한 회의에 참여할 때 '클로바 노트'를 활용해서 정리하는 방법과 같은 맥락이에요. 내가 제대로 들은 게 맞는지 자체 피드백이 가능하므로 든든한 보험과도 같은 역할을 해줍니다.

셋째, 의도적으로 다양한 의견에 접근합니다. 가장 주의해야 할 것이 SNS 알고리즘입니다. 자동 추천을 피하고 의도적인 검색으로 다양한 입장을 살펴봅니다. 독서 방법 중에 '북 배틀'이란 방법이 있어요. 하나의 주제에 대해 서로 다른 관점을 가진 책을 번갈아 읽고 대결하듯 비교하는 식이에요. 예를 들면 『긍정심리학』이란 책을 읽고 이어서 『긍정의 배신』이란 책을 읽고 이야기를 나눕니다. 『정의란 무엇인가』를 읽고 『정의란 무엇인가는 틀렸다』를 이어서 읽으며 비교하고 분석합니다. 말 그대로 책끼리 치열하게 싸우고 충돌하도록 해요. 심리적으로 조금 불편할 수 있지만 인식의 폭은 확연하게 넓어집니다. 사회 주제에서도 대립되는 의견이 나오는 콘텐츠를 접합니다. 신문 칼럼으로 대립된 구도를 잡을 수도 있고, 〈100분 토론〉과 같은 토론 프로그램을 볼 수도 있어요. 의도적으로 반대편 이야기도 접할 수 있는 환경을 만드는 것이 중요합니다.

우선 자신의 상태와 상황을 인정하세요. 그리고 마음을 비우고 메시지를 기록하세요. 마지막으로 유연한 태도로 새로운 자극을 맞이하세요. 뇌과학자 정재승 박사는 성숙한 인생을 위해서는 날마다 새로운 삶을 살기 위해 노력해야 하고, 이를 '새로고침'이라고 표현합니다. 누군가는 '리프레시'라고도 표현하며 낯선 곳으로 여행하고, 새로운 취미를 배우고, 커뮤니티에서 다양한 사람을 만납니다. 이어서 나와 성향이 다른 사람을 SNS에서 팔로우할 수도 있고, 전혀 읽지 않았던 분야의 책과 영화에 도전할 수도 있습니다. 이러한 노력들이 우리의 생각을 말랑말랑하게 해줄 거예요.

'답정너'와 유연하게 대화하는 법

지금까지 스스로 유연한 마인드를 가지는 방법에 대해 중점적으로 이야기했다면, 유연하지 않은 상대방과 대화하는 법에 대해서도 알아볼게요. 확고한 신념을 바탕으로 '답은 정해져 있고, 너는 대답만 하면 돼' 식의 대화를 구사하는 분들이 있습니다. 이런 분들을 만나면 어떻게 반응해야 할지 몰라 답답할 때도 있어요. 어떻게 현명한 대응을 할 수 있을까요?

우화 '태양과 바람의 나그네 외투 벗기기'를 떠올려봅니다. 태양과 바람이 서로 누가 강한지 확인하려고 외투 입은 나그네를 제물로 삼아요. 바람이 세게 부니까 나그네는 외투를 더 여몄고, 태양이 따뜻한 햇빛을 내리쬐니까 나그네는 푸근한 날씨에 외투를 벗었죠. 결국 태양의 승리로 끝나요. 이 안에 많은 메시지가 담겨 있습니다.

우선 '나그네의 외투'를 벗길 대상으로 삼지 않으면 아무런 일이 일어나지 않아요. 그리고 바람과 태양이 서로 자기가 강하다고 했을 때, 한쪽이 2인자를 자처했으면 나그네도 시험 대상이 되지 않아요. 즉, 크게 중요하지 않은 일이라면 답이 정해진 질문에 그냥 대답해 주고 넘어가면 됩니다. 누군가 코카콜라를 마시든, 펩시콜라를 마시든 크게 중요하지 않은 상황에서는 그냥 넘어갈 수 있어요. '개인의 취향을 존중해', '세상엔 정말 다양한 사람이 있어' 모드로 지나가면 됩니다. 상대방의 고집을 꺾는 일은 쉽지 않기에 기본적으로 이러한 태도로 적당한 거리를 두고 대화하면 마음이 편해요.

좀 더 적극적인 태도로는 그 사람의 입장에서 생각해 보는 방법이 있어요. 역지사지라고 하죠. '나그네는 외투를 왜 입었을까? 나는 언제 외투를 입지? 날씨가 쌀쌀할 때 입지. 그럼 날씨가 따뜻하면 안 입겠네?' 이런 생각에 이를 수 있어요.

과거에는 팀장님이 왜 그랬는지 몰랐었는데, 어느 순간 조금씩 이해될 때가 있어요. 어렸을 때 부모님의 모습이 원망스러웠는데, 부모님의 나이가 되면서 이해의 폭이 넓어지기도 하고요. '저 사람은 왜 그럴까?', '어떤 사연이 있을까?', '내가 저 자리에 있다면 어떻게 했을까?' 등 상상력을 발휘해서 상대방이나 상황을 이해하기 위해 노력해요. 진심 어린 공감과 함께 진정한 존중에 다다를 수 있습니다.

나아가서 상대방을 변화시켜야 하는 상황일 때가 있어요. 소중한 가족의 문제라거나, 팀 프로젝트에 중요한 영향을 미친다거나, 지속적으로 스트레스를 받는 상황에서는 좀 더 적극적으로 행동해야 해요. 그때 바람처럼 강력하게 의견을 표명한다고 다 통하진 않습니다. 오히려 상대방의 방어기제가 발동해서 갈등이 더 심해질 수도 있어요. 태양처럼 전략적으로 스며들어야 합니다. 이때 현명한 철학자의 도움을 받아볼게요.

철학자 아리스토텔레스는 누군가를 설득하는 데 필요한 세 요소로 로고스^{logos}, 파토스^{pathos}, 에토스^{ethos}에 대해 이야기했어요. 로고스는 상대방에게 명확한 증거를 제공하며 논리적으로 설명하는 방법이에요. 파토스는 상대방의 심리를 들여다보고 감정을 자극하는 방법이고, 마지막 에토스는 설득하는 사람이 진정성을 바탕으로 신뢰를 얻는 방법이에요. 셋 중에 가장 영향력이 큰 요소는 무엇일까요? 아리스토텔레스는 성공적인 설득을 위해서는 신뢰의 다리를 구축하고(에토스), 상대방이 열린 마음일 때(파토스), 논리적으로 설득을 진행(로고스)하라고 강조합니다. '답정너' 팀장님과의 대화를 통해서 살펴볼게요.

이 팀장 지금 우리가 만든 교재의 표지를 선정해야 합니다. A안, B안, C안이 후보입니다.

직원들 (제발 A안만 아니길 바라며) 팀장님은 혹시 어떤 안이 제일 마음에 드시나요?

이 팀장 저는 A안이 제일 괜찮은 것 같네요.

고 대리 (큰일이라고 생각하며) 그렇군요. 저는 B안도 좋아 보입니다.

이 팀장 B는 좀 올드해 보이지 않나?

고 대리 (진짜 큰일이라고 생각하며) C안은 통통 튀는 느낌이 있어서 좋네요.

이 팀장 C는 좀 유치하지.

직원들 …….

우선 팀장님의 취향을 존중하고 수용하기에는 지금까지 열심히 만든 결과물이 아깝습니다. A안만은 피하고 싶은데, 이때는 어떤 전략을 써야 할까요? 우선 팀장님이 디자인적으로 인정하는 사람을 동원하는 방법이 있어요. 그런 사람이 본인이 되면 더욱 좋아요. 차곡차곡 쌓은 성과를 바탕으로 '고 대리 말은 내가 믿지'라는 이미지가 생기면 의견에 힘이 생깁니다. 본인이 디자인 전문가가 아니라면 차선으로 '유 디자이너의 의견도 들어보면 어떨까요?' 식으로 팀장님이 인정하는 분의 의견이나 전문가의 말 혹은 결과물을 참고하거나 인용하는 방식이 있어요. 에토스를 조금이나마 확보할 수 있습니다.

다음은 감정적으로 동조해 줍니다. '지금까지 교재 만드시느라 고생하셨어요. 이렇게 표지 정할 때가 가장 힘드시죠?', '윗분들 의견도 수용해야 하니까 쉽지 않으시죠?', '요즘 소비자들 니즈도 다각화되어서 참 이런 부분이 힘들어요' 등의 말로 마음을 다정하게 토닥이며 관계를 형성해요. 팀장님의 선택대로 진행해서 다 책임질 수 있냐, 어차피 답은 정해져 있는데 왜 물어보느냐고 따지거나 감각이 올드하다고 몰아세우는 방식은 상대방의 방어기제만 자극할 뿐입니다. 정서적으로 접근해서 팀장님의 부담을 덜어줘야 경직성도 풀리고 의사결정의 태도도 유연해져요.

마지막으로 믿을 만한 데이터, 근거를 함께 제공해요. 이 교재의 성격상 표지가 어떤 방향으로 가야 하는지, 요즘 성공한 교재들을 분석했을 때 어떤 경향성이 보이는지, 직원들의 블라인드 투표를 통해서 얻은 결과는 무엇인지 말입니다. 체계적인 근거로 주장을 뒷받침해 줘야 완성입니다. 단순 감정싸움, 기싸움이 아니라 결과물을 빛내기 위한 정당한 의사결정의 순간이니까요.

앞에서 나눈 콜라 에피소드를 생각해 봐요. 이런 과정이 없이 바로 사실을 확인한답시고 블라인드 테스트(로고스)를 진행했더니 어머니는 반감만 들었어요. 어머니한테는 아들인 제가 장난꾸러기이자 음식 맛도 제대로 모르는 존재였기 때문에 신뢰도(에토스) 없는 상대이니까요. '그 사람이라면 내가 믿을 만하지' 하고 신뢰하는 사람이 콜라에 대해 이야기했으면 믿으셨을 수도 있겠네요. 중간에 '어머니, 감을 잃으셨네, 콜라 맛도 잘 모르시고'라고 깐족거리지 않고 정서적으로 콜라 맛의 변화, 입맛의 변화에 대해 충분히 대화하며 마음을 나누었다면(파토스) 어땠을까요? 갑자기 어머니가 보고 싶어지네요.

 20초 대화의 감각이 깨어나는 시간

누구나 편향된 시선으로 세상을 바라봅니다. 우리의 마음속에는 신념도, 고집도 있으니까요. 그런 부분에 관해 공감대가 있는 사람과 대화하거나, 그런 메시지의 글을 읽을 때 더 달콤하게 느껴지죠. 그렇기 때문에 의도적으로 마음을 비우고 다양한 생각을 유연하게 받아들일 필요가 있습니다. 인지 부조화의 순간에 우리는 선택할 수 있습니다. 쉽고 익숙한 길이 더 끌리겠지만, 한번 더 고민해 보자는 것입니다. 고집스러운 태도를 버리고 유연한 태도를 가져야 대화가 풍요로워집니다. 신념이 강한 상대방과 대화할 때도 이 주제가 정말 중요한 부분인지 생각하고 이해하려고 애쓰며 감정싸움이 되지 않도록 노력해야 해요. 설득이 필요하다면 신뢰(에토스) – 정서적 공감(파토스) – 논리적 증거(로고스)의 단계를 떠올려주세요.

3단계

대화를 대하는 태도가 유연해졌나요?

① 내가 대화하고 싶은 최애의 존재, 그리고 그와 대화 나누고 싶은 주제를 써 볼까요?

최애의 대상	나누고 싶은 주제

② 최근에 나를 불편하게 했던 상황을 떠올려보고, 승화적 사고로 바꿔볼 까요?

불편한 상황	승화적 사고로 전환

③ 편향된 인식에서 벗어나기 위해 어떤 노력을 시도해 볼지 정해보세요.

_____

_____

_____

_____

_____

_____

_____

④ 지금까지 읽은 내용 중 나의 마음을 조절하는 데 가장 도움이 된 내용을 기록해 보세요.

_____

_____

_____

_____

_____

_____

_____

말과 글, 핵심 파악은 이것부터

주의력 끌어모아 집중하기

온 세상은 우리의 주의를 뺏기 위해 노력합니다. 시선이 닿는 곳에는 어김없이 콘텐츠가 있고, 귀를 솔깃하게 하는 소리들과 함께 우리의 관심을 끕니다. 수많은 시청각 자극 속에서 우리 머릿속에 각인되는 자극은 극히 일부죠. 자극들은 집중해야만 머릿속에 자리를 잡아요. 집중하지 않은 상태에서 스쳐 간 자극은 다 흩날리고, 남는 게 없어요. 주의 깊게 듣거나 읽어야 소리나 글자를 명확하게 포착하고 의미화해서 간직할 수 있어요. 타고나길 기억력이 나쁘다고 하는 사람도 많지만 그 이전에 집중을 해야 합니다. 도파민 인류가 가장 힘들어하는 부분이에요.

집중하지 않고 듣다 보면 길을 잃고 상대가 무슨 말을 하고 있었는지 흐름을 놓치기도 합니다. 대화하는 도중 눈이 풀리거나, 다른 곳을 보고 있거나, 졸다가 "집중해!"라는 상대방의 호통을 들어본 적 있나요? 정신 차리라는 의미죠. 정신을 바짝 차리고 귀 기울이는 능력이 바로 집중력입니다. 스스로 주의를 조절하는 능력이 필요하기 때문에 쉽지 않아요. '숏폼의 시대'라고 불리는 지금은 더더욱 정신 줄을 잡기 힘들죠.

책을 읽을 때도 시선이 머무르는 곳을 추적하는 기술이 있어요. 이 기술을 통해서 읽기 과정을 분석하면, 제대로 집중해서 읽고 있는지 파악할 수 있습니다. 시선이 나아가지 않고 머무르거나, 엉뚱한 곳을 헤매거나, 심지어 화면 밖으로 나갈 때도 있어요. 책만 펼쳐놓고 멍 때리는 우리의 모습이 그대로 드러납니다.

집중하기 위해서는 의식적인 노력이 필요합니다. 수업을 듣다 보면 엄청 졸리다가도 선생님이 "이 부분 시험에 나온다"라고 말하면 정신이 번쩍 드는 경우가 있죠. 그것이 중요하다고 생각하면 조금 피곤하더라도 꾹 참게 돼요. 허벅지를 찌르며 강의를 듣거나, 서서 듣거나, 세수를 하고 돌아오거나 하는 노력이 다 이런 맥락이에요. 중요하니까, 반드시 기억해야 하니까!

이 상황들을 더하면 이런 생각이 듭니다. 별로 중요하지 않은 주제도 의미 있다고, 관심 있다고 생각하면 되지 않을까요? '지금은 재미없고 따분해 보이지만 나중에 중요할 거야', '어떤 순간에 써먹기 좋을 거야', '진로라는 큰 그림에 도움이 될 거야' 하는 식으로 듣는 내용에 스스로 의미를 부여하면 조금 더 집중이 잘 될 수 있어요.

또 의도적으로 몸을 활용해 의식을 잡아두는 방법도 있습니다. 집중은 정신적인 상태라 형태가 없으니 눈에 보이는 몸짓, 티가 나는 소리와 연결하는 방법이에요. 글을 읽을 때 손가락이나 펜으로 읽는 부분을 가리키며 시선을 쫓아가도록 해요. 내가 어디쯤 읽었는지 손과 함께 표시하는 방식입니다. 집중하지 않는다면 손도 갈 곳을 잃겠죠. 또 소리를 내어 읽는 방법도 있어요. 소리를 내면 티가 나기 때문에 읽는 과정을 드러낼 수 있습니다. 눈보다 빠르게 읽기 힘드니 자연스럽게 속도 조절도 돼요. 하지만 결국 의미를 제대로 이해하는 건 머릿속에서 일어나는 일이니 신경을 쓰고 있어야 합니다.

마지막으로 상황에 맞게 적절한 환경을 설정하는 방법이 있어요. 우선 산만한 사람들을 위한 처방으로는 오롯이 집중할 수 있는 조용한 환경을 찾는 방법을 권해요. 그곳에서 상대방과 조곤조곤 대화하거나 몰입해서 책을 읽으며 다른 자극을 차단합니다. 다른 장소에 있다가도 "조용한 곳으로 갈까요?"라고 권하며 적극적으로 환경을 설정해 보세요.

반대로 의지가 나약하고 자꾸 조는 사람들은 조용한 곳이 더 위험할 수 있어요. 다양한 관리 시스템을 구축해 스스로를 통제하는 것이 필요해요. 우선 알람 기능이 있는 타이머를 활용해 기계의 도움을 받는 방법이 있습니다. 스스로 미션을 행하듯 목표와 규칙을 정하고 이뤄내는 방법입니다. 타이머는 이미 수험생들에게는 필수 아이템이 되기도 했어요. 다음은 사람의 도움을 받는 방법이에요. 독서법 중 책만 읽으면 잠드는 분들을 위한 처방으로 '사람들이 붐비는 카페에 가서 책 읽기'가 있습니다. 이상하죠? 책은 조용한 곳에서 집중해서 읽어야 할 것 같은데 말이에요. 우리는 은근히 주변 사람을 의식합니다. 이 긴장감이 집중도를 높이고 잠을 쫓을 수 있어요. 이 효과를 누리기 위해 카페에서 공부하는 분들도 많습니다. 이것도 환경 설정이에요. 같은 맥락으로 새벽에 모여 서로 캠으로 감시하는 온라인 독서실을 만들어 책을 읽기도 해요. 함께 정한 약속을 잘 지키도록 벌금이나 벌칙, 포상 제도도 정합니다. 이런 시스템 속에서 아침잠을 쫓아내고, 집중해서 책도 읽습니다.

반복되는 키워드 찾기

우리는 무의식적으로 중요한 것, 강조하고 싶은 것을 반복합니다. 상대방에게 확실히 의도를 전달하고 싶기 때문이죠. 그런 면에서 우리는 반복해서 들리거나 보이는 키워드를 의식적으로 확인할 필요가 있어요. 다음 글을 살펴보겠습니다.

> 새로운 일을 해야 할 때는 다소 두려움도 있을 것이다. 그러나 겁내지 말라. 그 두려움은 지식의 부족에서 생기는 것일 뿐이다. 모르면 배우면 된다. 나도 모르면 배운다는 사실을 잊지 말아라. 배운다는 것은 지식을 쌓아야 한다는 말이며 결국 능력 개발을 해야 한다. 그러므로 공부해라.
>
> — 세이노,『세이노의 가르침』

이 글에서 자주 반복되는 키워드는 무엇인가요? 바로 '배운다'입니다. 의미를 확장하면 '공부하다', '지식을 쌓다', '능력 개발' 등의 말도 포함할 수 있어요. 이렇게 완전히 똑같은 키워드가 아니더라도 의미가 비슷하면 함께 묶을 수 있습니다. 맥락 속에서 확인하고 저장해야 합니다. 동그라미도 치면 좋죠.

대화를 할 때도 마찬가지입니다. 메신저가 반복해서 언급하는 키워드는 놓치지 말고 머릿속에 새겨두거나 메모하세요. 나중에 핵심 메시지로 이어질 확률이 큽니다. 중간에 반복되는 키워드를 매듭지으며 듣는 것만으로도 집중력 향상에 큰 도움이 됩니다. 반복을 인지했다는 것 자체가 허투루 듣지 않았다는 의미니까요.

반복되는 키워드와 함께 강조의 표지어도 찾아보세요. 표지어는 문장을 연결하는 표현뿐만 아니라 글의 구조나 문장 사이의 관계를 드러내는 표현들도 모두 포함하는 넓은 개념이에요. 문장의 내용에 직접적인 영향을 미치지는 않지만 전체적인 분위기나 대화의 최종적인 목적을 달성하고자 주로 사용하죠. 표지판이 되는 말이라고 생각하면 쉽습니다. '결국은', '결론은', '정리하면', '마지막으로', '그럼에도 불구하고' 등의 말 뒤에는 궁극적으로 하고 싶은 메시지가 나오는 경우가 많으니 유용한 단서가 돼요. 첫째, 둘째, 셋째와 같은 말도 상대방이 인식하기 좋게 구조화해서 설명하는 부분이니 중요한 내용이 담겨 있을 확률이 높습니다.

중요도 판별하기

대화하며 상대방의 말을 모두 기억할 수는 없습니다. 글을 읽을 때도 마찬가지예요. 그 많은 글자를 하나하나 떠올리는 건 불가능하며 그럴 필요도 없습니다. 그렇기에 꼭 해야 하는 중요한 과정이 '선택과 집중'입니다. 그럼 어떤 부분을 선택하고 어떤 부분에 집중해야 하는지 고민이 되죠? 바로 '중요한 내용, 핵심'입니다. 중요한 것을 바탕으로 선택과 집중을 해서 잘 정리하면 그것이 알찬 요약이 돼요. 요약을 잘하는 사람은 핵심을 관통하는 통찰력이 있다고 할 수 있습니다.

그럼 또 '무엇이 중요할까?' 고민이 되는데, 크게 두 가지로 나눌 수 있습니다. 첫째는 메신저의 의도가 잘 담긴 부분이에요. 이야기의 핵심을 파악할 때는 메신저의 존재를 놓치면 안 됩니다. 나에게 인상 깊었던 부분이 아니라, 이 메신저가 어떤 주제 의식을 가지고 이 메시지를 건넸는지에 더 주목하세요. 인상 깊었던 부분이 필요 없다는 것이 아니라, 순서상 핵심부터 파악하자는 이야기입니다.

글에서 메신저의 의도가 압축적으로 가장 잘 드러나는 부분이 글의 제목, 부제, 목차, 소제목 등이에요. 많은 사람이 책을 읽을 때 제목과 목차를 대충 보고 넘어가는데, 사실 그 부분이 전체 글의 핵심을 추론할 수 있는 가장 중요한 단서입니다. 다음 내용이 궁금해서 얼른 페이지를 넘기고 싶더라도, 꼼꼼하게 살펴보고 내용과 연결 지어 보세요.

친구가 책 『세이노의 가르침』을 인상 깊게 읽었다고 이야기해서, 누구의 가르침인지 궁금했습니다. 책에 대한 정보가 없을 때였죠. '세이노'가 일본 사람이냐고 물었더니 한국 작가라고 하는 겁니다. 그럼 이름이 왜 '세이노'냐고 다시 물었더니 친구가 잘 모르겠다고 대답했어요. 궁금해서 직접 책을 읽었습니다.

당신이 분노해야 할 대상은 이 세상이 아니다. 당신의 현재 삶에 먼저 슬퍼하고 분노하면서 'No!'라고 말하라. Say No! 그리고 당신의 삶을 스스로 끌고 나가라. 당신이 주인이다.

— 세이노, 『세이노의 가르침』

책에는 명확히 '세이노'라는 필명의 뜻이 담겨 있었어요. 두꺼운 책이라 기억 못 하는 부분이 많을 수 있지만, 이 부분은 선택과 집중을 해서 꼭 챙겼어야 합니다. 이는 책의 주제 의식인 '주체적인 삶, 인생의 주인'과도 깊이 연관돼 있어요. 이 부분을 놓치면 핵심 알맹이를 쏙 빼먹고 읽은 상황이 됩니다. 제목과 부제, 소제목을 잘 챙기세요.

다음은 중심 문장과 뒷받침 문장을 구분하는 방법입니다. 보통 뒷받침 문장은 중심 문장의 내용을 풀어 쓰거나, 예를 들어 설명해서 중심 문장의 이해를 도와줍니다. 그러니 선택과 집중을 한다면 중심 문장에 해야겠죠. 다음 글을 보세요.

유튜브 알고리즘의 목표는 오직 시청 시간을 늘리는 것입니다. 그래서 유튜브는 사람들이 좋아할 만한 콘텐츠를 추천하는 게 아니라 사람들이 계속 보게 될 것을 추천합니다.

— 김병규, 『호모 아딕투스』

이 글에서 중심 문장은 첫 문장입니다. 그 뒤는 부연 설명이죠. 이 글의 핵심 키워드를 뽑으라면 '유튜브 알고리즘의 목표'입니다. 이 글의 시작점은 무엇인가요? 유튜브 알고리즘의 목표를 설명하기 위함입니다. 이걸로 소제목을 만들 수도 있어요. 깔끔하게 핵심만 요약하면 '유튜브 알고리즘의 목표=시청 시간 늘리기'입니다.

대화에서도 주제 의식은 뿌리에 담겨 있는 경우가 많습니다. 왜 이 대화가 시작되었는지 생각해 보세요. 이리저리 산만한 대화 속에서 핵심 뿌리를 찾으면 중요한 내용을 챙길 수 있어요. 일상생활에서 대화를 할 때도, 책을 읽을 때도 밑줄을 치거나 메모하는 습관을 통해 더 중요한 말과 덜 중요한 말을 구분하는 연습을 꾸준히 해보세요. 그러다 보면 대화의 감각도 자연스럽게 발달합니다.

숨은 의미 찾기

파편화된 정보에 익숙한 현대인들이 가장 힘들어하는 부분이 심층적인 의미 파악입니다. 비유와 상징을 이해하고, 상황과 맥락을 파악해야 적절한 대응이 가능하니까요. 여기 〈빠더너스 BDNS〉라는 유튜브 채널에 소개된 유쾌한 에피소드가 있어요. 유명 크리에이터와 신입 PD를 포함한 직원들이 유명한 식당에 가서 대화한 내용을 각색했습니다.

크리에이터 맛있다고 하더니, 줄이 엄청 기네요.

선배 PD   이따 촬영 가야 되는데, 점심시간 부족할 수도 있겠는데요.

크리에이터 줄이 금방 줄어들려나, 감이 안 오네요.

선배 PD 막내 PD님, 가게 안 사이즈 좀 봐주세요.

막내 PD 네, 알겠습니다.

(…)

막내 PD 가게 사이즈가요. 문은 한 어깨너비 정도 되고요. 테이블은 좀 더 좁습니다. 그릇은 손바닥만 하고요.

선배 PD 아니, 그게 아니라…….

재미있나요? 웃음이 나왔다면 선배 PD 입장에서 메시지를 이해한 분이고, 뭐가 문제인지 모르겠다면 막내 PD 입장에서 표면적으로 이해한 분입니다. 선배 PD의 "가게 안 사이즈 좀 봐주세요"란 말의 숨은 의미는 무엇일까요? 앞뒤 맥락 파악이 필요합니다. 우선 바로 앞에 '시간이 부족하다'는 말이 나왔죠. 그리고 '줄이 금방 줄어들려나'라는 말도 중요한 단서입니다. 여기서 가게 안의 사이즈가 넓으면 사람들이 많이 들어갈 수 있으니 줄이 빨리 줄어들 거예요. 그럼 오래 안 기다려도 되니 시간을 아낄 수 있겠죠. 반대로 가게 안의 사이즈가 작으면 사람들이 조금씩만 들어가고 나오니 오랜 시간 기다려야 됩니다. 그렇게 되면 촬영에 피해가 생길 수 있죠. 이 판단의 근거로 삼기 위해 '가게 안 사이즈'를 요청한 상황입니다. 그럼 선배 PD가 원하는 대답은 무엇일까요? 가게 안에 몇 명 정도 들어갈 수 있는지, 가게 테이블 회전율이 높은지, 궁극적으로 점심시간 내에 충분히 밥을 먹을 수 있는지 확인하면 됩니다.

글을 읽을 때 '행간의 의미를 파악하라'는 말을 많이 합니다. 행간은 글의 줄과 줄 사이를 말해요. 비유적으로 그 사이의 숨은 뜻을 이

야기하죠. 이 숨은 뜻이 생각보다 큰 경우도 많아요. 그래서 저는 이렇게 표면적인 언어와 심층적인 의미 사이의 관계를 '빙산의 일각'에 많이 비유합니다.

　표면적으로 드러나는 윗부분이 있어요. 하지만 보이는 부분은 일부입니다. 그 아래에 어마어마한 덩어리가 숨어 있습니다. 힘들겠지만 이것을 찾고자 하는 연습을 꾸준히 해야 합니다. 글을 읽을 때에도 겉에 드러난 것 외에 어떤 의미가 있을지 층을 나누어 생각해 보세요. 소설『춘향전』을 예로 들면, 청춘들의 신분을 초월한 사랑이 겉으로 보이는 1층 주제입니다. 지하로 들어가 보면 조선 후기의 무너진 신분

제 사회, 그 안에서 신분 상승을 위한 욕구가 보입니다. 한 칼럼을 예로 들면, 인공지능의 장점과 단점을 알아보겠다고 말합니다. 1층에서는 인공지능의 장점과 단점을 알려주는 글처럼 보입니다. 하지만 지하로 가면 묘하게 장점을 부각시키면서 우리가 적극적으로 스마트한 삶을 살아야 한다는 뉘앙스를 전해요. 이것이 진짜 하고 싶은 말이죠. 항상 눈에 보이는 1층뿐 아니라 눈에 보이지 않고 그 속에 숨어 있는 지하의 메시지도 추론하는 연습을 해보세요.

✦ 20초 대화의 감각이 깨어나는 시간 ✦

핵심 파악의 시작은 핵심이 있다는 전제입니다. 그리고 그 핵심은 메신저의 의도와 주제 의식에서 나옵니다. 이것을 알고 싶다는 의지와 호기심이 있어야 단서들이 보이고 그 단서들을 조합해 의미를 구성할 수 있어요. 단서로는 반복 키워드, 강조의 표지어, 제목과 목차 등을 적극적으로 활용하고, 보이지 않는 지하의 메시지도 있다는 것을 항상 명심하세요. 탐구심을 가지고 있을 이 단서들은 서로 선명하게 연결되며 의미를 형성합니다. 하지만 건성으로 읽고 듣는 상황에서는 감쪽같이 흐릿해집니다. 같은 소리를 듣고, 같은 글을 읽어도 누군가에겐 핵심 메시지가 보이고 누군가에겐 보이지 않는 이유입니다. 탐구심과 호기심을 꼭 챙기세요!

정확하게 듣고 따라 하기

듣기에는 집중력이 필요합니다. 듣기는 스쳐 지나가는 소리를 집중해서 잡아두는 것부터 시작되니까요. 듣고 그대로 따라 해보는 1단계 훈련을 진행하다 보면 많은 분들이 무의미한 행위라고 느끼곤 해요. 너무 익숙하고, 당연하고, 별 도움이 되지 않을 것 같다고 생각해요. 하지만 그런 '기초'가 중요합니다.

듣기가 되지 않으면 이해도 안 되고, 엉뚱한 추론만 하다가 동문서답을 하기 쉽습니다. 다시 묻는 것도 한두 번이지, 상대방은 짜증을 내고 결국 "정신 차려!"라는 꾸중을 듣게 될 거예요. 그래서 집중해 듣고 정확하게 그 소리대로 따라 하는 훈련이 듣기 능력 향상의 1단계입니다.

정확한 듣기의 시작은 소리를 구별하는 것입니다. '음운 식별하기'

라고 해요. 예를 들어 "물 가져와"라는 말에서 자음 'ㅁ'을 'ㅅ'으로 들으면 어떻게 될까요? "술 가져와"로 듣고 술을 챙기겠죠. 자음 하나 차이인데 큰 실수를 할 수도 있습니다. 또 다르게 "술 가져와"라고 했는데 모음 'ㅜ'를 'ㅣ'로 들으면 어떻게 될까요? "실 가져와"라고 듣고 실을 챙기겠죠.

초등학교 때 많이 했던 받아쓰기, 기억하나요? 듣고 받아쓰는 훈련은 쓰기 연습으로 많이 알고 있지만 정확하게 듣기에도 큰 도움이 됩니다. 일단 정확하게 들어야 들은 대로 옮겨 쓸 수 있으니까요. 받아쓰기를 잘 못하는 원인은 크게 두 가지입니다. 첫째, 제대로 듣지 못한다. 둘째, 제대로 들었는데 쓰질 못한다. 같은 맥락에서 외국어를 공부할 때 듣기 훈련으로 많이 하는 활동이 빈칸 채우기입니다. 문장을 듣고 비어 있는 부분들을 채워나가는 활동이죠. 작은 단어들도 집중해서 들어야 하기 때문에 정확히 듣는 훈련이 됩니다.

성인들이 받아쓰기 시험을 보기는 쉽지 않죠? 그래서 추천하는 방법 중 하나는 오디오북 필사입니다. 필사는 책의 좋은 구절을 옮겨 적는 행위예요. 이번에는 보고 적는 것이 아니라 듣고 적어봅니다. 집중해서 듣다가 좋은 문구가 나오면 멈추고 따라 적어보세요. 요즘 오디오북은 속도 조절도 가능하니 자연스럽게 난이도를 조절할 수 있어요. 이런 훈련을 하기 좋은 책은 명언집, 잠언집, 좋은 대사 100선 모음집 같은 책들이에요. 반복해서 듣고 따라 적고, 맞게 적었는지 책을 펼쳐 확인까지 가능합니다. 책을 읽어 지식을 쌓는 간접 효과까지 누릴 수 있죠.

쓰는 것이 힘들면 듣고 따라 말하기도 괜찮습니다. 듣기는 결국 소리의 입력이니까요. 듣고 그 소리 그대로 말해봅니다. 영화를 보거나 드라마를 볼 때, 들으면서 소리를 바로 따라 하고, 행동과 억양, 표정 등도 최대한 모방합니다. 동시통역사들이 공부할 때 활용하는 방법이 기도 해요.

그 외에도 자막 없이 방송 보기를 추천해요. 요즘은 모국어 방송 도 자막을 제공하는 경우가 많은데, 자막을 켜놓으면 자막에 의존해 서 눈으로 읽게 됩니다. 듣기 훈련을 하는 분들은 유튜브나 넷플릭스 를 볼 때 자막을 끄길 바랍니다. 잘 들리지 않으면 반복해서 듣고 정 확하게 소리를 파악한 후에 그대로 말해보는 훈련을 꼭 합니다.

듣고 제대로 이해하기

이번 훈련은 듣고 이해하는 단계입니다. 소리 그대로 입력이 잘 되었 으면, 그 소리의 의미를 한 번 더 생각해야 합니다. 잘 듣는 사람은 이 과정이 매끄럽게 잘 이어지지만, 그렇지 않은 사람은 여러 가지 방법 으로 훈련을 해야 돼요. 앵무새처럼 소리만 따라 하는 것과 의미를 이해하는 것을 분리해 훈련해야 합니다. 우리가 처음에 글을 읽을 때, 글자를 소리 내어 읽는 과정과 그 의미를 이해하는 과정은 다르니까 요. 다음 대화는 아이를 육아하는 과정을 그린 프로그램에서 아빠가 아들을 훈육하는 장면을 재구성했어요.

아빠 아빠가 화났을 때 뭐라고 하랬지? '네' 해야지.

아이 네~

아빠 알았어?

아이 어.

아빠 '네' 하라고 했잖아.

아이 네!

아빠 알았어?

아이 어!

아빠 아빠가 '알았어?'라고 물어보면 '네'라고 하는 거야.

아이 네~

아빠 '어' 하지 마, 알았지?

아이 응.

아빠 '네' 하라고 했지.

아이 네.

아빠 그래, 아빠가 화났을 때는 '어' 하지 마. 알았지?

아이 응.

왜 이런 상황이 생길까요? 아이가 의미를 '이해'하지 못한 상황이기 때문입니다. 아빠가 화가 났을 때, 무언가 잘못한 상황에서는 반말을 하지 말라는 의미입니다. '어'는 반말이고 '네'는 높임말이니 이럴 때는 높임말을 쓰는 것이라는 이해의 과정이 생략되어 있습니다. 그의미가 쏙 빠지고 아이가 '네'를 하느냐 마느냐만 남았어요. 그러니 기계적으로 '네'를 하라면 앵무새처럼 따라는 하지만 다른 상황에서는 적용이 안 됩니다. '어' 하지 말라고 해서 '응'이라고 하는 것을 보니 반항하고 있지는 않네요.

직장인들도 '넵무새'라는 말이 있을 정도로 기계적으로 '넵'을 외치지만 실제로 얼마나 이해했는지는 알 수 없죠. 특히 "그래, 안 그래?", "맞아, 아니야?"와 같은 상사의 질문에는 제대로 이해하지 못해도 분위기 때문에 "그렇습니다, 맞습니다"라고 하게 되죠. 습관적인 반응, 영혼 없는 리액션은 위험한 측면이 있어요. 적절한 반응을 하지 않고 넘어갔다가 나중에 일이 터지면, 상대방은 "그때 '네'라고 했잖아"라며 책임을 뒤집어씌울 수 있습니다. 그런 면에서 '정확히 따라 하기'에서 '제대로 이해하기'의 영역으로 넘어오는 건 매우 중요합니다. 정확하게 듣고 이해했다면 그다음에는 알맞은 반응을 해야죠.

많은 분이 말을 이해하는 데 어려움을 겪어요. 이해의 시작은 호기심입니다. '왜 저런 말을 하지?' 의문을 가지면 자연스럽게 그다음 과정이 연결돼요. 학습 중이라면 '어느 개념이 시험에 나올까?', '선생님이 강조하는 부분일까?' 업무 중이라면 '내가 해야 할 일은 무엇일까?', '언제까지 해야 할까?' 등입니다.

다음은 기록할 수 없는 상황에서 기억력을 활성화하는 방법이에요. 듣고 따라 하기나 이해하는 과정까지는 잠시나마 들은 내용을 머금고 있어야 합니다. 아주 빠르게 휘발되거나 반대쪽 귀로 빠져나가면, 따라 하고 이해하는 것조차 불가능하니까요. 그러기 위해서는 그 대화의 장소나 상황, 분위기 등을 활용해 기억하면 유용합니다. 이미지화하는 것도 좋고요. 다양한 방법으로 내용을 붙잡아 두고 그 후에 생각해 봅시다. 무슨 소리였고 무슨 의미였는지, 누가 말했는지, 어떤 표정이었는지 등등 다양한 요소를 기억에 활용합니다.

우리는 의미 있는 것들을 잘 기억합니다. 달력에 있는 수많은 날짜 중에서 기념일을 콕 집어 기억할 수 있듯이 말이에요. 첫 여행, 첫 만남, 첫 키스 등 의미를 부여하면 보통의 순간도 특별해지고, 오래 머릿속에 남습니다. 이와 마찬가지로 의미 있는 것들과 연결 지어 기억하는 유의미 학습법도 있어요. 어렸을 때, 태양계 행성 '수금지화목토천해명'의 이름과 순서를 외울 때 선생님이 "태수야, 금지야~ 화목토일에는 천해명에 가자"라고 알려주셨던 게 지금도 기억납니다. 그때 반에 태수가 있었거든요! 들으면서 간단히 의미의 연결고리를 만들어보세요. 기억에 큰 도움이 될 거예요.

듣고 짐작하고 추론하기

정확하게 잘 듣는다 해도 그것만으로는 부족한 영역이 있습니다. 말은 특히 불완전한 문장이 많고, 함축적인 표현을 사용하는 경우도 많으니까요. 듣고 추론하는 능력이 필요한 영역입니다. 텍스트 자체가 중의적인 표현인 경우가 있고, 텍스트 영역 밖에 있는 요소들이 텍스트에 큰 영향을 주는 경우도 많아요. '센스가 있다/없다'라고 두루뭉술하게 표현하기도 하지만 결국 고차원적인 소통 능력이에요. 분명 이것도 학습하면 향상될 수 있습니다.

아는 단어가 들릴 때는 여러 의미 중에서 골라 해석하거나 맥락을 활용해서 범위를 좁혀나갈 수 있어요. 하지만 모르는 단어는 어떻게 할까요? 검색도 힘들고, 묻기도 힘든 상황이라면? 그럴 때는 텍스트 속 단서를 최대한 활용하고 배경지식을 활성화해서 단어의 의미를 추론합니다. 예를 들어 최선책이라는 표현이 나왔는데, 낯설어요. 하지만 '최선을 다했다' 같은 표현은 익숙하죠. 그럼 이 배경지식을 활용해서 '최선을 다한 무언가구나'라고 추론할 수 있어요. 뉴스에서 '이번 사고는 인재였다'라는 표현을 들었는데 '인재'란 단어가 낯설어요. 그때 '사고'라는 단어를 단서로 삼고, '인ᐟ'이라는 한자가 사람을 뜻한다는 배경지식을 접목하면 '사람이 만든 사고' 정도의 의미 추론이 가능해요. 거기다 재난, 재해라는 단어에서 '재'의 뜻까지 가져오면 더 완벽해집니다.

이렇게 단어, 문장 단위로 예측하는 것을 넘어 다음 단락, 내용과 흐름을 예측하며 들을 수도 있습니다. '큰 단위'로 들으며 조금 더 거시적인 시각을 가질 수 있어요. 세부적인 단어, 내용, 문법 지식은 살짝 넘어가고 큰 그림을 그려봅니다. 우선 예측을 위한 단서를 미리 습득하면 더욱 정확하게 유추할 수 있습니다. 회의 전에 미리 회의 의제를 받는다거나, 수업 전에 강의 계획서나 참고 자료를 미리 받은 후에 살펴보는 습관을 가지세요. 배경지식이 쌓이면서, 앞으로 진행될 대화의 양상도 예측할 수 있어요.

듣고 적극적으로 반응하기

대화는 상호작용입니다. 잘 들었으면, 적절한 반응을 해줘야겠죠? 이 반응에는 특히 심리적인 부분이 크게 작용합니다. 연애 버라이어티 프로그램에서 데이트하는 장면을 보면 이를 쉽게 알 수 있죠. 호감이 있고, 관심이 있는 사람과 있을 때는 적극적으로 대화를 이끌고, 긍정적으로 반응합니다. 반면에 호감이 없는 사람과의 데이트에서는 무미건조한 반응이나 침묵의 반응을 보이는 경우가 많아요. 내용도 마찬가지입니다. 마음에 들지 않는 내용을 들었을 때, 온화하게 대처하는 경우와 뾰족하게 대처하는 경우가 나뉘어요.

긍정적인 반응은 말하는 사람에게 날개를 달아줍니다. SBS〈꼬리에 꼬리를 무는 그날 이야기〉에는 세 명의 스토리텔러와 그 이야기를 들어주는 패널들이 등장합니다. 그렇게 패널들을 배치하니 스토리텔러들은 더 신이 나서 이야기합니다. 울고 웃는 패널들의 반응에 더 맛깔 나는 이야기가 전개되곤 해요. 특히 반응이 좋은 몇몇 패널은 반복해서 출연하기도 합니다. 말하는 이가 신이 나니 그 이야기를 듣는 시청자도 실감 나거든요. 그런 의미에서 부정적 의도를 전하는 반응을 제외하고, 호감이 가는 반응에 대해 알아보겠습니다.

첫째, 티를 내며 들으세요. 상대의 말을 귀 기울여 듣고 있다는 신호를 계속 보내는 겁니다. 눈도 마주치고 고개도 끄덕이고, 손뼉도 치고, 추임새도 넣고 다양한 방법이 있어요. 시큰둥하게 팔짱 끼고 앉아서 핸드폰 만지작거리며 듣는 상황과 비교해 보세요. 이런 기본 자세만으로도 상대방이 말할 맛이 납니다. 상대방이 핸드폰이나 시계를 만지작거리면 말하는 사람은 '내 이야기가 재미없나?'라는 생각이 듭니다. 꼭 핸드폰을 사용해야 하는 상황이라면 잠깐 양해를 구하고, 당신의 대화에 몰입하고 있다는 신호는 유지하세요. 상대방의 말을 끊지 않고 이 정도 신호만 유지해도 만족스러운 대화 상황을 이끌어 낼 수 있어요.

둘째, 능동적으로 질문하며 들으세요. 여기에서 질문은 딴지를 거는, 비판적인 질문이 아니라 들으면서 상대방을 더 고무시키는 전략입니다. 말하는 이가 이야기를 술술 꺼낼 수 있도록 레드 카펫을 깔아주는 방법이에요. "그래서 어떻게 됐어?", "그다음에는?" 같은 질문으로 다음 이야기를 유도할 수 있고요. 감탄의 의문을 섞어 "진짜?", "정말?" 등의 질문으로 대화의 분위기를 고조시킬 수도 있습니다. 정말 궁금한 게 있을 때는 기분 나쁘지 않게 전달하는 점이 중요해요. "내가 살짝 놓친 것 같은데, 왜 그렇게 된 거야?", "내가 이해를 못 한 것 같은데, 다시 설명해 줄 수 있어?", "나는 이렇게 이해했는데, 내가 이해한 게 맞아?" 등 완충 작용을 해주는 쿠션어를 살짝 섞어 질문하면 친절한 대답이 돌아올 겁니다.

셋째, 키워드를 기록하며 들으세요. 특히 업무 중 호출이 있다거나, 회의 중이라면 기록하며 듣는 습관을 가지세요. 저는 상사의 호출이나 회의 때는 꼭 수첩을 함께 들고 다닙니다. 정 힘들면 핸드폰이나 노트북을 활용하고요. 누군가는 메모를 하면 집중력이 흩어진다고도 하지만, 다 옮겨 적는 것이 아니라 키워드를 중심으로 기록하면 대화에도 충분히 집중할 수 있습니다. 조금만 연습하면 돼요. 우선 제대로 듣겠다는 마음가짐을 갖기에 좋고, 나중에 다시 보고 기억을 떠올릴 수 있어서 좋아요. 청각 정보는 쉽게 휘발되기 때문에, 그때는 알 것 같아도 나중에는 가물가물하니까요. 덤으로 상대방에게 집중하고 있다는 인식을 심어줄 수도 있습니다. 단, 너무 열심히 메모하는 모습을 보면 말하는 이가 부담스럽게 느끼기도 하니 상황에 따라 유연하게 적용하세요. 단순한 잡담을 너무 열의 넘치게 메모하면 당황스럽겠죠?

✚ 20초 대화의 감각이 깨어나는 시간 ✚

소리를 정확하게 듣는 것부터 시작해서 '네?'라고 다시 묻는 횟수를 줄여야 합니다. 그리고 내용을 제대로 이해하려고 노력해야 해요. 드러나지 않는 내용은 맥락을 파악해서 짐작하고 추론하며 심층적 메시지를 이해해요. 정확한 이해를 바탕으로 적극적으로 반응하며 대화를 즐깁니다. 잘 듣고 있다고 고개도 열심히 끄덕이고, 중간에 질문하고, 기록도 하면서 정성스럽게 상호작용합니다.

아버지가 방에 들어가신다   아버지 가방에 들어가신다

읽고 나서
해야 할 것들

말하듯 문장 읽기

초등학교 교실을 떠올려보세요. 학생들이 돌아가면서 교과서를 소리 내어 읽습니다. 자세히 들어보면, 더듬더듬 한 글자씩 읽는 친구가 있고 빠르게 후다닥 읽는 친구가 있어요. 우선 더듬거리며 읽는 학생은 이 단어들이 어떤 소리가 나는지 잘 모르는 상태입니다. 그래서 한글 자음, 모음을 결합해서 하나씩 소리를 만드느라 오래 걸립니다. 후다닥 읽는 친구는 어떤 소리가 나는지는 알아요. 하지만 의미까지 알고 있는지는 확인해 봐야 합니다. 잘 읽는 학생은 의미에 맞게 끊어 읽고, 억양도 살려서 유창하게 읽습니다. 소리 내어 읽는 것만 잘 들어도 어느 정도 내용을 이해했는지 파악할 수 있어요. 결국 우리는 글자 단위가 아니라 의미 단위로 글을 읽기 때문입니다. 그것을 시각적으로 표현한 것이 띄어쓰기이고요. '띄어쓰기의 중요성'이란 제목의 화제 영상들 속 사례를 모아봤어요.

엄마 밥, 맛없어. ⇒ 엄마, 밥맛없어.

사랑, 해보고 싶어. ⇒ 사랑해, 보고 싶어!

막내가 좋아? ⇒ 막, 내가 좋아?

바래다줄게. ⇒ 바래? 다 줄게!

너무 심했잖아! ⇒ 너, 무심했잖아!

밤새운 거야? ⇒ 밤새, 운 거야?

언제나 사랑해! ⇒ 언제… 나 사랑해?

너나 가져! ⇒ 너! 나 가져!

띄어쓰기 하나만으로 의미가 확 달라지죠? 글자는 결국 어떤 의미 덩어리를 만드느냐가 중요합니다. 우리는 글자를 읽지만 머릿속에서는 의미 단위로 인식하니까요. 다음 글을 한번 읽어보세요.

캠리브지대학의 연결 구과에 따르면, 한 단어 안에서 글자가 어떤 순서로 배되열어 있는가 하것는은 중하요지 않고, 첫째번와 마지막 글자가 올바른 위치에 있것는이 중하요다고 한다. 나머지 글들자은 완전히 엉진창망의 순서로 되어 있지을라도 당신은 아무 문없제이 이것을 읽을 수 있다. 왜하냐면 인간의 두뇌는 모든 글자를 하나하나 읽것는이 아니라 단어 하나를 전체로 인하식기 때문이다.

뭔가 이상하죠? 글자 순서가 뒤바뀌어 있습니다. 말도 안 되는 단어들이에요. 하지만 의식하지 않고 그냥 읽으면 또 읽을 수 있습니다. '캠브리지대학'을 아는 사람은 '캠리브지'를 통으로 바꾸어 인식하죠. '대학' 관련된 '연구 결과'도 마찬가지입니다. 한 덩어리의 의미가 다음 덩어리에도 영향을 미치죠. 이것을 '단어우월 효과'라고 합니다. 맥락 효과의 일종으로, 우리는 단어를 구성하고 있는 개별 문자에 대한 지각보다 단어 전체를 인지합니다.

그런 의미에서 유창하게 읽는다는 말은, 문장의 의미를 파악한 상태에서 적절히 끊어 읽고 표현하며 읽는다는 뜻입니다. 감정을 담아 좋아하는 문장을 소리 내어 읽어보고, 시를 낭독하고, 내뱉는 과정이 글을 이해하는 데도 큰 도움이 됩니다. 같은 시도 낭송가에 따라 다르고, 작가들이 읽어주는 소설 문장의 느낌이 다른 것 역시 같은 맥락이에요. 이해의 깊이가 표현의 차이로도 나타납니다. 그러니 부담 없이 소리 내어 읽어보세요. 기회가 되면 녹음하고 다시 들어봐도 좋습니다. 그러다 오디오북 크리에이터가 될 수도 있겠네요.

읽은 흔적 남기기

저는 기본적으로 책을 읽을 때 눈으로만 읽는 자세를 경계합니다. 작게 소리를 내어 읽으며 곱씹거나, 책 끝을 접거나, 밑줄을 긋거나…… 뭐든 합니다. 내가 읽은 소중한 내용이 그냥 휘발되지 않도록 붙잡아 두는 과정이에요.

특히 책을 읽을 때 밑줄 긋는 행위를 강조합니다. 이것은 앞에서 알아봤던 '중요도 판별'의 과정이에요. 내가 집중해서 읽고 있다는 증명이기도 합니다. 저 또한 집중이 되지 않을 때는 영혼 없이 글자만 읽다가 나중에 정신 차리고 무슨 내용인지 몰라서 다시 되돌아가곤 해요. 영혼 없이 읽은 페이지들에는 어김없이 아무 흔적도 남아 있지 않습니다.

책이 더러워지는 게 싫은 분들은 포스트잇을 붙여도 됩니다. 흔적을 남기는 과정이 중요해요. 독자는 그 책을 읽기 전과 읽은 후가 달라야 한다고 믿습니다. 어떤 의미에서는 책도 그 전과 다른 책이 되어야 해요. 인쇄소에서 찍어낸 그 책과 나의 흔적이 남은 책은 같지 않죠. 그러려면 열심히 나의 생각을 남기고 새겨야 합니다.

지금은 전자책을 많이 읽기 때문에 하이라이트 기능을 적극 활용합니다. 생각을 메모할 수 있는 기능도 있어요. 그리고 하이라이트 부분을 쉽게 텍스트나 이미지로 공유할 수도 있어 즐겨 사용합니다. 좋았던 부분을 저장하고 SNS에 공유하면서 한 번 더 머릿속과 마음속에 새깁니다.

어떤 분들은 어디에 표시해야 할지 모르겠다고도 해요. 우선 첫 번째는 책의 핵심 메시지입니다. 저자가 강조하는 부분, 책의 주제가 담긴 부분이에요. 그다음은 나에게 의미 있는 내용입니다. 이는 주관적이라서 핵심과 다를 수 있어요. 그럼에도 왠지 마음에 와닿는다면 표시하고 오래 간직하면 됩니다. 둘 다 중요한 영역이에요.

책에 흔적을 남기는 행위는 같은 책을 여러 번 재독할 때 큰 효과를 봅니다. 책을 다 읽기는 부담스러울 때 저는 표시한 부분들만 쓱 다시 읽기도 해요. 독서 모임에 갈 때는 이 포스트잇이 필수입니다. 나의 흔적을 빠르고 쉽게 찾을 수 있으니까요. 함께 공유하고 싶은 문장을 바로바로 찾아서 읽고 나눌 수 있습니다. 가끔 포스트잇을 너무 많이 붙여서 그것 또한 찾느라 힘들 때가 있어요. 그럼 그 안에서 또 더 중요한 내용과 덜 중요한 내용을 색으로 나눕니다. 예를 들어 독서 모임에서 꼭 말하고 싶은 건 빨간색 포스트잇으로 표시해요. '최소한 이 내용만큼은 나누고 와야지'라는 마음을 표시해 두면 모임할 때 눈에 잘 들어옵니다.

책을 다시 읽을 때마다 날짜를 적고, 날짜마다 다른 색깔의 형광펜으로 밑줄을 긋는 사람도 있습니다. 그럼 과거에 좋았던 문장이 지금도 좋다는 것을 발견할 수 있죠. '과거에는 크게 와닿지 않았던 부분이 지금은 와닿는구나', '나도 뭔가 달라졌구나'라고 느낄 수도 있습니다. 저는 그렇게 꼼꼼한 편은 아니라서 여러 색으로 표시하지는 못하지만 꾸준히 흔적을 덧씌웁니다. 그럼 그 책을 다시 읽을 때면 과거의 나와 대화하는 느낌이 들어요.

독서 리뷰 쓰기

대학교 때 싸이월드로 독서 리뷰를 처음 시작했어요. 책을 읽고 감상문을 남기는 수업이 있었는데, 지정된 책을 다 읽고 봤더니 예전에 이미 읽은 책이었습니다. 다 읽고 나서야 그걸 알았다는 사실에 혼자 충격을 받은 상태였죠. 그래서 싸이월드에 읽은 책을 기록하자고 결심

했습니다. 그러다 블로그로 넘어가면서 과제로 활용한 감상문부터 모두 옮기고, 이후에도 꾸준히 리뷰를 남겼습니다.

그러다 시간이 지나 인스타그램도 하게 되면서 나름 1일 1피드를 올리자고 마음먹었어요. 아무도 기다리지 않지만 누군가와의 약속을 지키는 마음으로 읽은 책은 모두 남기려고 했습니다. 재미있게 읽은 책은 좋다고 남기고, 재미없게 읽은 책은 왜 재미없었는지 남기며 저의 흔적을 온라인 공간에 쌓아가기 시작했어요. 그랬더니 어느 순간 출판사로부터 서평 제안이 오는 횟수가 늘었고, 건강한 의무감으로 서평단 활동도 많이 했습니다.

처음에는 의무처럼 했던 일인데, 습관이 되고 보니 리뷰를 남기지 않았을 때 오히려 찝찝하더라고요. 저는 이제 리뷰를 쓰는 과정까지 '독서'의 범위에 포함시키게 됐어요. 앞에서 다시 읽을 때 나의 흔적을 보며 과거와 대화를 한다고 했는데, 리뷰도 마찬가지입니다. 한 권의 책을 세 번 넘게 리뷰했는데, 그때마다 다른 느낌이 남아 있더라고요. 그런 모습을 볼 때 뿌듯합니다.

독서 리뷰의 가장 좋은 점은, 생각이 정리되는 과정이란 것입니다. 책을 읽으면서 곱씹은 생각도 글로 표현하다 보면 다시 구조화가 됩니다. 그것이 글쓰기의 힘이에요. 처음에 A를 쓰려고 마음먹었는데 쓰다 보니까 'A++++'를 쓰고 있는 저를 발견할 때가 많습니다. 생각이 꼬리에 꼬리를 물고 확장되는 것이죠.

생각이 정리되면서 글쓰기 능력도 향상됩니다. 글쓰기에서 중요한 요소 중 하나가 글감이죠. 쓸 내용이 없어 못 쓰는 분들이 많은데, 읽은 책이 훌륭한 글감이 되어주기 때문에 편하게 글을 뽑아낼 수 있어요. 그래서 글쓰기를 처음 시작하는 분들에게도 독서 리뷰를 추천합니다.

여러 가지 기록 방식이 있겠지만 저는 디지털을 선호합니다. 검색이 용이해서 그때그때 편하게 필요한 내용을 찾을 수 있더라고요. 전공 공부를 하고 책을 쓰는 데도 큰 도움이 됩니다. 또 디지털은 공유가 쉬워서 퍼스널 브랜딩을 하는 데 좋은 포트폴리오가 되었어요. 저를 작가로 만들어준 것은 8할이 독서 리뷰라고 생각해요.

우선 독서 리뷰의 좋은 점은 알겠는데, 동기부여가 되지 않는다고 하는 분들에게는 SNS를 추천합니다. 저는 블로그, 인스타그램, 브런치, 밀리의 서재에 꾸준히 읽은 책 리뷰를 남기고 있어요. 사람들이 저를 구독하고 제 리뷰에 반응하는 모습을 보면 동기부여가 되더라고요. 이러한 외적 동기가 자연스럽게 내적 동기로 이어지기도 합니다. 남을 의식하면서 시작했지만 내 실력이 느는 모습이 보이니 뿌듯하기도 하고요.

글을 쓰려고 마음먹었는데 막상 무엇을 써야 할지 몰라 시작하지 못하는 분들이 있죠. 자유로운 글쓰기를 원하는 분들은 독서 에세이를 통해 책은 거들 뿐 자유롭게 자신의 생각을 펼쳐나가면 되고요. 나의 생각을 드러내기 부담스러운 분들은 필사 형식으로 좋았던 부분을 옮겨 적어도 됩니다. 전자책을 통해 밑줄 친 부분을 편하게 공유할 수도 있어요. 사진과 함께 업로드만 하면 그걸로 1차 성공입니다. 내용은 차근차근 덧붙이면 돼요.

오히려 형식이 있어야 쓰기 편한 분들을 위해 몇 가지 패턴을 공유할게요. 우선 학생 때부터 써왔던 독서감상문이 있습니다. 서론에서는 책을 읽게 된 동기, 책에 대한 에피소드를 가볍게 씁니다. 본론에서는 책의 내용을 나름대로 정리해서 담아요. 소설은 줄거리, 비문학은 목차에 담긴 내용을 참고하면 좋습니다. 결론에서는 책의 내용과 이어지는 느낌과 감상을 펼치면 돼요. 조금 더 각 잡고 쓰고 싶은 분들은 평론가의 입장에서 서평을 써보세요. 독서감상문이 주관적 감상에 포인트를 둔다면, 서평은 나름의 근거를 바탕으로 객관적 평가와 분석에 힘을 줍니다. 영화평론가, 문학평론가가 되어 깊은 해석도 해보는 겁니다. 나만의 독서 리뷰 형식을 만드는 것도 추천해요. 여러 방법을 참고해서 정리하다 보면 나만의 틀이 생기기도 합니다. 무엇이든 꼭 글로 남기길 바랍니다.

독서 모임 참여하기

저는 독서 모임을 정말 좋아합니다. 대학교 1학년 교양 수업 때 처음으로 독서 모임이란 것을 해봤어요. 지정된 책을 읽고, 홈페이지에 각자 감상문을 올리고, 그다음 수업 시간에 조별로 대화를 나누는 시간이었습니다. 같은 책을 읽고 이렇게 다른 생각을 한다는 게 정말 신기했어요. 다른 친구들은 제 글을 읽고 독특한 감상이라며 저를 신기하게 생각했죠. 그렇게 책에 대해 대화하면서 1학년 때 알게 된 다른 과 친구들의 인연이 졸업할 때까지 이어졌습니다. 이 좋은 경험을 바탕으로 지금 10년째 독서 모임 '북렌즈'를 운영하고 있어요. 효용의 면에서 독서 모임을 하면 무엇이 좋을까요? 책을 읽는 것, 글을 쓰는 것과 다른 독서 모임의 매력을 살펴봅시다.

우선 공통된 맥락을 공유한 상태에서 말하기와 듣기를 할 수 있어요. 이런 모임은 외향적인 사람들이 한다고 생각하지만 저는 엄청난 내향인이라 낯을 많이 가립니다. 그럼에도 독서 모임을 좋아하는 이유는 '공통된 맥락과 주제'가 어느 정도 정해져 있고, 이에 대해서 하고 싶은 말이 있기 때문이에요. 그리고 이 주제에 대해 준비된 사람들과 깊은 대화를 나눌 수 있는 판이 바로 독서 모임입니다. 이렇게 정제된 판 안에서 조리 있게 말하고, 적극적으로 경청하는 경험을 실컷 누릴 수 있답니다. 말하기와 듣기 실력도 함께 성장해요.

두 번째는 다양한 생각을 만나 유연하게 사고할 수 있습니다. 독서 모임은 기본적으로 여러 사람과의 대화를 상정합니다. 그렇게 다른 사람들과 만나 이야기를 나누며 혼자서 생각했을 때는 당연하다고 느껴졌던 내용들이 전혀 당연하지 않다는 걸 깨닫는 순간들이 있어요. 우리의 삶은 복합적인 요소들로 이루어져 있으니까요. 책이라는 텍스트로 깊은 생각을 나누다 보면 다양한 의견들과 충돌하며 나의 인지적 유연성이 길러집니다. 혼자서는 책을 100번 읽어도 경험할 수 없는 소중한 이점이죠. 점점 더 빠르게 변해가는 사회 속에서 살아가는 데 이러한 유연한 사고와 포용성은 큰 힘이 됩니다.

세 번째는 여러 사람들과 하나의 주제에 대해 깊은 이야기를 나누며 나의 가치관을 확립하게 됩니다. 상대적인 관계 속에서 나를 더욱 객관적으로 알아갈 수 있습니다. 특정 주제에 대해 나보다 더 보수적인 사람, 진보적인 사람, 경제적 가치를 중요시하는 사람, 인간관계를 중요시하는 사람 등을 만나면서 나는 어떤 가치관과 생각을 갖고 있는지 저울질해 볼 수 있어요. 스스로에 대해 알아간다는 것은 매우 소중한 경험입니다. 혼자서 책을 읽고 생각하는 것도 좋지만, 인지 편향에 취약한 우리 인간은 조금 더 강하고 지속적인 자극이 필요해요. 그래서 책과 사람이 함께 할 때 더 큰 효과가 있습니다.

독서 모임의 좋은 점을 짚어보니 해보고는 싶은데, 조금 막막하다고요? 바로 사람을 만나기 부담스러우면 우선 다른 사람의 리뷰를 찾아보세요. 재미있게 읽은 책의 제목을 네이버나 유튜브, 인스타그램에 검색하면 다양한 리뷰를 만나게 됩니다. 그 사람들의 리뷰를 보며 '이런 다양한 생각을 하는구나!' 하고 느껴보세요. 댓글을 달며 소통하는 방법도 좋습니다. 밀리의 서재는 '톡후감'이라는 콘텐츠도 제공하고 있어요. 실제로 독서 모임을 진행하고 그 후기를 채팅 형식으로 실감 나게 묘사한 콘텐츠입니다. 어떤 식으로 독서 모임을 했고, 어떤 이야기가 오고 갔는지를 알 수 있어요. 그러다 천천히 실제 모임에도 참여하는 거죠. 요즘은 서평단 카페에서 활동하는 방법도 있고, 카카오톡이나 화상 카메라를 활용한 비대면 모임도 많으니 단계적으로 도전해 보는 것도 좋아요.

또 많은 사람의 걱정거리가 '도대체 만나서 무슨 이야기를 하느냐'입니다. 저는 기본적으로 다음과 같이 다섯 가지 형식의 질문을 준비하고 나눠요. 지금 읽고 있는 책을 바탕으로 질문을 만들어보겠습니다.

전체적인 감상 책을 읽고 편하게 이야기하는 감상

(예) 요즘 도파민 자극에 중독된 사람들에게 적합한 내용임.

인상 깊었던 장면 내 마음에 와닿았던 문장이나 챕터

(예) 이 과장과 사원들의 대화가 내 이야기 같아서 공감이 많이 됐음.

토론형 질문 대립의 구도가 나오는 질문 만들기

(예) 잘 쓰지 않는 한자어 고급 어휘를 꼭 공부해야 할까? 찬성/반대

토의형 질문 문제를 점검하고 해결책을 모색하는 질문 만들기

(예) 지금 현대인, 도파민 인류의 문해력 부족 문제를 어떻게 극복할 수 있을까?

수다형 질문 개인의 경험과 생각을 바탕으로 꺼내는 질문 만들기

(예) 문해력이나 대화 문제로 곤란했던 경험이 있다면?

이렇게 질문을 만들고 대답하다 보면 준비 끝입니다. 질문은 호기심을 바탕으로 하고, 그 호기심은 또 다른 생각을 불러와요. 이렇게 스스로 생각의 꼬리를 물다 보면 다른 사람의 생각이 궁금해집니다. 너무 걱정하지 말고 우선 만나보세요. 주변 도서관이나 모임 플랫폼 등을 통해서 쉽게 모임에 참여할 수 있습니다.

글을 읽는 과정도 중요하지만, 읽고 난 후의 활동도 그에 못지 않게 중요해요. 그래서 독후 활동까지가 읽기 과정의 기본이라고 생각합니다. 공들여 읽은 텍스트가 휘발되지 않도록 여러 가지 노력을 기울일 수 있어요. 소리 내어 읽어보고, 밑줄 그었던 부분을 다시 살펴보고, 리뷰도 남기고 독서 모임도 합니다. 독서 모임이 부담스러우면 영화 모임, 전시 모임을 비롯해 다양한 콘텐츠를 대화의 대상으로 삼아도 됩니다. 이런 과정 속에서 말과 글에 담긴 지식이 완전히 내재화되어 나의 지혜로 쌓일 것입니다.

4단계

문맥이 파악되나요?

① 다음 글의 핵심 메시지를 1층과 지하 1층으로 나눠서 생각해 보세요.

> 난공불락으로 보이던 이 외향성의 제국에 바이러스로 인한 붕괴의 조짐이 나타나기 시작했다. 내성적인 사람에게 최적의 환경이 만들어진 셈이다. 그들의 전매 특허인 '사회적 거리 두기'가 새로운 게임의 규칙으로 등장하고, 사회적 거리 좁히기라는 외향성의 룰이 사라진 것이다. (…) 운동장은 이제 반대로 기울고 있다. 내성적인 사람이 외향적인 사람인 척 연기할 이유가 사라졌다. 타고난 성격을 아쉬워해야 할 이유도 사라졌다. (…) 음지에서 양지를 지향해야만 했던 우리의 비루한 삶은 이제 끝났다.
>
> - 최인철, 『아주 보통의 행복』

1층: _____

_____

_____

지하 1층: _____

_____

_____

② 지금 친한 지인과 통화해 보세요. 통화를 나누며 내용을 메모해 보세요. 핵심이 보여요.

_____

_____

_____

_____

③ 최근에 책을 읽으면서 밑줄 친 문장을 이유와 함께 적어볼까요?

_____

_____

_____

_____

_____

④ 지금까지 읽은 내용 중 가장 도움이 된 내용을 기록해 보세요.

_____

_____

_____

_____

_____

도파민 해독제, 낭독과 필사

도파민 인류의 가장 큰 위험 요소는 도파민 중독입니다. 그 중독에서 빠져나오기 위해 도파민 디톡스 활동이 인기를 끌기도 했어요. 책과 관련된 활동으로는 대표적으로 낭독과 필사가 있습니다. 독후 활동으로도 사랑받는 낭독과 필사의 매력에 대해 알아볼게요.

낭독은 소리 내어 글을 읽는다는 의미입니다. 혼자 조용히 읽는 묵독이 일반적인 상황에서 왜 소리를 내어 글을 읽어야 할까요? 글에 읽는 사람의 호흡이 더해지기 때문입니다. 호흡이 더해진 리듬은 듣는 사람에게 전달되며 또 다른 울림을 줍니다. 읽는 사람, 듣는 사람 모두 마음 속에 글이 다시 한번 새겨지죠. 시각적 자극과 청각적 자극이 모두 만족되는 경험입니다.

그런 매력이 있기에 낭독회, 낭독 공연, 낭독 모임이 존재합니다. 요즘은 책을 읽어주는 팟캐스트나 유튜브 채널, 오디오북도 어렵지 않게 볼 수 있습니다. 시 낭송을 전문으로 하는 낭송가분들도 각종 무대에서 시를 멋들어지게 낭송해 줍니다. 하지만 이렇게 멋지게 하지 않아도 우리 모두 낭독을 즐길 수 있습니다. 내가 아끼는 문장, 되새기고 싶은 글을 소리 내어 읽으면 되니까요.

『낭독은 입문학이다』라는 책에서 낭독은 글에 의미를 생각하며 영혼을 불어넣는 행위라고 표현해요. 그리고 이렇게 설명합니다.

소리를 내어 글을 읽는 행위는 책 속에 갇혀 있던 활자를 일으켜 세워 공간 속으로 뛰어들게 한다. 소리가 만들어내는 입체성은 다양한 모습과 역할로 읽는 사람에게 다가간다. 그것은 단어 하나의 의미에서부터 단락과 단락 사이의 맥락에 이르기까지 긴 호흡으로 깊이 있는 독서가 되도록 돕는 안내자와도 같다.

– 김보경, 『낭독은 입문학이다』

집중력이 점점 짧아지고 인내심이 부족해지는 도파민 인류에게 긴 호흡으로 천천히 소리 내어 읽는 독서는 훌륭한 해독제가 됩니다. 천천히 생각하며 곱씹어 읽으면 행간의 의미, 문맥을 파악하는 힘도 기를 수 있어요. 어떤 글을 읽어야 하냐고요? 먼저 운율이 살아 있는 시나 통통 튀는 그림책을 추천하고 싶습니다. 길지 않은 글이라 부담이 덜하죠. 다음 단계로는 소설 속 아름다운 문장, 통찰이 담긴 고전 명언들을 읽을 수 있습니다. 마지막으로 한 권의 책을 통째로 읽을 수 있고, 힘이 들면 여럿이 모여 돌아가면서 읽는 윤독도 가능해요.

필사는 좋은 문장을 직접 손으로 적으며 새기는 과정입니다. 종이에 펜을 꾹꾹 눌러쓰는 그 느낌과 함께 문장이 천천히 마음속으로 스며들죠. 시간에 쫓기는 현대인에게 필사는 비효율적으로 느껴질 수 있지만, 그 지난한 시간이 진정한 디지털 디톡스의 순간입니다. 눈으로 읽을 때는 스쳐 지나가는 문장들이 나의 손을 거쳐 활자화되며 선명해져요. 이 되새김질이 누군가에겐 휴식의 순간이, 또 누군가에겐 영감의 순간이 됩니다.

대충 훑어 읽는 방식이 보편화된 지금, 필사는 정반대의 읽기 방식이라고 할 수 있어요. 그래서 우리가 놓치고 있는 것들을 오롯이 채워줍니다. 대표적으로 집중력, 인내력, 맥락 파악 능력을 키우는 데 도움이 됩니다. 집중해서 글을 읽고, 따라 쓰고, 다시 읽으며 생각을 가다듬어요. 글씨를 잘 쓰지 못하더라도 그 아날로그 자극을 직접 느껴보는 경험은 무척이나 소중합니다. 낭독과는 또 다른 매력이 있죠. 이 매력에 빠져 필기감이 좋은 필사용 펜과 노트를 따로 구입하는 분들도 있어요.

필사의 효용으로 글쓰기를 이야기하는 분들도 많습니다. 글을 쓰는 과정은 힘이 들기 때문에, 쓸 문장을 고르는 것부터 신중해집니다. 좋은 글을 고르기 위해 노력하는 과정에서 안목을 기를 수 있고 나의 취향도 자연스레 파악되지요. 좋은 문장을 따라 쓰면서 어휘력도 풍부해지고, 문장력도 길러집니다.

이렇게 좋은 점이 많은 필사이지만 힘들기 때문에 실천하기 쉽지 않아요. 그래서 많은 필사 모임과 챌린지가 성행하고 있습니다. 혼자서는 힘들지만 함께라면 가능하기 때문이죠. 도파민을 충분히 해독했으니, 적절하게 디지털 플랫폼을 활용합니다. 예를 들어 필사한 문장을 SNS에 공유할 수 있습니다. 그 문장 뒤에 감상을 살짝 더해도 좋아요. 왜 이 문장을 뽑았는지, 이 문장에서 무엇을 느꼈는지 추가로 남겨보는 것입니다. 아니면 오픈채팅방에 인증하는 방법도 있습니다. 챌린지에 참여하는 사람들끼리 오늘 필사한 문장을 사진으로 찍어서 공유합니다. 미션을 수행했다는 뿌듯함과 함께, 다른 사람의 반응도 얻을 수 있으니 얼마나 즐거운가요. 서로가 필사한 문장에 이끌려 다른 책에 관심을 갖고, 그렇게 다채로운 독서로 이어지는 선순환이 생겨납니다.

CHAPTER 3

Q

아무 말이나
튀어나와요

A

대화에 품격을
엱으세요

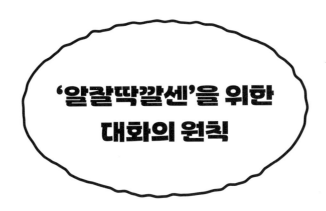

'알깔딱깔센'을 위한
대화의 원칙

대화는 상호작용이다

여러분의 대화는 안녕하신가요? 본인의 대화에 100% 만족하는 사람은 거의 없습니다. 그럼에도 우리는 다른 사람의 대화에는 쉽게 훈수를 두곤 하죠. '저 사람이랑은 대화하기 싫어', '저 사람은 말이 너무 많아', '저 사람은 너무 과묵해서 지루해', '저 사람이랑 말하면 기분이 묘하게 나빠' 할 말이 많습니다. 서로에게 기대치가 높아요.

  하지만 항상 명심해야 하는 사실은 대화는 상호작용, 즉 쌍방이라는 사실! 문제가 생기면 대화에 참여하는 모두의 책임입니다. 이 책임을 외면하면 남 탓만 하게 돼요. 그래서 최소한의 매너를 만들어놓으면 좋습니다. 너무 빡빡한 기준이 아니라 유연한 기준 말이에요. 서로가 매너를 지킬 때 우리의 대화는 한층 더 원활해집니다. 그래서 더 좋은 대화를 위해 의도적으로 공부하고, 훈련하고 노력해야 하죠. 그 훈련이 여러분의 말귀도 밝게 만들어줍니다. 차근차근 함께 알아가 봐요.

한때 '알잘딱깔센'이란 말이 온라인에서 유행어처럼 널리 퍼진 적이 있습니다. 알아서, 잘, 딱, 깔끔하고, 센스 있게!

- 이승화 씨! 지난번 그 일은 '알잘딱깔센' 마무리했지?
- '알잘딱깔센' 직원이 어디에 있나요?
- 이번 행사는 '알잘딱깔센' 준비하세요!

말은 쉽지만…… 실행은 힘들죠. 잘, 딱, 깔끔하고, 센스 있게! 대화하는 방법도 마찬가지입니다. 이걸 알아서 척척 하긴 힘들어요. 그러다 보니 자꾸 자기 검열에 빠지며 입을 다물게 돼요. 그나마 눈치 있는 친구들은 말은 하고 싶은데, '알잘딱깔센'이 아닐까 봐 미리 밑밥을 깔기도 합니다. "이거 TMI일 수도 있는데", "딴 이야기일 수도 있는데"라는 말을 서두에 깔고 조심스럽게 이야기를 합니다. 겁먹은 거죠.
역으로 정신 줄을 놓고 아무 말이나 내뱉는 사람들도 많습니다. '0개 국어', '아무 말 대잔치', '의식의 흐름'이란 말들이 나오는 이유예요. 모국어도 잘 못하는 0개 국어, 아무 말이나 신나게 내뱉는 대잔치, 생각나는 대로 편하게 말하는 의식의 흐름. 재미있는 말들이지만 동시에 뼈 아픈 현실이기도 합니다. '알잘딱깔센'과 나란히 두니 격차가 크죠? 그만큼 언어 사용의 격차도 커지고 있습니다.
일상 속 대화는 매우 자연스럽게 이루어지기에 우리는 갖춰야 할 기본 요소들을 자주 놓치곤 합니다. 기본 요소의 존재 자체를 모르거나 부정하는 사람들도 있어요. 일상 대화는 물 흐르듯 자연스럽게 이뤄지는 것이다 보니 규칙을 운운하는 쪽이 어쩐지 피곤하게 느껴지기도 합니다. 따로 배우려는 노력도 하지 않고 흐르는 대로 말하기가 쉽습니다. 그렇게 해도 서로의 말이 자연스럽게 어우러지며 퍼즐처럼 딱딱 들어맞는 대화가 되면 얼마나 좋을까요? 규칙을 찾을 필요도 없어요. 하지만 많은 사람이 대화를 힘들어합니다. 말하기가 힘든 사람도 있고, 말귀 어둡다고 매번 구박받는 사람도 있고, 왜 그런지 모르게 대화가 끝나면 기분이 상하는 경우도 있어요. 그건 대부분 '규칙'을 지키지 않아 발생하는 문제입니다.

대화에도 규칙이 있다

이 책은 기본적으로 문해력의 기초를 탄탄하게 잡아주기 위해 쓰였습니다. 그리고 문해력이 표면적으로 가장 잘 드러나는 상황이 대화입니다. 그래서 문해력이 향상되면 대화의 감각도 좋아집니다. 앞에서도 말했지만 대화는 상호작용입니다. 문제가 생긴다면 쌍방의 과실일 확률이 높아요. 비율의 차이는 있겠지만 대화에서 발생하는 문제는 상호 존중 속에서 어느 정도 해결할 수 있습니다. 앞에서도 말했지만 진짜 문해력이 높고, 대화를 잘하는 사람의 모습은 무사고 운전자와 비슷합니다. 상대방이 잘못한 상황이라도 내가 잘 대처해서 사고를 피하는 것이지요. 잘잘못을 가리기보다 사고가 나지 않도록, 갈등이 생기지 않도록 하는 게 중요해요. 누군가를 설득하고 협상하고 문제를 해결하는 것은 그다음 과정입니다. 그런 의미에서 대화의 기본 원칙부터 차근차근 알아보겠습니다.

언어철학자이자 분석철학자인 폴 그라이스는 대화의 격률^{Conversational Maxims}에 대해서 이야기했습니다. 대화를 하면서 지켜야 할 원칙들이에요. 보통 상대방이 지키고 있다고 무의식적으로 믿는 경우도 많습니다. 우리는 보통 '상식적으로', '문화적으로'라는 전제를 깔고 대화를 나누니까요. 대화의 격률은 말하자면 '신호등'입니다. 아주 간단한 규칙으로 우리의 대화를 원활하게 만들어주거든요.

첫째, 양^{Quantity}의 격률입니다. 대화를 위해서 필요한 정보의 양!

둘째, 질^{Quality}의 격률입니다. 대화의 질을 높이는 진정성과 타당성!

셋째, 관련성^{Relation}의 격률입니다. 대화의 맥락을 고려, 내용의 연관성!

넷째, 방법^{Manner}의 격률입니다. 모호하고 애매한 태도 주의, 전달의 명료성!

어디서부터 우리의 대화가 삐끗하는지 확인하기 좋은 기회예요. 아주 간단한 신호지만 목숨을 살릴 수 있는 신호등처럼, 대화를 매끄럽게 만들어줄 대화의 신호등을 하나씩 켜볼게요.

대화의 첫인상, 스몰토크

본격적으로 대화의 격률을 알아보기 전에, 대화의 첫인상이라고 할 수 있는 스몰토크*Small talk*에 대해 말해보려고 해요. 소개팅부터 면접, 미팅 등 만나는 순간의 첫인상은 큰 영향을 미칩니다. 첫인상은 시각적인 부분도 크지만, 말을 처음으로 섞는 그 순간도 중요해요. 그 대화의 시작으로 나누는 일상 속 가벼운 대화로 호감을 쌓아나가면 이후의 대화가 더 잘 풀릴 겁니다.

누군가는 외향적인 성격의 사람들이 스몰토크를 잘하고, 내향적인 사람들은 성격상 힘들다고 합니다. 물론 개인의 성향도 어느 정도 영향을 미칠 수는 있겠지만, 스몰토크는 사실 여러 가지 훈련으로 키울 수 있는 '능력'입니다. 스몰토크가 상대방을 보다 편하게 대화하게 돕기도 하니, 어떤 면에서는 배려의 자세이기도 해요.

저는 강의를 위해 낯선 도서관이나 학교를 방문할 때가 많습니다. 강의 준비를 위해 조금 일찍 도착하는 편인데, 그럴 때마다 관계자분들을 먼저 마주쳐요. 반갑게 인사를 나눈 후에 항상 도서관의 분위기, 도서관에 큐레이션된 책들, 진행하고 있는 프로그램에 대해 이야기를 나눕니다. 학교에서는 운동장, 학생들의 성향, 심지어 화장실 리모델링까지 다 스몰토크의 소재로 삼아요. 이렇게 강의 장소, 그리고 관계자와 쌓은 호감이 편안함으로 이어지고, 강의에도 긍정적인 영향을 미치더라고요.

이 분위기를 이어서 강의를 시작하자마자 아이스 브레이킹부터 합니다. 수강생들과의 스몰토크라고 할 수 있죠. 강의 주제에 따라서 다양하게 접근해요. 문해력 주제의 강의에서는 책과 관련된 이야기를 많이 합니다. 최근에는 한강 작가의 노벨문학상 소식으로 이야기의 포문을 열며 '한강의 시대', '한강의 기적', '한강 보유국', '한강 조망권' 등의 이야기를 하면 소소하게 웃음이 나옵니다. 책을 좋아하는 사람들과 뿌듯한 공감대도 형성되죠. 또 이동 중 읽은 책을 문득 소개하면, 수강생들도 강의장에 오면서 읽은 책 이야기를 자연스럽게 꺼내기도 해요.

미디어리터러시 강의 때 가장 반응이 좋았던 소재는 AI로 만든 저의 이미지예요. 실제보다 훨씬 멋있게 만들어진 AI 이미지와 실물을 비교하며, 가짜 뉴스의 위험성을 이야기합니다. 미디어리터러시 강의의 도입부로 적절하면서도, 전반적인 강의 분위기를 부드럽게 만들어주는 역할도 했어요.

대상에 따라 다르게 접근할 수도 있습니다. 학생들과는 요즘 보는 웹툰과 드라마, 요즘 하는 게임, 요즘 핫한 유튜버 등의 이야기를 나눠요. 또 중장년 수강생이 많을 때는 저희 어머니 이야기로 스몰토크를 시작합니다. 책을 좋아하는 문학소녀였다가 뒤늦게 시를 공부해 시인이 된 여정을 소개하면 다들 관심을 갖고 호응해 줍니다. 여러분도 작가가 될 수 있다는 좋은 동기부여가 되기도 하지요. 마지막 질문을 할 때 저에 대한 질문보다 어머니에 대해 질문하는 사람도 있었어요. 그만큼 강렬한 오프닝이라는 의미입니다. 첫인상이 생각보다 오래 가더라고요.

조금 먼 관계에서의 스몰토크 주제들

몇 가지 사례를 말씀드렸지만, 스몰토크의 주제는 무궁무진합니다. 상황에 맞는 주제 선정 방법을 함께 알아볼게요. 우선 피해야 할 것들, 선 넘으면 안 되는 것들을 생각해 보세요. 말 그대로 '스몰'인데 처음부터 묵직한 정치나 종교 이야기는 위험해요. 상대방이 큰 거부감을 느낄 수도 있으니 조심해야 합니다. 궁금해서 성향을 물어볼 수는 있지만 권유하는 방향이나 꾸짖는 의도는 정말 주의해야 합니다. "오는데 지하철 때문에 고생했어요. ○○○가 일을 못해서……" 이렇게 은근슬쩍 특정 정치인을 비방하는 것도 위험합니다.

사적인 영역에 대한 부분도 조심해야 해요. 사는 곳, 나이, 연애나 결혼, 자녀 유무, MBTI 등의 질문으로 상대방이 불편함을 느끼고 움츠러들지 않도록 신경 써야 합니다. 정말 궁금하면 스스로 먼저 사적인 이야기를 꺼내는 방법이 있어요. "저는 수원에 사는데, 아이들 학원에 데려다주고 여기까지 오는 데 한 시간 걸리더라고요. 차가 정말 막혀요"라고 하면 이 안에 사는 곳, 자녀 유무 등이 자연스레 노출됩니다. 상대방은 그에 맞게 어디까지 자신의 정보를 공개할지 정할 수 있습니다. "수원 사시는군요. 저는 안산에서 왔어요"라고 사는 곳만 말해보거나 "고생하셨네요. 저도 초등학교 6학년인 아이가 있는데, 힘들더라고요" 하는 식으로 더 많은 정보를 알려줄 수도 있어요. 직접 묻는 것보다는 부담이 덜해요.

친해지고자 하는 마음으로 SNS 아이디나 휴대폰 번호를 묻는 것도 조심스럽게 접근해야 합니다. 프로필과 피드에도 사적인 정보들이 가득하니까요. 상대방을 빠르게 이해하기 위해 MBTI를 쉽게 묻기도 하는데, 성격 정보를 초면에 알려주기 부담스럽다고 하는 분들도 있으니 주의해야 해요.

이것도 하지 마라, 저것도 위험하다……. 도대체 무슨 이야기를 해야 할까요? 관계의 스펙트럼에 따라 나눠서 볼게요. 처음 만나는 사람을 비롯해서 누구나와 나눌 수 있는 스몰토크와 종종 만나는 사람, 어느 정도 관계가 형성된 사람은 나눌 수 있는 스몰토크의 범위는 엄연히 다릅니다.

누구에게나 통하는 가장 무해한 접근은 바로 날씨입니다. '날씨가 정말 춥죠?', '눈이 오네요', '단풍이 정말 멋있어요', '이제 진짜 봄이네요' 등 단골 소재죠. 나아가서 식당이나 카페에서는 음식 이야기를 빼놓을 수 없습니다. 근처 맛집 추천부터 커피와 디저트, 반찬 이야기 등등. 그러다가 무엇을 좋아하고, 무엇을 잘 먹지 못하는지 자연스럽게 음식 취향도 공유하고 서로 맞춤형 추천도 할 수 있죠. 도서관 관계자와 강의가 끝난 후에 함께 식사하는데, 조금 서먹한 분위기였어요. 그때 보쌈집에서 나온 김치가 매콤하니 맛있었고, 김치 이야기가 겨울 김장 에피소드로 확장돼 즐겁게 대화를 나누며 분위기가 풀렸어요. 그러다 자연스럽게 다음 강의 일정까지 잡았답니다. 이것이 스몰토크의 힘 아닐까요?

나아가서 눈에 보이는 것들로 칭찬할 수 있습니다. 작은 액세서리, 키링, 핸드폰, 텀블러, 명함 등 실물이 있는 것들은 함께 관심을 갖고 들여다보기 좋습니다. 외국 여행을 갔을 때, 카드에 커다란 캐릭터 스티커를 붙이고 있었더니 정말 많은 직원이 말을 걸었어요. 귀엽다, 멋있다, 알고 있는 만화다 등 반응도 다양했죠. 또 서로 다른 회사의 핸드폰을 사용하는 것을 발견하면 그 핸드폰은 사용하기에 어떤지 물어보며 대화의 물꼬를 트기도 합니다. 외부 미팅에서는 명함도 좋은 대화 소재예요. 조금 독특한 명함을 만들었더니, 명함이 예쁘다며 그 의미를 묻는 사람들의 관심이 스몰토크로 이어지곤 했어요. 그래서 강의 오프닝용으로도 종종 명함을 활용합니다.

어느 정도 친한 상황이 아니면 외모에 대한 이야기는 조금 위험해요. '어려 보인다', '미인이다', '연예인 누구를 닮았다'와 같은 말은 좋은 의미라도 최근에는 삼가는 추세입니다. 옷차림도 스몰토크로 활용할 수 있습니다. 다만 그 내용은 지적보다는 칭찬이어야겠죠. 제 지인은 전략적으로 미팅 때 옷을 주제로 삼아 스몰토크를 합니다. 해당 브랜드의 대표가 되는 색깔의 옷을 입어요. 예를 들어 네이버의 초록색,

카카오의 노란색, 배달의민족의 민트색, 요기요의 빨간색을 생각하고
맞춰 입고 가서는 너스레를 떱니다. 반응이 좋을 수밖에 없겠죠?

가까운 관계에서의 스몰토크 주제들

조금 더 친근한 관계에서는 더 가까운 질문들을 던질 수 있어요. 기
존 정보들을 바탕으로 주말에 무엇을 했는지, 퇴근 후 시간을 어떻게
보냈는지, 취미가 무엇인지를 좀 더 직접적으로 물을 수 있습니다. 여
기서 중요한 건 상대의 컨디션에 따라 수위를 조절해서 대답할 수 있
도록 열린 질문을 해야 해요. "어제 뭐 했어?"와 "어제도 애인이랑 야
구장 갔어?"는 분명히 차이가 있습니다.

나아가서 미디어 트렌드에 대해서도 이야기를 나눌 수 있습니다.
직접적인 사회 이슈나 세상 돌아가는 일보다는 가볍게 접근할 수 있
어요. 요즘 인기가 높은 드라마, 영화, 웹툰 등의 미디어에 대해서 이
야기하면 다음 단계의 질문으로 넘어가기가 수월해져요. 같은 작품
을 봤다면 그 이야기를 통해 공감대 형성이 가능합니다. 특히 학생들
과 웹툰이나 게임 이야기를 하면 순식간에 친근하게 느끼더라고요.

어느 정도 성향을 알고 있는 사람들과는 요즘 이슈인 사회적인 주
제를 다뤄도 되겠지요. 재테크 이야기를 포함한 경제 이야기, 먼 나라
정치 이야기, 업계 흐름 이야기 등이에요. 회사에서 가장 흥미로운 이
야기는 어느 회사가 잘되고, 어느 회사가 힘들다는 업계 소문이에요.

너무 가깝지도 멀지도 않은 그 범위의 이야기는 적당히 유익한 면도 있습니다.

마지막으로 친한 관계에서는 이미 알고 있는 정보를 적극 활용할 수 있습니다. 기존에 강아지를 키우고 있다는 정보를 알고 있다면 그 강아지에 대해 물을 수 있죠. 반려동물은 좋은 스몰토크 소재인데, 가족처럼 소중하게 생각하는 분들도 있어서 어느 정도의 깊이로 이야기를 나눌지는 조절해야 합니다. 밤마다 달리기를 즐기는 사람에게는 요즘 얼마나 달리는지, 어느 코스로 달리는지 물어볼 수 있죠. 최애 아이돌을 아는 상대에게는 그 아이돌의 근황도 확인할 수 있고요. 같은 스몰토크라도 깊이 있는 대화가 가능합니다.

심지어는 밸런스 게임도 함께할 수 있어요. '깻잎 논쟁'으로 시작된 '새우 까기 논쟁', '패딩 논쟁', '챗GPT 연애편지 논쟁' 등 그때그때 유행하는 밸런스 게임 주제들은 재미있는 대화의 소재가 되지만, 가치관이 투영되기 때문에 조금 관계가 정립된 상태에서 나누길 추천합니다. 무엇보다도 스몰토크에서 가장 중요한 건, 다양한 소재를 적재적소에 활용해서 즐겁게 대화하겠다는 의지겠죠?

스몰토크에서 더 중요한 비언어적 메시지

비언어적 메시지는 말 그대로, 언어는 아닌데 메시지를 담고 있어요. 몸짓, 표정, 분위기 등으로 말이나 글로 전할 수 없는 많은 의미를 전달합니다. 추가로 준언어적 표현도 있어요. 말의 속도, 소리의 강약, 높낮이 등을 말했는데, 이런 요소들 역시 메시지를 담고 있습니다. 예를 들어볼게요.

오 대리 과장님, 여기 보고서입니다.
이 과장 됐다, 됐어.

이 맥락에서 이 과장의 언어적 텍스트보다 중요한 메시지는 비언어적, 준언어적 요소입니다. 한숨을 쉬면서 "됐다, 됐어……"라고 힘없이 말했다면 보고서가 마음에 들지 않은 상황임을 느낄 수 있어요. 가망이 없다고 생각하는, 포기하는 듯한 부정적인 뉘앙스입니다. 하지만 미소를 띠면서 큰 소리로 "됐다, 됐어!"라고 했다면 보고서가 마음에 든 상황이죠. 오 대리를 껴안을 듯한 태세로 말한다면 거기서도 긍정적인 뉘앙스를 느낄 수 있어요.

대화에서 비언어적 메시지가 차지하는 부분은 정말 큽니다. 그중에서도 관계가 형성되지 않은 스몰토크에서는 더 치명적이에요. 습관적으로 팔짱을 끼는 행동, 급한 일이 있어 시계를 보는 행위, 기운이 없어서 저절로 나오는 한숨도 초면에는 불쾌한 메시지로 느껴질 수 있어요. 그런가 하면 작은 미소와 박수 하나만으로도 긍정적인 호감의 메시지를 전달할 수 있습니다. 스몰토크를 포함한 대화에서 비언어적 메시지를 활용하는 방법을 살펴볼게요.

첫째, 눈빛, 표정, 몸짓, 손짓 하나하나가 의도라는 사실을 명심하세요. 눈빛만 봐도 저 사람이 내 이야기를 잘 듣고 있는지, 지루해서 다른 생각을 하고 있는지 알 수 있다고 하죠. 너무 부담스럽지 않게 눈을 마주치며 들어주는 태도가 중요합니다. 살짝 미소까지 지으며 고개를 끄덕이면 더 좋아요. 상황에 따라 걱정스러운 표정으로 공감해 줄 수도 있고요.

시계를 자주 만지작거린다거나, 스마트폰을 오래 들여다보는 행동은 대표적으로 무례하게 느껴지는 몸짓입니다. 볼일이 있으면 살짝 언급하며 양해를 구하는 편이 낫습니다. 팔짱을 끼는 자세 또한 부정적으로 봅니다. 방어적이거나 거만한 느낌을 주기에 상대가 말하기 불편해질 수 있어요. 나도 모르게 상대를 압박할 수 있으니 조심해야 해요.

둘째, 적극적인 공감을 연습하세요. 상대방에 맞춰 함께 웃거나, 슬퍼하거나, 화를 내는 행동도 포함이에요. 중간중간 손뼉을 치거나 토닥여 줄 수도 있어요. 준언어적 메시지인 말의 억양이나 속도 등도 잘 살려서 반응하면 좋습니다. 부부관계를 다루는 한 예능에서 흥미로운 내용을 보았어요. '아내와 싸우지 않는 남편의 대화 꿀팁'이었는데, 이름하여 '복붙 대화법'입니다. 상대방의 끝말을 그대로 따라 하는 거예요! '아, 짜증 나!'라고 하면 '짜증 났구나', '오다가 넘어졌잖아'라고 하면 '아이고, 넘어졌구나' 하는 거죠. 조금 유치하게 보일수 있지만, 실제로 상대방의 말을 다시 한번 정리해서 말해주는 방법은 굉장히 유용한 기술이에요. 말하는 이에게 잘 듣고 있다는 메시지도 전달해 주면서, 내가 이해한 내용이 맞는지 확인받을 수도 있습니다.

이 방법이 너무 부담스러우면 오은영 박사님 표 공감 반응! '그렇구나', '그랬구나'를 시전합니다. 지인 중에 한 분은 '내 말이~'를 자주 활용하는데, 맞장구치는 방법으로 효과가 좋아요. 너의 말이 내 말과 같다는, 무한한 지지의 선언이니까요. 상대방은 신나서 더 이야기를 하게 됩니다. 저는 '대박', '이런' 같은 짧은 감탄사도 자주 활용합니다. 지지까지는 힘들면 간단히 '음~', '그래' 정도의 반응도 나쁘지 않아요. 적어도 갈등은 일어나지 않을 거예요.

셋째, 말하는 이의 실수를 덮어주세요. 누구나 말을 하다가 실수를 할 수 있어요. 특히 가볍게 시작하는 스몰토크에서는 허세 가득한 말을 뱉을 수 있고, 잘못 알고 있던 정보를 툭 이야기할 수 있습니다. 심지어 감정상 우기기도 할 수 있죠. 그때 그 부분을 콕 짚어서 상대방을 찍어 누를 필요는 없습니다. 상대방이 가볍게 던진 이야깃거리를 계속 파고드는 것도 공격적으로 느껴질 수 있어요. 포용적인 태도로 대해야 그 이후의 대화도 더 자연스럽게 진행됩니다.

말하는 이가 어떤 숫자를 잘못 말하고 누군가에게 지적받았을 때, '나도 숫자는 진짜 헷갈리더라' 같은 말을 한번 해주면 상대방도 부담 없이 실수를 인정합니다. '그것도 몰라?', '그걸 모르는 사람이 있어?'와 같은 공격적인 반응은 갈등을 불러일으킬 수 있어요. '그거 외우는 사람이 더 신기하네', '그 부분 진짜 헷갈리지?' 등의 말로 빠져나갈 구멍을 만들어주세요. 스몰토크에서 쌓은 긍정적인 이미지가 생각보다 오래갑니다.

스몰토크는 능력이라고 생각하고 의식적으로 연습하세요. 관계에 따라 어떤 소재로 스몰토크를 하면 좋을지 선택하고 시도합니다. 그리고 비언어적 메시지를 최대한 활용해서 호감을 전달해 보세요. 스몰토크에서의 호감이 본 대화에서도 중요하다는 사실을 잊지 마세요. 여기에 더해, 어느 정도의 관계인지에 따라 시도하기 좋은 스몰토크 주제를 다시 한번 정리해 볼게요.

✦ 관계 형성 전 스몰토크 주제

날씨, 장소, 맛집, 교통, 액세서리, 명함, 핸드폰, 패션, 미디어 트렌드, 사회 이슈 등 상대방이 불편해하지 않을 선의 이야기 꺼내기, 공통 관심사 찾기

✦ 관계 형성 후 스몰토크 주제

가족, 연애, 근황 정보, 취미, 반려동물, 밸런스 게임 등 개인 정보를 포함한 내용들을 심화하기, 오픈할 수 있는 정도를 생각해서 먼저 공유하기, 공통 관심사 찾고 확장하기

양의 원칙,
어디까지 TMI일까?

양이 부족해도 문제, 많아도 문제

지인의 회사 회식 자리에서 흥미로운 일이 있었습니다. 다양한 연령
대의 사람들이 모여 먹고, 마시며 이야기를 나눴어요. 어느 정도 분위
기가 무르익은 순간, 높으신 분이 목청을 가다듬고 말씀을 시작했습
니다. 많은 순간이 그렇듯…… 편하게 풀어놓은 여러 이야기가 조금
씩 길어지고 있었어요. 그때 젊은 직원이 큰 소리로 리듬을 타며 이야
기합니다.

부장님, TMI ~ x 3

순간 분위기가 싸해질 수 있었는데, 워낙 경쾌하게 세 번이나 연
달아 이야기해서 사람들이 웃으며 마무리되었어요. '요즘 젊은 친구

들은, 허허허!' 하는 분위기로 말이죠. 인터넷에서 보던 'TMI^{Too Much Information}'를 직접 들을 수 있는 자리였죠.

이 이야기를 듣고 저도 '재미있네' 정도로 생각하고 있었어요. 그러다가 회사 팀원들과 커피를 마시는데, 한 명이 더운 여름에도 뜨거운 커피를 마시는 거예요. 그래서 "엄청 더운데! 뜨거운 커피 드시네요?"라고 가볍게 여쭈었습니다. 그러자 "아, 제가 장이 안 좋아서 차가운 커피를 못 먹어요"라는 대답이 돌아왔어요. 저는 이 대화를 통해 팀원의 장이 좋지 않다는 유익한 정보를 얻었어요. 그런데 옆자리에서 다른 분이 "그건 좀 TMI다"라고 하는 겁니다. 그러자 대답했던 분도 "그런가, 호호" 하며 멋쩍게 웃었습니다. 그 이야기는 정말 과한 정보였을까요?

대화의 격률 중 '양의 원칙'에서 포인트는 '대화 속에 적정한 양의 정보를 포함하고 있느냐'입니다. 크게 두 가지 문제가 생길 수 있어요. 첫째, 대화 속 정보의 양이 부족할 때입니다. 과묵한 두 남자, 장인어른과 사위가 함께 앉아 있는 장면이 막 그려지지 않나요?

'침묵은 금이다'라는 격언은 자주 들을 수 있어요. 또 귀는 두 개고 입은 한 개니까 말을 많이 하기보다는 상대방의 말을 듣는 것이 좋다는 이야기도 익숙합니다. 하지만 모두가 들을 준비만 하고 있으면 어떨까요? 오가는 정보가 거의 없을 거예요. 여럿이 대화하는 자리에서 어색한 침묵을 견디지 못하는 사람들도 많습니다. 뻘쭘하고 식은땀이 나기도 해요. 말문을 열어주는 사람이 그렇게 고마울 수 없습니다. 그런 의미에서 너무 소극적인 대화의 태도 또한 원칙 위반이라고 할 수 있어요. 적당한 참여와 함께, 대화의 내용을 같이 만들어갈 의무가 있습니다. '잡담도 능력'이라는 말이 떠오르네요.

둘째, 대화 속 정보의 양이 너무 많을 때입니다. 정보의 홍수 시대, 너무 많은 이야기를 하면 정신만 혼란스러울 뿐 오히려 알맹이가 쏙 빠진 대화가 될 수 있어요. 그것도 한두 사람이 독점한다면, 비호감 TMI가 될 수 있어요. 강의처럼 말하는 입장, 듣는 입장이 정해져 있으면 큰 문제가 없습니다. 역할에 충실하면 되니까요. 강사에게 말이 많다고 뭐라고 하지 않습니다. 열정적이라고 칭찬하죠.

하지만 역할이 명확하지 않을 때는 위험한 순간이 생길 수 있습니다. 다 같이 대화하는 자리에서 한정된 시간 동안 이야기를 나눌 때 말을 너무 많이 한다면 결국 다른 사람의 발언권을 빼앗는 결과가 되니까요. 다양한 의견이 오가기 힘들어지니, 나머지 사람들은 또 다른 의견을 들을 기회를 박탈당하는 것이나 마찬가지죠. 그러니 여러모로 민폐를 끼치게 됩니다. 그래서 '투 머치 토커$^{Too\ much\ talker}$'가 되는 것을 경계해야 합니다.

기준을 정하자

그렇다면 대화에서 어느 정도의 정보량이 적절할까요? 사실 답은 없습니다. 그때그때 달라요! 실망했나요? 독서 모임을 오래 운영해 왔지만 매번 고민하는 지점이에요. 한정된 시간 동안 정해진 인원과 의미 있게 대화를 이어나가려면 어떻게 해야 할까요? 그 과정에서 발언권을 적절하게 조율하는 것이 아주 중요합니다. 누군가에게는 "말 좀 해주세요"라고 발언을 권유하기도 하고, 누군가에게는 "이만 정리할까요?" 하고 발언을 통제하기도 합니다. 여러 사람이 동시에 발언을 요청했을 때는 한쪽을 선택하기도 해요. 그 과정에서 나름의 기준을 정리했습니다.

첫째, 적어도 발언의 기회는 골고루 갖자! 사람마다 성향이 다르더라고요. 똑같이 자기소개를 부탁해도 이런저런 이야기보따리를 푸는 사람이 있는가 하면 짧고 간단히 일목요연하게 정보만 전달하는 사람도 있습니다. 이처럼 스타일은 달라도 하고 싶은 이야기는 누구나 어느 정도 있을 것이라고 생각해요. 그래서 발언권을 골고루 분배하기 위해 노력해요. 짧게라도 여러 사람에게 기회를 주고자 질문을 던집니다. 발언이 거의 없는 사람이라면 의도적으로 지목해서 요청하기도 해요.

두 명이라면 공을 계속 주고받는 랠리의 형태를 취해야 합니다. 내가 어떤 질문을 받았다면 상대방에게도 그 질문을 해주는 식입니다. 상대방만 이야기한다면 "내 경우는" 하며 발언권을 되찾아오는 방법도 있어요.

(예) (발언권이 적은) 승화 님은 어떻게 생각하시는지 궁금하네요.
(예) 저는 회를 좋아해요. ○○는 어떤 음식을 좋아하나요?
(예) ○○님은 축구를 좋아하시는군요. 저는 야구를 좋아해요.

둘째, 양보다 방향! 대화의 주제를 정하자! 말이 많지 않아도 알찬 대화가 있고, 허황된 말만 많이 오가는 공허한 대화가 있습니다. 절대적인 양이 많다고 다 'TMI' 취급을 받지는 않지요. 대화의 주제를 벗어날 때, 너무 개인적인 이야기라 다른 사람의 관심사를 벗어날 때 뜬금없다고 느껴집니다. 오히려 양이 많아도 방향을 잘 잡으면 이야기꾼 대우를 받아요. 그렇다면 그 기준을 어떻게 잡아야 할까요? 모두 대화의 주제를 어느 정도 명확하게 인지하고 있는 상황에서 훨씬 기준을 잡기 수월해집니다.

발언이 많은 분들에게는 방향을 계속 안내해 주면 도움이 됩니다. 말하는 사람도 무아지경에 빠져 길을 잃는 순간이 많거든요. 그럴 때는 적절한 도움이 필요합니다.

(예) ○○ 님도 올해 재미있게 본 영화가 있나요?

(예) 지금 좋아하는 책 추천해 주시는 거죠?

(예) 여행 이야기로 시작해서 여기까지 확장된 거죠?

셋째, 대화는 결국 함께 만드는 것, 사람들의 반응에 주목하자! 객관적인 기준이 없다면 결국 주관적인 기준이 중요합니다. 그 기준이 표면적으로 드러나는 장면이 바로 듣는 사람들의 반응이에요. 내가 이야기를 하고 있는데, 다들 눈에 초점이 없다? 시계만 보고 핸드폰만 만지작거린다? 그럴 때는 말하고 싶은 욕구를 살짝 내려놓고 대화를 환기시킵니다. 말을 많이 한 상황도, 삼천포로 빠진 상황도 아닐 수 있어요. 잔인한 말이지만 똑같은 내용을 말해도 누군가는 '알잘딱깔센' 대우를 받고, 누군가는 'TMI' 취급을 받기도 합니다. 어떻게 말하느냐의 차이도 있기 때문이에요. 대화의 분위기를 파악하는 능력도 중요합니다. 중간중간에 변화를 주면 되니까요. 다른 사람이 발언할 때도 주변을 관찰해 보세요. 적절한 휴식 타임은 효과적인 작전 타임이 되기도 하니 잘 활용하면 좋습니다. 특히 지속성이 길지 않은 도파민 인류에게는 말이죠!

(예) (약간 늘어지는 것 같은데) 잠깐 쉬었다 할까요?

(예) 승화 님은 중간에 예를 섞어서 말하니까 훨씬 몰입도가 높구나.

(예) (화제 전환이 필요한데) 여기서 ○○님의 이야기를 잠깐 들어볼까요?

 20초 대화의 감각이 깨어나는 시간

적절한 대화의 양은 상대적이에요. 세 명이 한 시간 동안 이야기할 때와 여섯 명이 한 시간 동안 이야기할 때는 상황이 다릅니다. 발언권을 골고루 갖는다고 생각하면 어느 정도 균형이 맞춰져요. 말을 좀 더 하고 싶어도 상대방에게 질문하며 발언권을 양보해 보세요. 그리고 대화의 주제에서 너무 벗어나지 않도록 신경 쓰고, 듣는 사람들의 반응도 관찰하며 이야기하세요. 대화의 분위기에 맞게 조율하는 것도 중요한 능력입니다.

5단계

대화를 시작할 준비가 됐나요?

① **대화하고 싶은 사람과 싫은 사람을 떠올리고 특징을 나눠 적어볼까요?**

대화하고 싶은 사람	대화하기 싫은 사람

② **가장 끌리는 스몰토크 주제를 찾아 동그라미로 표시해 볼까요?**

날씨	명함		애인	가족
		근황		
옷차림	액세서리		사회 이슈	교통
		음식		밸런스 게임
트렌드	장소		미디어	
취미			외모	

0   친밀감 정도   10

③ 스스로 TMI를 남발했다고 생각해 민망한 적이 있나요? 혹은 어떨 때 상대방이 TMI라 느껴지나요?

_____

_____

_____

_____

_____

④ 지금까지 읽은 내용 중 가장 도움이 된 내용을 기록해 보세요.

_____

_____

_____

_____

_____

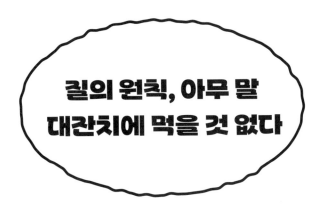

길의 원칙, 아무 말
대잔치에 먹을 것 없다

검증의 시대가 온다

말싸움을 하다 보면 자주 나오는 말이 있습니다. "뚫린 입이라고 아무 말이나 하네!" 여기서 '아무 말'은 갈 곳을 잃고 헤매는 말들을 지칭해요. 이 '아무 말'들이 모여서 파티를 열었는데, 그 파티 이름이 '아무 말 대잔치'입니다. 예능에서 자막으로 쓰일 정도로 많이 볼 수 있는 말이고, 이제는 크게 흠이 되지도 않습니다. 오히려 그 뜬금없음이 재미를 유발하고, 아무렇게나 말하는 모습이 하나의 캐릭터로 받아들여져서 그 인물 자체가 인기를 얻기도 해요.

편하게 내뱉는 '아무 말'은 그냥 웃으면서 넘길 수 있다고 합시다. 세상을 빡빡하게 살 수만은 없으니까요. 하지만 그 말이 누군가를 속이고 어떤 이득을 취한다면? 누군가에게 피해를 준다면? 심각하게 생각해야 합니다. 경제적 피해가 아니라 감정적 피해도 포함돼요. 우리의 믿음이 배신당한 상황이니까요.

저는 축구를 좋아해서 다양한 축구 관련 영상을 봅니다. 언제부터 유명한 축구 선수들이 우리나라 축구 선수인 손흥민과 이강인을 칭찬하는 인터뷰가 SNS에 많이 보였어요. 중국이나 일본 기자들이 한국 선수들을 저격하는 듯한 질문을 하면 세계적인 선수들이 꾸짖는 듯한 표정을 짓고, 한국 선수들을 옹호하며 치켜세웁니다. '이제 한국 선수들이 정말 월드 클래스가 되었구나'라는 생각에 기분이 좋았어요.

하지만 결국 가짜 뉴스였습니다. 이 모든 인터뷰는 조작된 영상이었어요. 이전에 진행한 인터뷰에 인공지능 보이스를 합성한 뒤, 자막을 큼지막하게 적어두면 다들 속는 허위 정보 영상이 됩니다. 자세히 외국어를 들으면 이상한 낌새를 파악할 수 있지만 이미 우리나라에 대한 자부심이 차올라서 보고 싶은 것과 듣고 싶은 것에 더 집중하게 됩니다. 굉장히 실망스러웠어요.

이와 비슷한 콘텐츠는 많습니다. 정말 진짜와 가짜의 경계가 희미해지고 있는 세상입니다. 가짜가 훨씬 더 쉽고 빠르게 노출되니까요. 이 밖에도 요즘 인공지능이 교묘하게 수정한 얼굴 사진을 SNS에서 많이 볼 수 있습니다. 그래서인지 조금만 독특한 영상이 나오면 '이거 AI인가요? 진짜인가요?'라고 묻는 댓글을 마주할 수 있습니다. 우리는 앞으로 계속 무언가를 검증해야 하는 시대를 살아가게 됩니다.

대화의 격률 중 '질의 원칙'에서 포인트는 '가치 있는 정보를 포함하고 있느냐'입니다. 대표적으로 거짓 정보는 가치가 없어요. 실컷 대화를 주고받았는데, "뻥이요~" 하면 허무하겠죠? 그 말을 믿고 생각하고 반응하고 대꾸했던 시간들이 너무 아까울 거예요. '허언증', '리플리증후군' 등 습관처럼 거짓말을 하는 사람들은 결국 주변 사람들과 건강한 관계를 맺지 못합니다. 질의 원칙은 신뢰를 바탕으로 한 관계의 질과도 이어지니까요.

진실에서 멀어지는 순간

우리가 진실만을 말할 것을 선서하며 살아가진 않습니다. 나쁜 의도가 없더라도 조금씩 진실에서 어긋나기도 해요. 크게 두 가지 상황이 자주 발생합니다.

첫째, 허풍입니다. 이야기를 나누다 보면 나도 모르게 이야기에 살을 붙입니다. 토크 예능에서는 'MSG를 친다'고들 해요. 물론 적당한 과장은 이야기에 감칠맛을 더하지만, 과하면 이야기의 신뢰성을 떨어뜨려요. 한번 허풍쟁이로 인식되면 되돌릴 수 없습니다. 양치기 소년처럼 진정성 있는 도움이 필요할 때 외면받을 위험이 있어요.

사실 우리 대부분이 여기서 자유롭지 못합니다. 누구나 대충 읽은 책을 가지고 다 아는 척을 한다거나, 왕년에 잘나갔다는 식으로 검증하지 못할 내용에 MSG를 치기도 해요. 조금 더 잘 보이고 싶고, 재미있게 반응을 이끌어내고 싶은 작은 욕심들이 그런 순간을 만듭니다. 이제는 의식적으로라도 습관적 MSG를 치지 않도록 자제해 보세요. 이미 흘린 물은 다시 담을 수 없지만, 반복해서 흘리지 않을 수는 있으니까요. 끝내 양치기 소년이 되어버리는 결말이 나지 않도록 우리 모두 주의해야 합니다.

둘째, '카더라'입니다. 검증되지 않은 이야기를 전달하다가 가짜 뉴스 전파자가 되기도 해요. 요즘 같은 정보 과잉의 시대에는 더욱 큰 문제입니다. 물론 가십거리로 좋은 소재들이 있고, 가볍게 주고받을 수도 있어요. 하지만 카더라 뉴스가 자주 대화의 소재가 될 때, 치명적인 내용이 담긴 카더라 뉴스를 가볍게 주고받을 때 그 대화의 질은 점점 떨어집니다. 저급한 커뮤니티 익명 게시판과 다를 바가 없어요.

그럼 어떻게 대화 속에서 '질의 원칙'을 지킬 수 있을까요? 질 높은 대화에 대한 갈증을 어떻게 채울까요? 대화할 때마다 "선서! 진실만을 말하겠습니다"를 외칠 수는 없습니다. 퍽퍽한 닭가슴살과 같은 대화만 한다면 모두가 지치고 말 거예요. 그럼에도 불구하고 상대방에게 '헛소리만 늘어놓는다'는 이미지를 줘도 안 되지요. 헛소리가 오가는데 질 높은 대화가 이루어질 리가 없어요. 뉴스 리터러시를 연구하면서 가짜 뉴스를 예방하고, 사실을 확인하는 방법에 대해 많이 고민했습니다. 이를 바탕으로 대화에 적용할 수 있는 방안을 나눠볼게요.

진실과 가까워지는 방법

첫째, 기반이 약한 빈말을 구별하고 최소화합니다. '빈말'은 실속 없이 헛된 말이라는 뜻이에요. 사람들은 생각보다 빈말을 많이 합니다. 말의 기반이 약하다는 것은 어떤 의미일까요? 진실이든 거짓이든 큰 상관이 없는 주제입니다. 진실을 이야기한다는 전제하에, 의미 있는 탑을 하나씩 쌓아가며 대화의 질을 만들어간다고 해봅시다. 처음부터 모래성처럼 부서지기 쉬운 메시지는 그 위에 차곡차곡 무언가를 쌓을 수 없어요. 부드러운 대화를 위해 가끔 활용할 수는 있지만 너무 많이 사용하지 않도록 주의합니다. 한 협상 전문가는 빈말을 '말의 빚'이라고 표현하더라고요. 빈말을 할 때마다 빚이 쌓이는 장면을 떠올려보세요. 끔찍하죠?

혹시나 그런 시시비비를 가리는 대화가 부담스럽거나 관계를 악화시킨다면 상황에 따라 조절할 수 있어요. 대신 '가벼운 이야기구나. 빈말이구나'라고 인지해야 합니다. 너무 믿지도 말고, 깊이 빠져들지도 않아야 합니다. 상대방을 지적하지 않을 수 있고, 스스로도 자기검열을 안 할 수 있지만 그만큼 얕은 대화라는 것을 인지하고 있어야 합니다. 그래야 언제 무너지더라도 충격을 최소화할 수 있어요.

말을 할 때, 어느 정도 책임질 수 있는 말인지 확인합니다. 정말 할 말이 없을 때는 한 턴 쉬는 것도 방법입니다. 침묵을 견디기 힘들어서 억지로 말을 뱉을 때 말실수가 많이 나와요. 상대방의 말을 들을 때, 의미 있는 말인지 생각해 봅니다. 빈말인 경우나 의미 없는 주제라면 가볍게 듣는 모드로 전환합니다. 정 듣기 싫으면 적극적으로 화제를 돌리는 것도 방법이에요. "우리 다른 이야기할까요?", "요즘 ○○ 이슈가 뜨겁던데, 다들 어떻게 생각해요?" 식으로요.

둘째, 구체적인 출처를 생각하고 정보 간에 비교해 점검하는 과정을 일상화합니다. 뉴스를 볼 때는 가장 먼저 출처부터 확인합니다. 언론사일 수도 있고, 특정 기자일 수도 있습니다. 인터넷 기사 중에는 들어보지도 못한 업체에서 특정 기자도 없이 무분별하게 찍어낸 텍스트가 꽤 많습니다. 유튜브 콘텐츠 중에서도 인공지능 영상과 목소리는 우선 의심하고 봐야 해요. 다수의 사람이 활동하는 커뮤니티, 익명 게시판에 아무렇게나 쓴 글들을 100% 믿을 수 있나요? 그런 곳에서는 자신의 신분을 노출하지 않기 때문에 자유롭게 이야기를 지어낼 수 있습니다. 콘텐츠에 달린 댓글을 볼 때도 그 댓글을 쓴 계정이 비공개, 가짜 계정이라면 신뢰도가 확 낮아집니다.

출처가 확인된 후에는 정보들끼리 비교 검토를 해요. 그 출처가 또 절대적이진 않으니까요. 요즘은 검색 몇 번만 하면 필요한 정보를 얻을 수 있는 좋은 시대입니다. 출처가 모호한 이야기는 직접 출처를 확인한 후 역으로 알려줘도 됩니다. 단, 기분 나쁘지 않게 "관심 있는 주제라 검색 좀 해봤어"라며 전달해요. 내용이 조금 다를 때는 다양한 생각거리로 확장할 수도 있어요. 여기서 중요한 포인트는 '확인하는 습관'입니다.

말을 할 때, 내 생각의 출처는 어디인지 확인합니다. 출처가 불명확할 때는 '확실하진 않은데'라고 언급하는 것도 방법이에요. 또 상대방이 말했을 때, '저 사람은 어떻게 알게 되었을까?' 궁금해하세요. 정말 출처가 궁금한 내용은 조심스럽게 물어보세요. 대답에 따라 신뢰도가 달라지겠죠! 묻기 힘들 때는 스스로 검색해 봅니다.

셋째, 논리적 일관성을 지키도록 노력합니다. 법정 드라마나 형사드라마 본 적 있죠. 거기서 증인이나 피해자, 가해자가 얼마나 일관된 진술을 하는지가 사건에 큰 영향을 미칩니다. 앞뒤 말이 연결되지 않거나 모순되면 신뢰도가 확 떨어져요. 말이 맨날 바뀌는 사람과의 대화는 골치가 아픕니다. 또 언제 말을 바꿀지 모르기 때문에 대화의 질 자체가 떨어질 수밖에 없어요. 서로가 앞뒤 이야기를 바탕으로 매끄럽게 대화를 진행할 때 신뢰도가 올라가고 대화의 질도 함께 올라가요.

온라인 게시판에 댓글을 남긴 계정이 지금까지 단 댓글 내역을 확인한 적이 있나요? 이전의 기록들을 파악하는 것만으로도 진정성 있는 댓글인지 검토할 수 있어요. 매번 주장이 달라지는 사람, 일관된 주장을 펼치는 사람, 빈말만 계속 내뱉는 사람……. 말하기 습관은 쌓이고 쌓여서 말하는 이의 이미지를 형성합니다.

말하는 사람은 말은 곧 가치관, 신념의 문제기에 생각하면서 말하는 것이 중요하고, 듣는 사람은 판단하는 입장에서 집중하며 들어야 합니다. 과거에 나눴던 이야기의 맥락도 기억하고 있어야 기준으로 삼을 수 있겠죠. 결국 서로가 대화에 집중하고 노력하는 태도가 중요해요.

말하기 전 준비가 탄탄할수록 논리정연한 말하기가 됩니다. 급하게 내뱉기 전에 머릿속으로 시뮬레이션을 한번 해보세요. 또 들을 때는 키워드 중심으로 간단히 메모하는 습관도 좋아요. 정말 중요한 자리는 녹음할 수도 있고요. 말하는 사람이 일관성 없이 말해도, 들을 때 잘 파악해야 휘둘리지 않으니까요. 정 필요하면 기분 나쁘지 않게 다시 물어볼 수 있습니다. "앞에서는 이렇게 말씀하시고, 지금은 다르게 말씀하셨는데 무슨 차이가 있을까요?" 식으로요.

대화할 때 서로 가치 있는 정보를 나누기 위해 노력해요. 진실에서 멀어질수록 가치는 희석됩니다. 과도한 허풍, 빈말은 진정성 없는 이미지를 만들 수 있으니 조심합니다. 또 나도 모르게 허위 정보 유포자가 되지 않도록 말할 때 출처를 생각하고, 가능하면 검증한 뒤에 나눠요. 마지막으로 앞뒤 말이 달라지지 않도록 일관성 있게 이야기합니다. 이렇게 진정성 있는 대화를 위해서는 서로 집중하고 노력하는 태도가 필요해요.

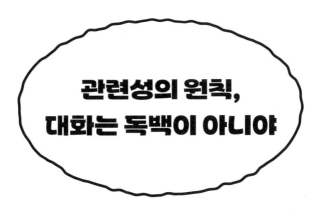

집단적 독백의 순간들

메신저 앱 단체 대화방이 다들 하나 이상씩 있을 거예요. 특히 편한 사이의 사람들이 모인 단톡방에서 오가는 대화를 유심히 한번 보세요. 이것이 대화인지, 각자가 혼잣말을 하는 것인지…… 누구에게 하는 말인지 혼란스러울 때가 많습니다. 지금은 그나마 직접 답글을 달수 있는 기능이라도 있지만, 답글을 원하지 않는 일방적 외침도 많아요. 제가 고등학교 친구들과 함께 있는 단체 대화방의 내용입니다.

> **재만** 요즘 독감 왜 이렇게 심해? 치료제 맞고 몸이 더 안 좋아지네.
>
> **창현** 헐…… 난 지난번에 걸렸는데 주사 맞으니까 금방 좋아지던데.

197

재만 난 허리도 아프고, 목도 어제보다 더 부었어.

만제 우리 회사 직원도 독감 때문에 일주일은 못 나오던데, 큰 일이네.

석훈 집에 아기는 어때?

재만 장모님 댁에 보냈어. 옮으면 큰일이니까.

지혁 내가 요즘 생성형 AI 공부하는데, 완전 짱이다.

챗GPT 검색 B형 독감의 특성과 치료 방법, 몸에 좋은 음식

석훈 연휴인데 아이랑 놀지도 못하겠네. 에휴.

지혁 3년 안에 우리 일자리 모두 사라진다, 진짜! AI가 미래다! AI 프롬프트 공부하자!

뜬금없죠? 자주 볼 수 있는 상황입니다. 한 친구가 크리스마스 연휴에 B형 독감에 걸렸습니다. 많은 친구가 걱정해 주고 있어요. 그때 AI 프롬프트를 공부하는 친구 하나는 우리에게 3년 안에 일자리가 없어진다는 이야기를 합니다. 한창 공부 중이니 머릿속에 AI 생각만 가득했겠죠. 하지만 이는 좋은 대화가 아니에요. 맥락에 상관없이 그냥 내뱉는 말들이죠. 사실 이건 대화가 아니라 혼잣말, 독백에 가까워요. 하지만 집단이 모여 있으니 집단적 독백이라고 할 수 있습니다. 교육학적으로 유아기 언어 발달의 과정에 '집단적 독백'이 들어갑니다. 집단적 독백은 자기중심적 언어의 일종으로, 상대방의 질문이나 반응과 관계없이 자신의 이야기만 하는 것을 특징으로 하며 주로 유

아기에 나타나는 현상입니다. 중요한 점은 우리가 유아가 아니라는 사실이에요. 저는 이를 '탈 맥락'이라고 부릅니다. 맥락에서 벗어난 대화가 일상인 시대가 되었어요. 이를 그냥 웃음거리로 치부하거나 그 사람의 캐릭터로 생각하는 경우가 있지만 결과적으로 대화의 기본 속성을 무시하는 행위입니다. 이 부분을 명확히 짚고 넘어갈 필요가 있어요.

항상 티키타카, 공을 주고받는 랠리를 떠올리세요. 테니스 코치, 탁구 코치들은 상대방이 공을 잘 칠 수 있도록 적절한 세기와 코스로 공을 보냅니다. 상대방과 공을 주고받으며 랠리를 할 수 있도록 계속 움직이고 상황을 조율해요. 대화도 마찬가지입니다. 상대방이 받지 못하도록 스파이크를 꽂거나, 받을 수 없는 엉뚱한 곳으로 공을 보내지 않도록 주의해요.

대화가 어긋나는 이유

대화의 격률 세 번째 '관련성의 원칙'에서 포인트는 상호작용입니다. 공통된 맥락을 공유하고, 그 안에서 서로 공감하며 지속적으로 생각을 교류해야 상호작용이라고 할 수 있습니다. 관련 없는 이야기가 오간다면 서로 같은 탑을 차곡차곡 쌓는 게 아니라 각각의 탑을 쌓는 그림이 되죠. 심지어는 탑도 아니고 여기저기 말을 흩뿌리는 모양새가 됩니다. 이 관련성의 원칙이 자꾸 어긋나는 이유는 무엇일까요?

첫째, 맥락을 파악하지 못하기 때문입니다. 우선 능력의 문제로 접근할 수 있어요. 태도 문제로 집중을 하지 않는 상황이 아니라, 집중력이 부족할 수 있고요. 시건방진 게 아니라 인지적으로 앞뒤 맥락을 파악하는 능력이 부족해서 흐름을 놓칠 수도 있습니다. 학교 교과서에도 언어적 맥락을 파악하는 부분이 있어요. 지시대명사가 가리키는 개념을 찾는 문제가 있을 정도로 맥락 파악은 학습해야 할 대상입니다. 예를 들어 '이승화는 좁은 방에서 밥을 먹었다. 그는 콩밥을 좋아했다'라는 문장을 봅시다. 여기서 '그'는 '이승화'를 나타내죠. 사소해 보이지만 이것 하나하나를 연결해야 맥락이 완성됩니다. 나아가서 왜 '콩밥'일까? 혹시……?

둘째, 특정 문제에 과도하게 빠져 있기 때문입니다. '집단적 독백'이 자기중심적 언어라고 앞서 언급했는데요. 유아기 때는 사고 발달의 문제지만 성인은 태도의 문제이기도 합니다. 내가 처한 문제가 너무 중요하면 머릿속에 그 생각만 가득해요. 그럼 다른 사람이 다른 주제를 이야기해도 귀에 잘 들리지 않습니다. 지금 몰두하고 있는 그 상황에서 헤어나질 못하거든요. 대화가 이어지는 것 같아도 결국 깔때기처럼 내가 빠진 주제로 귀결되는 경우가 있어요. 그래서 회사 일에 골몰하다 보면, 가족들과 대화할 때도 흐름을 놓치곤 합니다. 또 무슨 이야기를 하다가도 결국은 회사 이야기로 끝나는 경우가 있죠.

셋째, 상대방을 존중하지 않기 때문입니다. 이 대화의 중심이 나니까, 굳이 다른 사람에게 관심을 가질 필요가 없는 것이지요. '저 사람이 왜 저런 말을 하지?', '저 사람이 말하는 주제가 뭐지?', '어떻게 대화를 이어갈까?' 이런 고민 자체가 에너지 소비로만 느껴집니다. 그러니 대답을 하지 않거나 자기 맘대로 화제를 획획 바꾸거나 제멋대로 반응합니다. 상호작용이 될 리가 없죠. SNS에서 흥미롭게 본 글이 있어요. '해당 표현이 왜 문제가 되는지 이해가 되지 않을 때는 그 표현을 직장 상사의 자녀에게 한다고 생각해 보세요.' 상황만 바꿔도 저절로 표현이 겸손해질 겁니다.

대화의 밀도를 높이는 방법

그럼 어떻게 대화 속에서 '관련성의 원칙'을 지킬 수 있을까요? 이는 대화의 밀도를 높이는 일이기도 합니다.

고 맥락 문화와 저 맥락 문화가 있어요. 두 문화는 의사소통 방식도 달라요. 고 맥락 문화는 대화에서 맥락이 미치는 영향력이 크기 때문에 함축적이고 모호한 표현, 비언어적 표현을 많이 사용합니다. 빈칸이 있어도 서로 맥락으로 채워나갈 수 있으니까요. 반면에 저 맥락 문화는 구체적이고 직접적인 표현을 많이 사용합니다. 공통된 맥락을 최소화하니 친절하게 하나씩 다 풀어서 설명해야 해요. 둘 다 장점과 단점이 있습니다. 모두 고려해서 방안을 정리해 볼게요.

첫째, 대명사나 비유적 표현, 함축적 표현에 주의합니다. 고 맥락 소통은 잘 맞으면 대화의 효율성이나 즐거움을 극대화할 수 있지만, 맥락을 놓쳐서 소외받는 사람이 생길 수 있어요. 그래서 말하는 사람도 주의하고, 대답하는 사람도 집중해야 합니다. 하나를 알려줬는데 열을 알면, 좋죠. 센스 있게 알아서 딱! 반응해 주면 좋겠지만 누구에게나 그건 센스를 요구할 수 는 없습니다.

예를 들어, (손가락질과 함께) "거기 있는 그거 좀 가져다줘"라고 하면 말하는 사람은 편해요. 하지만 듣는 사람은 헤맬 수 있습니다. "식탁 오른쪽 모서리에 있는 소금 좀 가져다줘"라고 말하면 더 구체적이죠. 눈치껏 '지금 설렁탕을 먹는데 간을 맞춰야 하니까 소금이 필요하겠지?'라고 생각하며 소금을 가져다주는 사람도 있지만, 모든 이들이 그렇게 상대방의 상황에 촉각을 곤두세우고 있지는 않아요. 관용어 사용도 마찬가지예요. "어부지리로 얻었구나"란 말을 들었을 때 '어부지리'란 사자성어를 아는 사람은 의미가 확 와닿습니다. 하지만 모르는 사람은 소외될 수 있어요.

우선 상대가 어떤 의사소통 방식을 사용하는지 관찰해야 해요. 고 맥락 소통을 즐겨 한다면, 퀴즈를 맞히는 마음으로 접근합니다. 저 대명사는 무엇을 뜻하는지, 저 관용어는 어떤 상황에서 쓴 것인지, 대화 속에서 생략된 것은 무엇인지 계속 탐구합니다. 모르는 사자성어나 속담이 자연스럽게 활용되었을 때, 추론도 하고 검색도 하면서 확실히 알아둡니다. 앞으로의 대화에도 자주 나올 수 있으니까요.

둘째, 머릿속을 비우고, 마음을 열고 대화에 집중합니다. 머릿속이 너무 복잡하다면 차라리 대화를 쉬는 편이 나아요. 듣기는 결국 입력인데, 다른 내용으로 이미 머릿속이 꽉 차 있으면 입력될 공간이 없습니다. 정리가 안 된 상태에서 계속 무언가 입력되면 더 뒤죽박죽 꼬이기만 해요. 택배 상자를 뜯지도 않았는데 계속 물건이 들어오는 상황과 같습니다. 난장판이겠죠? 잠시 미루었다 기존 생각을 정리한 후 받을 수도 있고, 반품할 수도 있어요.

예를 들어 대화 상대방이 실컷 자녀 이야기를 하고 있어요. 하지만 자녀가 없는 나는 머릿속으로 강아지 생각을 합니다. 집에서 혼자 잘 있을지, 최근에 몸이 안 좋았는데 상태는 괜찮은지, 그런 생각들이 계속 맴돌아요. 그런 상황에서는 상대방의 가족 이야기가 잘 들리지 않습니다. 그때 무엇이든 반응하려고 하면 관련성이 없는 이야기를 내뱉을 확률이 높아요. 가만히 있으면 중간이라도 가는 상황입니다. 최대한 강아지 생각을 정리하고, 상대방 이야기에 귀를 기울여주세요. 다만 말하는 이도 상대방이 관심 없는 낌새가 보이면 이야기를 적당히 정리해야겠죠? 대화는 상호작용니까요.

우선 머릿속 다른 생각을 지우고 상대방에게 몰입하기 위해 노력합니다. 정 몰입이 힘들면 '잠깐만' 하고 자리를 비운 후 머리를 환기시키고 오세요. 솔직히 말하는 방법도 좋습니다. 갑자기 핸드폰으로 중요한 연락이 와도 마찬가지로 받을지 말지를 결정할 수 있습니다. 일이 있어서 자리를 비워야겠다고, 대화에 집중이 되지 않는다고 하면 대부분 이해해 줍니다. 적절하게 화제가 바뀔 수도 있어요.

셋째, 상대방에 대한 평가를 내려놓고 호기심을 갖습니다. 무의식적인 것을 포함해서 우리는 상대방을 평가하고, 그 평가에 따라 대화의 중요도를 가늠합니다. 그래서 상대에 따라 쫑긋 들으려고 하기도 하고, 대충 들으려고 하기도 해요. 그럴 때 항상 대화의 상대방을 '배울 점이 있는 사람', '궁금한 사람'이라고 생각하세요. 상대방에 대해 호기심을 가지면 발언권부터 집중도까지 많은 것이 달라집니다. 그 흐름을 따라가다 보면 관련성 있는 대화를 계속 이어나갈 수 있어요.

예를 들어 넷플릭스에서 서비스 중인 〈연애 실험: 블라인드 러브〉라는 연애 버라이어티 프로그램이 있어요. 외모나 직업 등의 요소가 모두 가려진 상태에서 대화만으로 상대방을 선택하는 규칙이 있습니다. 대화만으로 호감을 느끼기도, 어필하기도 해야 하는 상황에서 서로 대화에 엄청나게 몰입합니다. 궁금하니까요. 어떤 사람인지, 취미는 무엇인지, 어떤 생각을 하고 있는지, 나랑은 잘 맞을지 등등 호기심을 바탕으로 경청하게 돼요. 정보가 감춰져 있으니 대화만으로 추측해야 합니다. 그러한 상황이 상대방의 말과 흐름을 존중하게 만들어줍니다. 자연스럽게 흐름을 따라가게 되고 죽이 잘 맞는 대화가 끊임없이 이어집니다. 호기심이 태도에 큰 영향을 미치니까요.

　저 사람과의 대화 속에 신비한 무언가를 찾을 수 있다는 태도를 가지고 보물찾기하는 마음으로 듣습니다. 내가 보물을 주는 것이 아니라 발견할 수 있는 상황이에요. 그럼 그 대화의 흐름에 몰입할 수 있어요. 흐름을 벗어나면 힌트를 얻지 못하니까요! 온오프라인 어디에서든 손쉽게 관계를 끊어낼 수 있는 세상 속에서 조금 더 진득한 관계와 대화를 기대해 보세요.

 20초 대화의 감각이 깨어나는 시간

대화의 앞뒤 맥락을 고려하며 관련된 주제를 찾습니다. 지속적으로 관련 없는 대화를 이어간다면 맥락 파악 능력, 특정 문제에 대한 과도한 집착, 상대방에 대한 존중 여부를 생각하며 점검하세요. 밀도 있는 대화를 위해서는 누군가 소외되지 않도록 자세하게 표현하고, 여유 있는 마음가짐으로 대화에 집중해야 해요. 그리고 서로의 관심 주제, 대화의 주제를 배려하는 태도로 호기심을 갖고 접근해야 합니다. 나한테 관심 없는 주제라고 외면했다가는 다른 사람들도 나의 관심 주제에 반응하지 않을 테니까요.

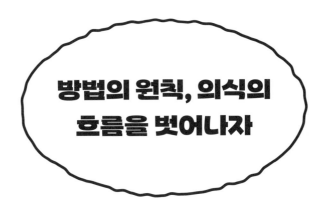

방법의 원칙, 의식의 흐름을 벗어나자

피해야 할 표현들

소설 작법 중에 '의식의 흐름 기법'이 있어요. 사건의 흐름이 아니라 인물의 의식, 내면의 목소리를 중심으로 전개하는 기법입니다. 그럼 이리 튀고 저리 튀는 인물의 내면을 사실적으로 묘사할 수 있는 장점이 있어요. 하지만 이 기법을 실제 대화에서 사용하는 것은 추천하고 싶지 않습니다. 상대방을 전혀 의식하지 않은 대화가 많은 오해를 불러일으키기도 하거든요. 내 의식에 충실하다 보니 자의식 과잉 현상이 나타날 수 있어요. 그런 모습을 4차원의 엉뚱한 매력이라고 포장하기도 하지만, 지속되면 상대는 피곤합니다.

　대화의 격률 중 '방법의 원칙'은 결국 어떻게 전달하느냐의 문제입니다. 대표적으로 명료하게 의미를 전달하기 위해서는 모호한 표현을 피하는 게 중요해요. 모호한 대화는 상대방을 긴장하게 하고 오해를 불러일으킬 수 있어요. 어떤 대화 방식이 모호한 해석을 불러오는지 살펴볼게요.

첫째, 중의적인 표현의 문제입니다. 다의어, 동형이의어, 관용적 표현 등의 요소들은 여러 가지 의미를 만들어냅니다. 나는 의도가 있으니 명확하지만, 듣는 사람은 헷갈릴 수 있습니다.

예를 들어 "나는 밤이 좋아"라는 말을 들으면 어떤 생각을 하시나요? 먹는 밤이 좋다는 건지, 어두운 밤이 좋다는 건지 모르겠죠? 동형이의어인 '밤' 때문에 생기는 상황입니다. 반응도 "밤 사러 갈래?" 혹은 "밤에 데이트 갈래?"로 결이 달라집니다. 이럴 때는 '맛있는 밤', '어두운 밤'처럼 수식해 주는 말을 넣으면 혼란을 줄일 수 있어요.

또 "남편은 나보다 축구를 더 좋아해!"라고 하면 또 여러 가지 생각을 하게 됩니다. 비교 대상이 '나 vs. 축구'인지, '내가 축구를 좋아하는 마음 vs. 남편이 축구를 좋아하는 마음'인지 말이에요. 전자라면 서운한 마음이 들 테니 위로하는 반응을 해줄 수 있어요. 후자라면 오히려 기쁠 수 있겠죠. 내가 좋아하는 걸 함께 좋아하는 상황이니, 취미 공동체라고도 할 수 있으니까요.

이런 상황도 있습니다. "아름다운 친구의 가방을 봐"라고 했을 때 아름다운 건 친구일까요, 가방일까요? 이에 따라 "친구 진짜 예쁘다!", "가방 진짜 예쁘다!"와 같이 반응이 달라집니다. 수식하는 대상이 모호한 경우에는 순서를 조정할 수도 있어요. "친구의 아름다운 가방을 봐!"와 같은 식으로 꾸며주는 말이 바로 뒤를 수식하도록 재배치하면 의미가 명확해집니다.

둘째, 문장 성분을 생략하는 문제입니다. 우리는 말을 할 때 문장 성분을 자주 생략합니다. 언어의 경제성을 위해서죠. 그러나 주어나 목적어를 생략해 말하면 듣는 사람은 불편한 경우가 많습니다. 주어를 생략하면 누구에게 하는 말인지 알 수 없어 의문이 들고, 목적어를 생략하면 '뭘 하라는 거야?'라는 의문이 듭니다.

혼자 사는 연예인들의 삶을 다룬 예능에서 재미있는 장면이 나옵니다. 두 가수가 옥탑방에서 버터 새우구이를 해 먹는 장면이에요. 자취 만렙 요리 고수인 가수 A는 집 안 부엌에서 새우를 다듬고 있고, 요리 초보인 가수이자 배우 B는 옥상에 나와 프라이팬에 버터를 녹이고 있어요. 다음은 프로그램에서 나온 장면을 바탕으로 각색한 내용이에요.

B (옥상에서 녹는 버터를 보며) 이야~ 너무 많나?

A (부엌에서) 버터를 많이 발라.

B 많이요? 네.

A (다듬은 새우 일부를 주고 가며) 우리 서양식으로 먹어보자.
버터를 많이 바르면 미국 사람이 먹는 느낌이 날 거야.

B (시간이 지나, 옥상에서) 형 얼마나 해요? 너무 많은데?

A (부엌에서) 그거 까면 얼마 없어.

B 그럼 다 해? (버터 껍질 까서 녹임) 많은데…….

A (부엌에서) 여기 더 있어.

B (옥상에서) 원래 이렇게 먹어요? 나 형이 시키는 대로 했어요.

A (부엌에서) 어~ 소금은 많이 뿌렸어?

B (옥상에서) 버터가 아직 안 녹았어요.

A (부엌에서) 아니, 버터는 녹이지 마! 바로 구워!

B (옥상에서) 네?

A (부엌에서 나와서 버터 가득한 프라이팬을 보며) 야, 그걸 왜…….

B 다 하라면서요!

A 내가 언제 이걸 다 하래!

둘 다 억울해하는 상황입니다. 1차적으로 B는 요리 경험이 별로 없죠. 배경지식이 부족합니다. 그다음으로 A는 '새우'라는 문장 성분을 빼놓지 않고 "거기 놓고 간 새우를 까! 새우는 까면 얼마 없어"라고 했으면 이런 불상사가 일어나지 않았을 겁니다. 듣는 사람 입장에서도 명확히 "버터를 까라고요?"라고 목적어를 넣어서 되물을 수 있어요. 두 사람이 서로 '새우가 얼마 없어', '버터가 많아요'와 같이 주어를 생략하지 않고 말했어도 좋았겠네요. 필수 문장 성분인 주어, 목적어, 서술어는 잘 챙겨주세요.

셋째, 논리적 일관성의 문제입니다. 대화하다 보면 횡설수설, 중언부언하는 경우가 많아요. 그럴 때는 농담처럼 "뇌를 거치지 않고 말하는구나. 생각하고 말해" 식으로 이야기하는데, 이것이 다 앞에서 말한 '의식의 흐름'입니다. 상대방을 고려하지 않고 말하다 보니 주제 자체도 이리저리 뛰는 것이죠. 무슨 이야기를 하고 싶은 것인지 삼천포로 빠지기도 합니다. A 주제로 시작했다가도 B, C, D를 넘나듭니다. 그나마 대화에 익숙한 분들은 정신 차리고 A로 다시 돌아오기도 하는데, 길을 잃고 헤매는 경우도 많아요.

삼천포로 빠지면 그나마 다행이에요. 앞에서 했던 말을 번복하거나 모순된 이야기로 충돌하기도 합니다. 특히 무엇을 결정해야 하는 순간이나 행동과 연결된 상황에서는 어쩌라는 건지 답답할 노릇입니다.

센스 있게 알아듣는 법

대화가 삼천포로 빠지는 상황은 대부분 말하는 이가 소통에 능숙하지 못해서 발생합니다. 말하는 이가 모호한 표현을 쓰거나, 논리적이지 못한 방법으로 전달한 것이죠. 하지만 대화는 상호작용입니다. 말하는 이의 잘못을 지켜만 보면 결국 듣는 이도 손해를 보지요. 말하는 이가 대화에 미흡할수록 듣는 이가 잘 듣고 바로잡아 줘야 합니다. 방법을 살펴볼게요.

첫째, 모호한 것은 다시 확인합니다. 피드백을 통해 대화의 흐름을 바로잡는 방법이에요. 상대방과의 관계에 따라 어려울 수도 있고, 마음 상하지 않으려고 끄덕거리며 대충 넘어가는 경우도 많습니다. 가벼운 일은 그렇게 해도 되지만, 중요한 일은 나중에 날벼락 맞을 수 있어요. 상대방이 오리발을 내밀거나 적반하장으로 몰아붙일지도 모릅니다. 제대로 듣지 않았다고 말이죠.

예를 들어 업무에서 자주 나오는 상사와의 대화입니다. 상사가 "A가 중요해요. (이유를 설명한 후에 뒤이어) B를 급하게 처리해 주세요"라고 말했을 때 여러분은 A와 B 중 무엇을 먼저 할 건가요? 뭘 선택하든 위험합니다. A와 B를 단순히 잘못 말했을 수도 있고, 둘 사이에 생략된 내용이 있어서 의미상 공백이 생겼을 수도 있습니다. 그래서 확인을 해야 해요. "아까 A가 중요하다고 하셨는데, 지금 B가 더 급한 건가요? 둘 중에 뭘 먼저 하면 될까요?"라고요. 확인하는 습관이 중요합니다. 음식점에서 주문을 받고 다시 한번 확인하듯 말이죠. 잔소리 들을 수도 있지만 나중에 더 크게 혼나는 것보다는 낫습니다.

이때는 상대방이 기분 나쁘지 않도록 하는 것도 중요합니다. 당신을 지적하는 게 아니라, 내용을 점검하기 위함이라는 뉘앙스를 전달해 주세요. 질문 전후에 "혹시 모르니, 한 번만 다시 확인할게요"와 같은 쿠션어를 넣어도 좋습니다.

둘째, 말의 길잡이인 표지어에 집중합니다. 앞에서 다뤘지만 한 번 더 강조할게요. '요약하면', '결론은', '정리하면', '예를 들어', '그러나' 등의 표현 뒤에 나올 내용에 대한 길잡이 역할로 표지어를 잘 활용해야 합니다. 앞의 흐름이 뒤죽박죽이라도 이 표지어가 나올 때 정신을 바짝 차리면 많은 내용을 건질 수 있어요. 말하는 사람도 이리저리 왔다 갔다 하다가 스스로 정리할 겸 표지어를 사용하는 경우도 많거든요. 그 순간을 딱 포착합니다.

역으로 내가 말을 하는 상황에서는 표지어를 사용함으로써 상대방에게 이야기의 흐름을 따라오게 하는 좋은 실마리를 제공하세요. '여기서부터는 조금 더 집중해 주세요'라는 의미를 전달할 수 있어요.

예를 들어 앞에서 말한 제 예전 상사의 이야기를 해볼게요. 표지어를 자주 사용하는 언어 습관이 있는 분이었어요. 이런저런 뉴스 이야기도 하고 가정사 이야기도 하다가 성경책 비유도 들었다가 끝에는 '그래서 하고 싶은 말은', '정리하면', '각설하고'라는 표지어와 함께 본격적인 업무 지시나 지침을 전달했습니다. 이 언어 습관을 아는 직원들은 앞 내용은 가볍게 듣다가, 표지어만 나오면 노트에 메모했어요. 표지어를 잘 챙기면 에너지를 효율적으로 분배할 수 있답니다.

표지어를 사용하는 사람들은 보통 말하면서 '생각'하고, 말에 '의도'를 담습니다. 그 습관을 포착하세요. 이 밖에도 언어 습관을 잘 관찰해서 강조할 때 어떤 방법을 쓰는지 찾으세요. 갑자기 말이 빨라진다거나, 소리가 커진다거나, 헛기침을 한다거나, 손짓을 한다거나 다양한 습관이 나올 수 있습니다. 그 습관을 통해 현재 상황과 맥락, 대화의 분위기를 파악하세요.

셋째, 대명사에 집중합니다. 위와 같은 맥락에서 조금 더 세부적으로 파고듭니다. 대명사는 앞에 나왔던 명사를 대신 가리키는 품사예요. 그렇기 때문에 대부분 맥락적 의미를 전제로 합니다. 앞에서 반복되었거나, 서로 알고 있을 것이라 생각하는 내용을 간단히 대신 나타내요. 이 대명사는 사람을 가리키는 인칭대명사와 사람이나 사물을 가리키는 지시대명사로 나눌 수 있어요. 이런 요소들이 나왔을 때 모호한 의미로 분산될 수 있으니 귀를 쫑긋하고 집중해야 합니다. 그들의 의식 속에 있는 그것이 내 의식에는 없을 수도 있으니까요! 대화를 예로 들어볼게요.

A 이 과장, 오늘 점심은 더운데 시원한 그 냉면 집으로 가자고.

B 아, 새로 생긴 평양냉면집으로 갈까요?

A 아니, 그 비빔냉면 맛있는 집 있잖아.

B 아, 그 2층짜리 고깃집, 거기 맛있죠?

A 아니, 그 골목길 들어가면 허름한 집 있잖아.

B 아, 그 떡갈비 서비스로 주는 그 집이군요?

A 아니, 떡갈비는 무슨! 왕만두랑 같이 먹었잖아.

B 아! 혹시 이름이……?

무슨 스무고개를 하는 상황 같죠? 그래도 대명사의 정체를 계속 확인해야 합니다. 위의 상황을 배달로 생각해 보세요. '그 집'을 확인하지 않고 평양냉면을 시켰다면 일이 더 커집니다. 주변의 단서를 최대한 활용해서 미끼가 되는 질문을 던질 수도 있고, 단도직입적으로 물어보는 방법도 있어요. 그것은 말하는 이에 따라 다르게 접근해야 합니다. 하지만 여러모로 꼭 확인해야 큰 사고를 막을 수 있습니다.

 20초 대화의 감각이 깨어나는 시간

같은 메시지도 표현 방법에 따라 다르게 전달돼요. 중의적으로 해석이 가능한 모호한 표현, 문장 성분의 과도한 생략, 오락가락하는 메시지는 대화를 혼란스럽게 합니다. 말하는 사람은 듣는 사람이 오해하지 않도록 주의하고, 듣는 사람은 꾸준히 점검하고 확인해야 합니다. 대화에서 반복되는 핵심 키워드나 길잡이 표지어를 포착하려는 노력, 대명사가 지칭하는 것을 명확히 인지하고 반응하는 습관이 대화를 명확하게 해줍니다.

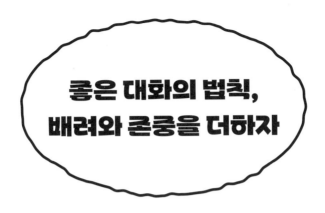

좋은 대화의 법칙, 배려와 존중을 더하자

부정어를 줄이고 쿠션어 사용하기

한국인들이 말을 시작할 때 없어서는 안 되는 단어이자, 습관적으로 자주 붙이는 말이 '아니', '근데', '진짜'라고 해요. 동의하나요? 수많은 예능에서 대화의 소재가 되고, 관련 노래도 만들어지며 책의 제목으로도 사용되었어요. 이 정도면 진심이네요. 경험상 저는 어느 정도 동의합니다. 다음 팀장님과의 면담 시간을 볼게요.

이 팀장   고 대리, 요즘 지낼 만한가요?

고 대리   네. 잘 지내고 있습니다.

이 팀장   지금 매출이 이 정도인데 잠이 잘 오나요?

고 대리   아, 네······.

이 팀장   지금 회사의 문제가 뭐라고 생각하나요?

고 대리	불황이라 소비자들의 심리가 위축되고…… .
이 팀장	아니, 다 가난한가요? 지금 돈 버는 곳들도 있는데요?
고 대리	시대가 빨리 변하고 소비자들의 니즈도 변하는데…… .
이 팀장	근데, 시대가 지금만 변해요? 계속 변해왔는데요?
고 대리	저희가 더 열심히 했어야…… .
이 팀장	당연하지! 나는 솔직히 야근 안 하는 요즘 직원들 이해

가 안 가요. 그렇게들 일을 잘하나?

조금 과장해서 구성된 대화이지만, 누군가가 떠오르는 분들도 있을 거예요. 우리는 모두가 자신만의 언어 습관을 가지고 있어요. 모든 습관을 다 고칠 필요는 없지만, 부정어로 시작하는 언어 습관은 대화를 망치는 주범이에요. 습관적으로 '아니~'로 시작하면 앞에서 말한 상대방의 말에 반박할 수밖에 없는 흐름이 형성되어요. 그러니 크게 반대하지 않아도 '아니, 근데~'라고 말하고 나서는 어쩔 수 없이 반대되는 말을 찾게 됩니다.

주변에서 '근데 병'이라고 지적했던 친구가 있어요. 크게 중요하지 않은 대화라 가볍게 반응하며 들어주는데, 습관적인 '근데' 때문에 이야기가 돌고 도는 겁니다. 무의미한 대화가 반복되며 결국 모두 지치고 말았어요.

친구	내 동생은 진짜 문제야. 정신을 못 차려.
승화	그러게. 정신 좀 차리면 좋겠다.
친구	근데, 마음은 또 착해. 부모님한텐 잘하니까.

승화	착해서 다행이네.
친구	근데, 게임을 너무 많이 해서 꼴 보기 싫어.
승화	적당히 해야지, 중독되면 위험할 수 있다고 하던데.
친구	근데, 중독은 아니야. 요즘 취미로 많이들 하잖아.
승화	다행이네. 좋아하는 취미가 있어서.
친구	근데, 돈을 좀 벌어야 하는데, 정신 못 차려.
승화	그러게. 정신 좀 차리면 좋겠다.
친구	근데…….

살짝만 봐도 피곤하죠? 가벼운 주제라 다행이에요. 저도 친구가 '근데'를 습관적으로 사용한다는 사실을 알아 가볍게 넘어갔어요. 하지만 진짜 반박하고 싶은 상황이 있을 수 있어요. 그럴 때도 상대방의 감정이 상할 수 있으니 주의해야 해요. 독서 모임 때도 A라는 사람 이후에 발언할 때 '저는 A와 생각이 다른데요', 'A의 말에 공감하지 않고요'라며 말을 시작하는 분들이 있어요. 건강한 관계를 원한다면 그런 말은 굳이 할 필요가 없습니다. '제 생각은 이렇습니다'라고 말해도 듣다 보면 A와 B가 생각이 다르다는 것을 알 수 있어요. 정면으로 반박을 당한 A는 방어기제가 발동해서 B의 말에 재반박하기 위해서 준비하기도 합니다. 자신의 말이 아니라 존재 자체가 공격을 당했다고 느낄 수 있어요. 'B는 제 말을 오해하신 것 같은데', 'B의 생각은 조금 위험할 수 있는데' 등 꼬리에 꼬리를 물고 갈등의 씨앗이 싹트기도 해요. 감정도 좋을 리가 없죠.

'어이가 없네', '이해가 안 가', '당연한 거 아니야?', '원래 이래'와 같은 고집스러운 말 또한 조심해야 합니다. 상대방을 이해할 의지가 없다고 선언하는 말과 같아요. 이 팀장이 '야근 안 하는 요즘 직원들 이해가 안 가요'라고 했을 때, 그 이해의 기준은 과거 회사 경험에 머물러 있습니다. 요즘 시대의 분위기, 다른 회사들의 상황과 연결했을 때, 이해의 기준을 바꿔야 하는데 그러지 못하고 있어요. 더 위험한 것은 이해할 의지가 없는 태도입니다. 연인 관계에서도 '나 원래 이래'라고 하면 스스로 변할 의지가 없다는 뜻이죠. 알아서 나에게 맞추라는 강압적인 메시지를 전달하게 돼요. 이처럼 건강한 관계의 장벽이 되는 말들은 조심해야 합니다.

어떤 단어를 사용하느냐에 따라 묘하게 뉘앙스가 달라지기도 해요. "책 읽고 울어? 정말 감정적/감성적이다"라고 했을 때, 둘의 차이가 느껴지나요? '감정적'은 주로 감정에 자주 휘둘리며 이성적이지 못한 성격을 의미해요. 대신 '감성적'은 자주 웃고 감동받으며 감성이 풍부한 성격을 긍정적으로 나타내요. 또 "맛의 차이가 느껴져? 너 정말 예민/섬세하다"에서도 뉘앙스의 차이가 있습니다. '예민하다'가 날카로운 느낌을 주며 단점으로 인식하게 한다면, '섬세하다'는 곱고 차분한 느낌을 전하며 장점으로 인식하게 해요. "이번에도 프로젝트 지원했어? 나서는/적극적인 성격이구나!"에서도 '나서다'는 끼지 않아야 할 곳에 끼는, 눈치 없다는 느낌이 있어요. 반면에 '적극적인, 진취적인, 주도적인'은 능동적이고 주체적인 삶의 태도를 긍정적으로 바라보는 느낌이에요. 이런 사소한 어휘 때문에 대화 중 묘하게 기분이 달라질 수 있습니다. 되도록 긍정적인 뉘앙스의 단어를 사용하는 언어 습관을 갖도록 해요.

마지막으로 말을 부드럽게 전달하기 위해 사용하는 '쿠션어'를 소개할게요. 누군가는 쿠션어를 애교라고 생각하기도 하는데, 이는 오해입니다. 사실 쿠션어의 시작은 인사입니다. 직장 생활에서 '인사만 잘해도 반은 성공한다'는 말이 있을 정도로 인사는 중요해요. '안녕하세요'로 시작해서 '감사합니다'로 끝맺는 인사만 잘해도 동료들에게 좋은 인상을 심어줄 수 있습니다. 그건 기본 아니냐고 하는 분들도 있지만, 기본을 지키는 것이 가장 힘든 법. 쿠션어란 거창한 너스레가 아니라 우선 인사, 그리고 그 뒤에 한두 마디 덧붙이는 말이라고 부담 없이 생각하세요.

전화할 때는 "지금 통화 괜찮으세요?"라는 말을 앞에 붙입니다. 지금 같은 콜 포비아 시대에는 내적·외적 여러 가지 이유로 전화가 힘든 상황이 있을 수 있어요. 상황에 따라 '지금 밖이라, 메일이나 문자로 남겨주세요'라고 답변이 오기도 합니다. 통화가 괜찮은지 미리 물어보며 상대방의 상황을 배려해 주는 태도에서부터 건강한 관계가 시작됩니다.

신입 사원 때 뚜렷하게 기억하는 순간 중 하나가 "승화 씨, 잠깐 시간 되나요?"라는 질문에 해맑게 된다고 대답하고 회의실로 갔는데, 업무와 관련된 일로 회의실에서 엄청나게 혼났습니다. 그런데 아무도 제가 안에서 혼난 줄 모르더라고요. 아주 따뜻하게 호출해서 회의실에서 은밀하게 혼냈기 때문이에요. 직급도 없었던 사원 시절이었지만, 다른 직원들 앞에서 망신을 주지 않기 위한 상사의 배려였어요. 능력 없는 이미지로 낙인이 찍히는 것은 직장인에게 무덤에 들어가는 것과 마찬가지니까요. 덕분에 타격감이 많이 줄었고 일은 더 열심히 하게 되었으니, 효과 좋은 쿠션어 아니겠습니까.

그 외에도 무언가 요청할 때 '바쁘시겠지만', '괜찮으시다면', '실례지만' 등의 말과 함께하면 감정적인 반감을 줄일 수 있어요. 지시와 명령이 아니라 부탁이라는 뉘앙스도 드러내니까요. 무언가 거절해야 하는 상황에서도 '아쉽지만', '유감스럽지만', '말씀 감사하지만' 등의 완곡한 표현을 사용하면 상대방의 심리적 충격을 줄일 수 있습니다.

마지막으로 상대방의 의견에 반대하는 상황에서도 쿠션어를 활용할 수 있어요. 굳이 명확하게 다른 의견을 표현해야 한다면 '좋은 말씀이지만', '말씀하신 뜻은 알겠지만', '흥미로운 의견이지만'과 같은 표현을 덧붙일 수 있어요. 이때 '당신의 의견에 대한 반응이지, 당신을 비판하는 것은 아닙니다'라는 메시지를 잘 전달해야 합니다. 의견에 대해 토론할 수는 있지만, 감정싸움은 최대한 피해야 하니까요.

대신 쿠션어의 남발은 또 다른 피로감을 불러일으킵니다. 과한 쿠션어는 용건만 효율적으로 전달해야 하는 상황에서 번거로움을 유발하기도 해요. '죄송하지만'이라고 하면서 계속 무리한 부탁을 하면, '죄송할 일을 하지 마시죠'라는 반감이 들기도 합니다. 무엇이든 적절하게 사용해야 합니다.

 20초 대화의 감각이 깨어나는 시간

언어는 습관의 영향을 많이 받아요. 건강한 관계를 위해서는 나쁜 언어 습관은 최소화하고 좋은 언어 습관은 내면화하려고 노력해야 합니다. 상대방의 말을 부정하는 말인 '아니', '근데'와 고집스러운 태도를 나타내는 '어이없네', '나 원래 이래'와 같은 말은 최소화하고 상대방을 생각하는 쿠션어를 습관화해야 합니다. 이러한 언어 습관이 상대방을 배려하는 태도와 연결되니까요. 최소한 첫인사와 끝인사는 꼭 챙겨주세요.

상대방을 탓하지 않기

수년간 지하철을 타고 이동하면서 많은 사람을 봐왔습니다. 특히 가장 예민한 시간인 출근 시간대의 지하철에서 매 순간 지옥을 만나기에 '지옥철'이라는 별명도 생겼는데요, 이 순간에 많은 사람들의 본성이 드러나기도 합니다. 제가 감동했던 몇몇 순간들이 있어요. 가방을 든 채 낑낑대고 서 있는데 제 가방을 살짝 들어주신 분, 입구에 사람이 많아서 타지 못하고 있는 저를 위해 자리를 만들면서 '이쪽으로 타! 가야지, 어쩌겠어!'라고 말해주신 분. 이 자리를 빌려 감사의 말씀을 드려요. 하지만 이런 순간보다 일촉즉발 갈등의 순간이 더 많죠.

승객 A   저기요. 입구를 막고 있으니까 사람들 못 내리잖아요.

승객 B   (입구에 자리 잡고 스마트폰 하고 있음)……

승객 A   내렸다가 타라고요. 길 막히니까!

승객 B   네가 뭔데, 이래라 저래라야!

승객 C	저기요. 가방이 커서 불편해요. 좀 앞으로 메주세요.
승객 D	(백팩을 매고 서서) 어쩌라고요.
승객 C	안 그래도 자리가 좁은데 자꾸 치잖아요. 앞으로 메주세요.
승객 C	내 가방인데, 당신이 뭔 상관이에요.

우리나라 사람들이 싸울 때 하는 말 중에 하나가 "네가 날 가르치려고 들어?"입니다. 직접적으로 지적받거나 지시를 받는 상황을 싫어하는 분들이 많아요. 자연스럽게 "너 뭐 돼? 너나 잘해!"라며 반감 가득한 대응을 합니다. 거기다 주변에 보는 사람들이 많다면 체면이 구겨져 더 격하게 반응하게 됩니다. 그래서 누군가를 지적할 때는 보는 눈이 많은 곳은 피해야 합니다. 망신당했다는 느낌이 들면 감정의 골이 깊어집니다. 갈등을 피하고자 저런 내용을 캠페인처럼 영상도 만들고, 안내 방송도 하지만 한계가 있어요. 그때 제가 현명한 분을 만났어요.

승객 E	여기서 사람이 많이 내립니다.
승객 F	저 여기서 내릴게요.
승객들	(내렸다가 다시 타며 갈등 없이 승하차 정리)

앞에서 나눈 대화와의 차이점은 무엇일까요? 승객 A와 B, C와 D가 나눈 대화에는 상대방을 탓하며 상대방에게 어떤 행동을 요구하는 화법이 사용되었어요. "당신! 내렸다 타세요!", "당신! 가방 앞으로

메세요!" 이런 화법은 상대방이 반감을 느낄 수 있어요. 시키면 더 하기 싫은 심리가 발동되고, 하지 않을 이유를 찾게 되죠.

반면에 승객 E와 F의 말은 상황을 전달하는 화법이에요. 여기는 사람이 많이 내리는 곳이고, 나는 여기서 내릴 거라는 상황만 담백하게 전달해요. 그럼 그 이후에 판단하는 것은 듣는 사람의 몫입니다. 누가 시키는 것이 아니라 스스로 주체적으로 판단해서 행동할 수 있는 여지를 두면 반감이 생기지 않아요. 이처럼 무언가를 지적해야 할 때는 손가락이 상대방을 가리키지 않도록 주의해야 합니다.

비행기나 KTX, 버스 등 자리가 좁은 상황에서도 많은 갈등이 일어나요. 앞사람이 의자를 뒤로 젖혔을 때, 뒷사람이 "당신 때문에 좁아 죽겠어요! 의자 좀 올려요!"라고 말하면 상대방도 방어기제가 발동해서 "나도 다리가 길어서 불편해요", "이 정도는 뒤로 젖혀도 되니까 이렇게 만든 거예요"라고 따지게 됩니다. 하지만 "제가 노트북을 하고 있는데 자리가 좀 부족합니다", "제가 음식을 먹으려고 하는데 음료 놓을 공간이 없네요"라고 상황을 전달하면, 상대방이 스스로 행동할 수 있습니다.

비슷한 말이라도 뉘앙스 차이가 은근히 중요합니다. 회사에서 타 부서에 전화가 왔을 때도, '전화를 잘못 걸었네요'라고 하면 상대방은 자신의 잘못을 지적받아 기분이 상할 수 있어요. 감정이 상한 상태에서는 일하기 싫어서 그런 거 아니냐고 화를 내기도 합니다. 실제로 전화 통화는 비언어적인 요소가 드러나지 않아 감정 전달이 힘들어요. 그래서 사소한 말 한마디에도 기분이 상하고, 감정적인 마찰이 생기기도 합니다. '말씀하신 업무가 우리 팀 일이 아닌 것 같아요'라고 하면 직접적으로 상대방을 탓하지 않고 거리를 두고 대할 수 있어요.

병원이나 가게에서도 "저기요, 지금 저 빠뜨리고 안 부른 것 같은데요?"라며 당신이 실수해서 내 순서가 누락되었다고 하면, 상대방은 책임 회피를 위해 방어기제를 발동합니다. 지적하고 사과를 받고 싶은 마음은 이해하지만, 그랬다가는 문제 해결과 오히려 거리가 멀어질 수 있어요. "제가 지금 저 분보다 빨리 온 것 같은데, 확인 한번 부탁해요"라고 하면 "착오가 있었네요"라면서 감정의 충돌 없이 빠르게 해결될 확률이 높아요. 건강한 관계를 위해선 손가락의 방향이 남보다 나를 가리키도록 신경 써주세요. 나의 상황을 충분히 전달하는 것만으로 상대방의 행동을 이끌어낼 수 있어요.

심리 상담에서는 I-메시지, You-메시지로 분리해서 이야기하기도 해요. I-메시지는 '나는 이런 상황이고, 이런 감정을 느끼고, 이런 바람이 있어'를 나의 입장에서 전달해요. 스스로의 상황도 이해할 수 있고 상대방도 존중할 수 있어요. 반면에 You-메시지는 '너는 항상 그렇고, 너는 이것이 문제고, 너는 이렇게 해야 한다'는 생각을 전달해요. 하지만 우리는 상대방에 대해 명확히 이해할 수 없죠. 이 상황에서 상대방은 공격당하는 느낌을 받고 마음에 상처를 입을 수 있습니다. "너, 시끄러운 TV 좀 꺼." vs. "TV 소리 때문에 내가 책을 읽을 수가 없구나." 건강한 관계를 위해 어떤 메시지를 선택해야 할까요?

상대방의 행동을 바꾸는 것은 힘들다는 사실을 명심하세요. 상대방을 탓하는 뉘앙스의 말은 더욱 조심해야 합니다. 상황을 객관적으로 전달하거나, 나의 입장과 상황을 표현하면서 상대방이 스스로 결정할 수 있도록 유도해요. I-메시지와 You-메시지를 떠올리며 항상 지금 손가락이 어디로 향하고 있는지 생각해 봅시다.

존중의 언어 습관 챙기기

편의점이나 카페, 식당 등에서 일하는 아르바이트생들은 많은 손님을 만납니다. 그 아르바이트생들이 말하는 진상 손님에 대한 글이 화제가 된 적이 있어요. 수많은 공감의 댓글이 달리며 서로를 위로해 줬습니다.

아르바이트생　봉투에 담아드릴까요?
A손님　그럼 이걸 그냥 들고 가요?

아르바이트생　따뜻한 음료로 드릴까요, 차가운 음료로 드릴까요?
B 손님　이 날씨에 뜨거운 거 먹게 생겼어요?

아르바이트생　저희 지점에서는 말씀하신 부분이 힘듭니다.

C 손님　다른 데는 다 해주던데, 여기는 안 해줘요?

아르바이트생　그런 이벤트는 없는데요.

D 손님　알바가 그것도 몰라? 그러니 여기서 이러고 있지.

아주 사소하지만, 묘하게 감정이 상하는 대화들이에요. 단순하게 '네, 아니오'라고만 대답해도 되는 말에 왜 이렇게 까칠하게 반응할까요? 상상력을 동원해서 손님들의 컨디션이 좋지 않았을 것이라 이해하려 노력해도 마음이 불편합니다.

그때 의미 있는 댓글을 보았어요. '저런 사람들은 알바한테만 그런다.' 상대방이 본인보다 어리고 사회 경험이 적어 보일 때 자신도 모르게 함부로 대한다는 뜻이지요. 흔히 '누울 자리 보고 발 뻗는다'고 하죠. 심정적으로 상대방을 무시할 때, 말은 필터를 거치지 않고 튀어나옵니다.

봉투 값이 추가로 들기 때문에 A 손님에게 봉투가 필요한지에 대해 묻는 것은 자연스러워요. 날씨와 상관없이 자신의 스타일대로 음료를 즐기는 사람도 많으니 B 손님에게 음료에 대해 묻는 것도 타당합니다. 손님 A와 B는 갑의 입장에서 상황과는 무관하게 아르바이트생에게 감정을 배설하고 짜증을 낼 뿐이에요.

C 손님은 다른 곳과 비교하면서 당신의 능력이 떨어진다는 메시지를 전달하고 있어요. 실제로 다른 지점이 가능한지 사실 여부는 모르지만, 우선 상대방을 깎아내리는 데 비교 전략을 사용해요. 우리가

대화할 때 조심해야 할 부분 중 하나가 이 비교 화법입니다. '마케팅 팀은 잘하고 있는데 인사팀이 문제야', '고 사원은 잘하는데 노 사원이 문제네', '옆집 아들은 잘하는데 우리 집 아들은 뭐하나' 등 비교하는 말은 갈등을 불러일으키기 마련입니다.

D 손님도 아르바이트생의 능력 자체를 폄하하면서 본질에 어긋나는 대화를 해요. 원하는 것을 얻기 위한 문제 해결적 관점이 아니라, 상대방을 원색적으로 비난하는 데 에너지를 쏟고 있어요. 일상에서도 말다툼하다 갑자기 "너는 그래서 진급을 못 한 거야", "그래서 네가 결혼을 못 한 거야", "너는 옛날부터 그래서 친구가 없는 거야" 등의 뜬금없는 말을 해 험악한 감정싸움이 되는 경우도 많이 볼 수 있죠. 돌아올 수 없는 강을 건널 수 있으니 주의해야 합니다.

사회 초년생인 아르바이트생들을 자식같이 생각해서, 조카가 떠올라서, 청년 실업이 걱정되어서 등등 다양한 이유로 초면부터 잔소리를 늘어놓는 분들도 있습니다. 하지만 상대방이 원하지 않는 충고, 조언, 평가, 판단은 폭력이 될 수 있으니 주의해야 해요.

대화의 상대방을 나보다 아래로 생각했을 때, 나도 모르게 충^忠, 조^助, 평^評, 판^判, 즉 충고, 조언, 평가, 판단이 나오곤 합니다. 아무리 좋은 의도로 한 말이라 해도 상대방이 준비가 되어 있지 않은 상황에서는 반발감만 들 수 있어요. 그럼 관계만 무너지고 본전도 못 찾습니다.

이 모든 일은 대화의 상대방을 존중하지 않기 때문에 발생하는 일이에요. '욱하는 건 그냥 내 성격이야', '분노 조절을 원래 잘 못해'라고 자기 변호를 하는 사람들도 있지만, 사실 이런 언어 습관은 대부분 선택적으로 발동합니다. 마음과 언어는 이어져 있기 때문이에요. 그래서 심리와 말을 더욱 분리하려고 노력하고, 나아가 둘의 관계를 활용하려고 애써야 합니다. 이때 친해지면 좋을 언어 습관을 몇 가지 알아볼게요.

'덕분에'와 친해져 보세요. '덕분에 해낼 수 있었어요', '덕분에 행사 잘 마쳤습니다', '덕분에 즐겁게 일하고 있어요'와 같은 말은 상대방의 존재감을 높여줘요. 독서 모임 때도 스스로 너무 튀었다고 생각하거나 하지 않아야 될 말을 했다고 후회하는 분들이 있어요. 그럴 때마다 '○○ 님 덕분에 이야기가 풍요로워졌어요'라고 말씀드립니다. 그럼 독서 모임 때 했던 말들이 새로운 의미를 갖고 존중받게 돼요.

같은 맥락에서 '○○ 님이 말씀하신 대로'라는 표현도 자주 활용해요. 우선 ○○ 님의 이야기를 잘 들었다는 사실을 전할 수 있어요. 거기다 누군가 나의 말에 동조하고 공감하며 인용까지 한다면 마음이 뿌듯해지겠죠? 저절로 어깨가 으쓱해집니다. '팀장님이 말씀하신 대로'라고 하면 상대방의 피드백을 적극 수용했다는 의미도 더할 수 있고 결과물의 공을 어느 정도 나눌 수 있어요. 적절한 피드백 덕분에 좋은 결과물이 나왔다는 의미죠.

마지막으로 열린 질문을 던져보세요. 가볍게 '어떤 거 좋아해?', '어떻게 생각해?', '어떤 의도야?', '이거 괜찮아?'라고 묻습니다. 의도가 가득한 유도성 질문이 아니라 정말 상대방의 의견이 궁금해서 하는 질문이죠. 특히 바로 평가하고 싶고, 지적하고 싶은 부분이 보여도 먼저 열린 마음으로 의도부터 물어보세요. 상대방도 '내 생각이 중요하구나, 가치 있구나'라고 느낄 수 있도록 하는 거예요. 열린 질문을 힘들어하면 세 가지의 보기 정도를 함께 제공할 수도 있습니다. "뭐 먹을래?"라고 물으면 막막하게 느껴지지만 "한식, 중식, 양식 중에 고른다면?"은 좀 더 대답하기 수월해요. 가능하면 상대방의 의견을 반영해주는 것도 미덕입니다. 이런 행동 하나하나가 당신을 존중한다는 메시지를 계속 전하는 과정이에요. 그렇게 건강한 관계가 형성됩니다.

20초 대화의 감각이 깨어나는 시간

심리가 대화에 영향을 미친다는 사실은 반복적으로 이야기하고 있어요. 마음을 바꾸기 힘들면 언어 습관을 바꿔 마음에 영향을 줄 수 있어요. 원하지 않는 충고, 조언, 평가, 판단을 줄이고 좀 더 상대방을 존중하는 언어 습관과 친해지세요. '당신 덕분에', '○○님이 말씀하신 대로', '어떻게 생각해요?' 등 쿠션어보다 한층 더 깊이 들어간 존중의 언어로 마음을 건드려봐요.

6단계

대화에서 품격이 느껴지나요?

① 대화를 하면서 시간이 아깝다, 무의미하다고 느낀 적이 있나요?

_____

_____

_____

_____

_____

② 다음 상황에 적절한 관련성 있는 반응으로 바꿔볼까요?

A: 이번 소설은 새하얀 눈을 통해 상실의 아픔을 다룬 것 같아요.

B: 맞아요. 눈 때문에 새의 죽음을 맞이했을 때 정말 가슴 아팠어요.

C: 눈이 큰 장애물이었죠. 눈길을 헤치며 약속을 지키려는 모습은 감동 적이었어요.

D: 곧 있으면 첫눈이 오겠죠. 작년에는 화이트 크리스마스가 아니어서 아쉬웠네요.

④ 이번 3장에서 다룬 내용 중 가장 도움이 된 내용을 기록해 보세요.

_____

_____

_____

_____

_____

_____

_____

_____

_____

_____

_____

CHAPTER 4

Q

말을 주고받는 데 한계를 느껴요

A

문해력을 높이세요

모양은 같은데, 뜻이 다르네?

단어는 많이 알수록 좋지만, 모든 단어를 알 수는 없어요. 모르는 단어는 그때그때 검색해서 알아보면 됩니다. 그런데 검색을 하고 나서도 맥락에 맞는 단어를 선택해야 하는 순간들이 있어요. 이때 사람들이 혼란스러워하는 단어가 동형이의어와 다의어입니다. 우선 동형이의어는 형태가 같은데 뜻은 다른 단어를 말합니다. 이 때문에 생기는 재미있는 에피소드가 많아요. 한 예능 프로그램에서 배우와 지인들과 국수를 먹는 장면이 화제가 된 적이 있습니다.

배우   국수 진짜 맛있다.

지인이자 국숫집 아들   그러니까 내가 사는 거죠.

배우   아니야! 네가 왜 사! 내가 살 거야!

237

지인이자 국숫집 아들   그니까…… 내가 먹고산다고요.

배우   됐어, 내가 산다! 그냥 먹어!

글자를 보면 사다^{buy}와 살다^{live}의 활용형 '사는'은 같은 소리가 납니다. 문장만 보면 충분히 오해할 수 있고 해석이 갈릴 수 있습니다. 여기서 단어 파악에 추가적으로 필요한 것이 상황 맥락입니다. 저 말을 한 사람이 '국숫집 아들'이라는 외부 정보, 여기가 그 식당이라는 정보가 더해지면 해석이 좁혀집니다. "국수가 맛있으니까 장사가 잘 되고 그 덕에 내가 돈 벌고 밥 먹고 살고 있는 거죠"라고 풀어서 이야기하면 좋겠지만, 구어체의 특성상 효율적으로 함축된 문장을 이야기해요. 생략된 부분은 듣는 사람, 읽는 사람이 추론해서 채워야 합니다. 해석할 때 이런 문맥 단서를 적극 활용하면 좋아요.

이런 상황은 아이들과 대화할 때 자주 등장합니다. 유치원생 형에게 "동생 잘 보고 있어"라고 하면 형은 책임감을 갖고 아이를 봅니다. 이리저리 동생을 쫓아다니면서 큰 눈으로 아이를 쳐다봐요. 부모님은 동생을 잘 보살피고 있으라는 의미의 '보다^{care}'였을텐데, 유치원생 형은 눈으로 '보다^{look}'라고 이해했어요. 아이는 정확하게 듣고 이해했지만, 맥락적 요소를 놓치고 말았습니다.

다음은 유튜브 채널 〈이게 최우선〉에 나온 동형이의어 에피소드입니다. 강의가 끝나고 대학생 친구들이 하나둘 자리를 뜨고 있어요. 그때 남은 학생이 대화를 나눕니다.

여학생   너 안 가고 뭐해?

남학생 어, 가방 정리하고 있었어. 넌 왜 안 가?

여학생 나 지금 원피스 보는 중이야.

남학생 원피스? 너 원피스 좋아해?

여학생 그럼.

남학생 아! 너 애니 보는구나! 원피스 완전 최애 애니인데. 나 에이스 죽었을 때 완전 울었잖아. 쵸파 에피소드 때도 눈물 안 났는데 진짜……. 에이스 죽었을 때는 나도 모르게 완전 울게 되더라고. 원래 애니 보면서도 잘 안 울거든. 딱 두 번 울었는데 그게 에이스 죽었을 때랑…….

여학생 아니, 그게 아니라 인터넷 쇼핑몰에서 원피스 보고 있다고…….

남학생 아…… 옷…….

이 영상의 제목은 '휴학이나 해야겠다'입니다. 제목에서 남학생의 민망함이 느껴지죠. 여기에서 동형이의어는 '원피스'입니다. 옷도 있고 애니메이션 작품도 있죠. 조금 더 상대방에게 관심을 가졌다면 이런 민망한 상황은 벌어지지 않았을 거예요.

같은 맥락으로 다의어도 있습니다. 같은 단어 계열은 맞는데 의미가 조금 변형된 단어입니다. 동형이의어가 우연히 형태만 같고 뿌리는 완전 다른 단어라면, 다의어는 뿌리는 같고 줄기가 다르게 뻗어나간 모양새예요. 대표적으로 '손'이라는 단어를 살펴볼게요. 사전 내용을 조금 더 이해가 쉽도록 풀어서 정리해 봤어요.

손¹

1. 사람의 팔목 끝에 달린 부분.

(예) 손에서 피가 난다.

2. 일을 하는 사람

(예) 농사짓는 데 손이 부족하다.

손²

1. 다른 곳에서 찾아온 사람

(예) 손을 맞이하다.

2. 영업하는 장소에 찾아온 사람

(예) 그 가게는 손이 많다.

3. 지나가다가 잠시 들른 사람.

손¹과 손²은 형태만 같고 의미의 뿌리가 다르죠. 그래서 동형이의어입니다. 그리고 손¹ 안에서 1과 2는 뿌리는 같은데 조금 다른 의미로 확장됐습니다. 이렇게 내가 알고 있는 단어를 최대한 활용해서 확장하는 방법은 어휘력 향상에 큰 도움이 됩니다. 문장 속 의미를 찾을 때는 상황 문맥을 파악해서 어휘가 어떤 의미로 사용됐는지 이해하면 됩니다.

내가 알고 있는 동형이의어, 다의어를 다 적어보세요. 예를 들어 '쓰다'의 경우 '글자를 쓰다', '입맛이 쓰다', '모자를 쓰다' 등 다양한 상황에 활용됩니다. 이런 사례를 모으고 다양한 예문을 만들어보면 어휘력과 문맥 파악 능력을 모두 키울 수 있습니다. 단어는 문장 속에 위치할 때 제대로 된 의미를 갖는다는 사실, 잊지 마세요!

비슷한 말로 어감 키우기

단어들은 다양한 관계를 맺고 있어요. 그 관계를 활용하면 훨씬 쉽게 어휘력을 향상시킬 수 있습니다. 비슷한 단어들끼리 묶어서 사용하기도 하고, 바꿔 적용해 보며 감을 익히기도 합니다. 대표적으로 '춥다-차다-차갑다', '따뜻하다-뜨겁다-덥다'는 비슷한 의미인데 묘하게 어감이 다르죠. 이런 단어들을 묶어서 익히면 의미를 쉽게 외울 수 있고, 적재적소에 넣을 수 있으며 어감도 키울 수 있습니다. 예를 들어, 등산을 가서 멋있는 풍경을 보았을 때를 떠올리며 다음의 대화를 봐주세요.

등산객 A 이야~ 저기 봐봐! 정말 가관이다!
등산객 B 가관은 무슨! 장관! 장관!

등산객 A 참 놀러와서도 그러네! 그냥 말 좀 하고 싶은 대로 하면 안 되냐!

아주 짧지만 의미 있는 장면이에요. 우선 이 장면을 보고 누군가는 피식 웃을 것이고 누군가는 뭐가 문제인지 어리둥절할 것입니다. 조금 유식하신 분들은 '가관'은 비웃을 때 쓰는 말이고, 여기서는 '장관'이라는 표현을 써야지, 하며 훈장 역할도 합니다. 등산객 A의 말대로 B는 정말 너무 까다롭게 구는 것일까요? 국립국어원 표준국어대사전에서 검색해 보겠습니다.

가관(可觀)

1. 경치 따위가 꽤 볼 만함.

(예) 내장산의 단풍은 참으로 가관이지.

2. 꼴이 볼 만하다는 뜻으로, 남의 언행이나 어떤 상태를 비웃는 뜻으로 이르는 말.

(예) 잘난 체하는 꼴이 정말 가관이다.

장관(壯觀)

1. 훌륭하고 장대한 광경.

(예) 장관을 이루다.

2. 크게 구경거리가 될 만하다거나 매우 꼴 보기 좋다는 뜻으

로, 남의 행동이나 어떤 상태를 비웃는 말.

(예) 술에 취해 아무렇게나 곯아떨어져 자고 있는 그의 모습은 가관이다 못해 장관이었다.

사전적 의미를 살펴보면 '가관'에도 '장관'과 비슷한 의미가 있습니다. 예문에 있는 '내장산의 단풍은 참 가관이지'는 '여기 풍경이 정말 가관이지'로 바꿔서 쓸 수 있을 정도로 맥락이 비슷해요. 심지어 '장관'과 '가관'은 유의어로 연결되어 있기도 해요. 군이 따지고 들자면 등산객 A는 억울할 만합니다.

그럼 여기서 등산객 B는 군이 말을 수정하려 했을까요? 나름 끄덕거리며 공감한 사람들은 왜 그랬을까요? 그건 바로 뉘앙스, 어감에 있습니다. 이 '감'이란 게 객관적 근거보다는 주관적 판단의 영향을 많이 받기에 가볍게 생각하는 사람들도 많아요. 하지만 모국어는 생활 속에서 노출된 언어를 중심으로 배경지식이 쌓이기 때문에 이 '감'이 굉장히 중요합니다. '정확히 문법적으로 설명할 수는 없지만, 뭔가 어색한데……?' 하는 감을 통해서 '장관'은 훌륭한 광경이고, '가관'은 비웃는 말이라는 판단을 하게 됩니다.

실제 사전에 객관적 근거가 있으니까, 우리 모두 '가관'을 자유롭게 써도 될까요? 또 그렇게 쉬운 일이 아닙니다. 언어 사용에서 단어마다 미묘하게 다른 뉘앙스는 무시할 수 없어요. 결국 사람과 사람의 대화에서는 의도한 내용과 감정을 제대로 전달하는 것이 중요하니까요. '이야~ 너 진짜 가관이다!'라고 했을 때, 말하는 이는 칭찬으로 한 말이라도 듣는 이는 기분이 상할 수 있습니다. 거기서 '가관은 사전적 의미로 이러이러한 뜻이야'라고 설명해도 이미 상한 감정을 되돌리기는 쉽지 않아요.

그럼 이런 감을 어떻게 기를 수 있을까요? 우선 비슷한 의미의 단어들을 많이 알면 좋아요. '예민하다/섬세하다, 나서다/나대다/주도적이다/진취적이다, 고지식하다/강직하다, 쓰다/착용하다, 작다/적다' 등을 나열한 상태에서 무슨 차이가 있는지 고민해 봅니다. 바꿔서 사용하면 어떤 차이가 있나요? 그 미묘한 차이가 바로 어감입니다.

다음 단계는 반대 의미의 단어들을 통해 명확히 구별해요. '작다/적다'는 많은 사람이 혼용하는 단어입니다. 하지만 반대 의미를 생각하면 차이가 명확해져요. '작다 ↔ 크다'는 외형적인 크기, '적다 ↔ 많다'는 양이나 정도를 나타내는 단어죠. 또 헷갈리기 쉬운 '다르다/틀리다'도 '다르다 ↔ 같다', '틀리다 ↔ 맞다'로 반대 의미를 생각하면 차이가 잘 느껴지죠. '다르다 ↔ 같다'는 두 대상의 관계 속에서, '틀리다 ↔ 맞다'는 사실 여부의 문제에서 주로 사용됩니다. 이렇게 가지고 있는 어휘 자원을 충분히 챙기고 비교하거나 대조하는 습관을 가지세요. 예문을 만들어보면 더 좋습니다.

다음으로 정갈한 상호작용, 대화를 많이 하면 좋습니다. 절대적인 언어 노출량을 늘리는 방법이에요. 나 혼자 생각만 하면 언어의 세계는 좁아집니다. 언어를 활용해서 상대방과 상호작용을 할 때 적합한 언어를 고르게 되고, 적용하게 되고, 피드백도 받을 수 있죠. 그래서 아이들은 어른들과 대화를 많이 할 때, 양질의 언어 자극을 계속 받으면서 언어 능력이 급상승하기도 해요. 방송에서 보면 어른처럼 대화하는 아이들을 종종 볼 수 있죠. 그런 아이를 보며 '인생 2회 차'라는 우스갯소리도 하지만 다 상호작용 덕분입니다. 완전한 문장으로 친절하게 대화를 주고받으면 아이는 그 체계적인 구조에 익숙해집니다. 또 어른과 대화를 하면 할수록 어떤 단어가 어떤 뉘앙스로 활용되는지는 아이라도 직접 느낄 수 있어요. 대화 속에 '가관', '장관' 같은 고급 어휘가 많을수록, 그 어휘가 문맥 속에 적절하게 자리 잡아 추론이 가능할수록 언어의 세계가 넓어집니다.

그리고 억양도 중요한 요소입니다. 같은 글자도 억양에 따라 뉘앙스가 다르죠? 스스로 의미를 이해하며 억양까지 흉내 내면 더 좋아요. 예를 들어 '자'라는 한 글자에도 다양한 의미가 있습니다. 대화할 때 억양을 살려 말하는 습관을 들여 보세요.

(눈 감고 있는 친구에게) '자?', 궁금해서 묻고요.
(청소도 안 하고 벌써) '자?', 꾸짖는 의미도 있고요.
(뭔가 아쉽고 애타서) '자……?', 그리워하는 의미도 있고요.
(졸린데 주변이 시끄러우니 얼른) '자!', 지시하는 의미도 있어요.

마지막으로 책을 많이 읽으면 좋습니다. 책에는 대화에서보다 다양한 어휘가 사용될뿐더러 고급 어휘도 더 많습니다. 그리고 완전한 문장 구조로 작성되어 있습니다. 많은 부분이 생략되는 '대화'와는 차이가 있죠. 이렇게 갖춰진 문장을 꼼꼼하게 정독하고 이해하면서 읽으면 대화에 빈칸이 생겨도 스스로 채울 수 있는 힘이 생깁니다. 생략된 대화에서 스스로 완전한 문장을 만들 수 있는 추론 능력이 발달하는 것이죠. 문장 안에 담긴 미묘한 뉘앙스도 좀 더 잘 이해하게 됩니다. 특히 소설의 경우는 인물들의 성격이나 관계, 배경과 사건의 영향을 받기 때문에 문맥 파악 연습에 많은 도움이 됩니다.

비슷한 의미의 단어들을 자유롭게 떠올리며 묶어보세요. 그리고 그 단어들이 어떤 문장에 어울리는지 생각하며 미묘한 차이를 느껴보세요. 그 차이는 단어에서 시작해서 문장, 문단, 글이라는 맥락 속에서 구분할 수 있어요. 그러니 긴 글을 자주 읽고, 풍부한 대화를 하면서 어감을 키우는 과정이 중요합니다. 사전에 검색할 때는 '예문'과 '유의어', '반의어' 부분을 꼭 챙기고 그 미묘한 차이를 느끼며 어감을 키우세요.

어휘 추론하기

아무리 책을 읽어도 우리가 모든 단어를 다 알 수는 없는 노릇입니다. 기존에 나온 단어를 다 알아도 새롭게 생긴 단어들이 또 발목을 잡고요. 그래서 추론 능력은 중요합니다. 적절한 뜻을 파악하겠다는 의지, 이해하겠다는 의지를 바탕으로 이미 알고 있는 단어를 최대한 활용해야 합니다. 다음 문장을 볼게요.

NBC 방송국의 주말 저녁 프로그램을 따기 위해 최고 2만 명 정도가 경쟁한다는 통계자료는, 우리가 어떤 길을 가야 할지 명징하게 보여준다.

– 팀 페리스, 『타이탄의 도구들』

위의 글을 읽는데 '명징하게'라는 어휘가 낯설어요. 우선 직감적으로 이 자리에 어떤 말이 들어가면 좋을지 생각해 보세요. 주변 맥락을 통해 어울리는 단어를 대입합니다. 앞에 '통계자료'라는 말이 있는 것을 보니 기존에 알고 있던 단어 중에서 '명확하게'가 어울리네요. '분명하게'도 괜찮습니다. 이렇게 어렴풋이 의미를 짐작하며 읽어나가면 됩니다. 하지만 떠오르는 단어가 하나도 없으면 안 되니 기초 어휘력과 비슷한 의미의 유의어는 많이 챙겨둘수록 좋겠죠.

사전을 찾아보면 명징하다[1]는 '깨끗하고 맑다', 명징하다[2]는 '사실이나 증거로 분명히 하다'가 나옵니다. 앞에서 배운 동형이의어죠. 이 둘 중에서 또 골라야 합니다. 아무 생각 없이 1번을 고르면 또 어색한 의미가 돼요. 결국 추론한 내용을 바탕으로 또 한 번 선택하게 됩니다. 앞에서 '명확하다', '분명하다'의 유의어를 생각했었으니, 2번이 맞습니다. 정말 모르는 낯선 단어이거나, 유의어가 떠오르지 않는 단어도 너무 긴장할 필요가 없습니다. 주변 맥락을 꼼꼼히 분석하면 실마리가 보이니까요. 다음 문장도 살펴볼게요.

그 후로 나는 일상과 일상의 대화를 복기하기 시작했다. 출퇴근 시간 잠깐을 활용해서 전날 있었던 대화를 떠올려본다.

－류재언,『대화의 밀도』

이 글을 읽는데 '복기'의 뜻을 모른다고 가정해 볼게요. 하지만 다음 문장만 읽어봐도 '전날 있었던 대화를 떠올려본다'라는 말에서 힌트를 얻을 수 있습니다. '아, 복기란 뭔가 다시 살펴보는 것인가 보구나' 하고 짐작하며 글을 쭉 읽을 수 있어요.

실제로 복기復棋는 바둑에서 쓰는 용어입니다. 한 번 두고 난 바둑돌들을 두었던 대로 다시 처음부터 놓는 것을 이야기해요. 그럼 또 궁금증이 생깁니다. '대화랑 바둑이랑 무슨 상관이지?' 오히려 맹목적인 사전 검색이 더 큰 혼란을 가져올 수 있어요. 여기서 추론과 비유의 힘이 필요합니다. 바둑을 다시 두는 일처럼, 대화를 다시 짚어보는 일이란 의미를 짐작해야 하죠.

여러 차례 논쟁거리로 떠올랐던 '심심한 사과'에 대해 한번 짚어볼게요. 한 카페에서 사과문을 올리며 '심심한 사과의 말씀을 드립니다'라는 표현을 사용했습니다. 평소에 자주 사용하지 않는 한자어를 만났다면 호기심을 가지면 됩니다. '심심한' 대신 어떤 말을 넣을 수 있을까? 다른 말로 바꿔보면 '깊은 사과의 말씀', '간절한 사과의 말씀'이 어울리겠죠. 사전을 검색하면 '심심하다¹: 하는 일이 없어 지루하고 재미가 없다(유의어: 권태롭다, 따분하다)', '심심하다²: 마음의 표현 정도가 매우 깊고 간절하다(유의어: 간절하다, 깊다)' 두 개가 나옵니다. 둘 중 어느 어휘를 연결할까요? 2번의 의미가 적합합니다.

가정통신문 '중식' 논란도 있습니다. 선생님이 보낸 가정통신문에 '체험학습 중식 제공'이라는 안내 문구를 본 부모님이 우리 애가 중국 음식을 싫어하는데 일방적으로 메뉴를 정하면 어떻게 하느냐고 학교에 민원을 넣었다고 해요. 물론 누구나 혼동할 수 있습니다.

하지만 '체험학습 때 중식 제공합니다'라고 적혀 있다면 따지기 전에 중식이 가진 여러 의미를 우선 떠올려봅니다. '중식¹: 점심에 끼니로 먹는 밥', '중식²: 중국식 음식' 둘 다 가능한 상황이에요. 여기서 상황과 문맥을 떠올려봅니다. 혹시나 궁금하면 민원을 넣기 전에 '점심 주나요? 어떤 메뉴가 제공되나요?' 가볍게 물어봐도 됩니다. 제대로 된 의미를 확인하려는 의지가 중요해요.

조금 독특한 이슈도 소개할게요. 펜션 사장님의 하소연으로 시작된 '혼숙' 논란도 있습니다. 혼숙混宿은 남녀가 여럿이 한데 뒤섞여 잔다는 의미죠. 그런데 혼자 자는 것으로 오해하는 사람들이 혼자 여행을 가려고 하는데 왜 이용하지 못하냐고 따진다는 겁니다. 도파민 세대의 줄임말을 보면 혼자 영화를 보는 혼영, 혼자 식사하는 혼밥, 혼자 술을 먹는 혼술 등등 '혼'을 붙여서 단어를 만들곤 합니다. 식당에서도 '혼밥 환영, 혼술 환영' 등의 문구를 자주 볼 수 있으니까요. 한자를 병기하지 않는 이상 충분히 헷갈릴 수 있는 문제고, '혼자'의 혼인지 뒤섞여 합하는 '혼합'의 혼인지 맥락상 구분해야 합니다. 따지지 않고 친절하게 의도를 물어볼 수도 있죠. 도파민 인류에게는 한자어가 최우선이 아니기 때문이에요. 단순히 그 어휘를 아느냐 모르냐보다 중요한 요소는 어휘가 전체 문맥 상황 속에서 어떻게 기능하느냐 입니다. 그 문맥을 파악하려는 의지도 꼭 챙기세요.

낯선 단어, 모르는 단어를 보았을 때 긴장할 필요는 없습니다. 여러분이 기존에 알고 있는 단어와 주변 문맥을 활용하면 대부분 그 의미를 짐작할 수 있어요. 사전을 활용한다고 해도 결국 문맥 속에서 가장 적합한 단어를 최종 선택해야 합니다. 그러니 전체적인 상황과 맥락, 앞뒤 문장을 꼼꼼하게 살피고 연결하는 연습이 중요합니다. 단어의 맥락을 깊이 공부하고 싶은 분들에게 『우리말 한자어 속뜻사전』을 추천합니다. 한자어의 숨은 뜻과 의미를 풀어서 설명해 주기 때문에 맥락 파악에 큰 도움이 됩니다.

비유적인 표현 알아채기

친절한 의사소통은 나의 배경지식이 상대방의 배경지식과 같지 않다는 전제에서 시작됩니다. 이 전제를 무시했을 때 수많은 불협화음이 따라와요. 말하는 사람, 쓴 사람은 이 부분에 신경을 써야 해요. 듣는 사람, 읽는 사람의 입장에서는 자신의 배경지식을 최대한 활용해서 이해해야 합니다. 배경지식이 부족해서 생긴 웹 예능 에피소드를 살펴볼게요. 젊은 대표와 더 젊은 직원들이 같이 도시락을 먹고 있는 상황입니다.

인턴 직원 콜록콜록, 물 어디 있지? 아, 저기 있네! (물병을 가져와서 마시는 중)

젊은 대표 ○○아.

인턴 직원 네?

젊은 대표 우리는 선인장이야?

인턴 직원 네?

젊은 대표 우리는 물 안 마셔?

인턴 직원 선인장은 왜 물 안 마셔도 돼요?

젊은 대표 그러니까 내 말은……. 힘들다, 힘들어.

다른 직원 그냥 물 챙겨와~

이 장면이 재미있는 분들은 배경지식이 쌓여 있어서 이해할 수 있기 때문이에요. 젊은 대표는 선인장의 특성을 활용해서 비유적인 표현을 사용했어요. 선인장은 물이 적은 사막 환경에서 살아남기 위해 적은 물로도 살 수 있도록 적응했습니다. 그러니까 "우리는 선인장이야?"라는 말은 '본인만 물을 마시고 우리는 물을 안 마셔도 되는 줄 아니?'라는 의미입니다. 결국 선인장이 아닌 우리도 물이 필요하다는 의미죠.

하지만 인턴 직원은 선인장에 대한 배경지식이 없어요. 그러니 다시 되묻습니다. 과학 시간이면 괜찮은 반응일지도 모르겠지만, 식사 시간에 이걸 다 설명해 주긴 힘들죠. 그럴 때는 잘 몰라도 짐작해서 넘어갈 수 있어요. "우리는 물 안 마셔?"란 다음 말에서 힌트를 얻어 "물 드릴까요?"라고 답하면 상황을 슬기롭게 모면할 수 있습니다. 얼렁뚱땅 넘어간 다음에는 '선인장은 물 안 마셔도 되나요?'를 꼭 검색해서 선인장의 특징을 이해합니다. '선인장은 물 없이도 오래 살 수 있구나. 사막에서도 적응하는구나' 이런 배경지식을 쌓으면 대표의 말이 제대로 이해가 됩니다. 나중에 누가 선인장 이야기를 해도 쉽게 알아들을 수 있어요. '그냥 물 달라고 하면 되잖아요?'라고 생각할 수 있지만, 그건 말하는 사람의 마음입니다. 듣는 사람은 충실히 메시지를 이해하는 데 집중하세요.

비유적인 표현은 대상의 특성을 바탕으로 이뤄지기 때문에 그 특성을 알아야 이해할 수 있습니다. 그래서 꾸준히, 골고루 쌓은 배경지식이 큰 도움이 됩니다. 잘 막는 골키퍼한테 '거미손'이라고 하고, 열심히 일하는 사람에게 '일개미'라고 하고, 다른 사람을 부리는 여자 캐릭터에게 '여왕벌'이라고 부르는 것도 모두 곤충의 특성을 바탕으로 한 비유적 표현입니다. 거미, 개미, 벌의 특성을 알아야 잘 이해할 수 있습니다.

대표적으로 동물이 나오는 속담을 이해하지 못하는 경우가 많아요. '가재는 게 편이다'라고 했을 때, 이 말의 의미는 '가재'와 '게'의 특성을 알고 있어야 제대로 이해할 수 있어요. '가재'와 '게'는 같은 갑각류로 생김새가 비슷하고, 그렇기 때문에 서로 편을 들어준다는 의미입니다. 둘이 어떻게 생겼는지 모르면 감이 안 오겠죠. '자라 보고 놀란 가슴 솥뚜껑 보고 놀란다'도 '자라'의 모습과 '솥뚜껑'의 모습을 알고 있어야 '둘이 비슷하구나, 그래서 놀라는구나' 하고 알 수 있어요. '뱁새가 황새 따라가다 가랑이가 찢어진다'는 말도 뱁새의 다리가 짧고, 황새의 다리가 길다는 사실을 바탕으로 해요. 이런 생활 배경지식이 쌓여 우리의 이해도를 높입니다. 지금까지 습관적으로 써왔던 표현들도 호기심을 갖고 그 유래를 검색해 보세요.

비유적인 표현들은 대상과 대상의 공통된 특성을 바탕으로 해요. 그러니 기본 지식을 골고루 쌓을수록 이해하기 좋습니다. 바로 이해하기 힘들 때는 문맥을 활용해서 이해하고, 나중에 꼭 검색해서 자신의 지식으로 만드세요. 습관적으로 써왔더라도 그 의미의 유래를 제대로 모르는 경우가 많아요. 그렇게 차곡차곡 쌓인 배경지식이 글의 이해도를 확 높여줍니다.

전문적인 지식이 필요해

모든 분야의 전문가가 될 순 없습니다. 하지만 여러 영역에 골고루 관심을 가질 수는 있어요. 다양한 분야에 관심을 갖는 태도, 교양을 쌓는 태도는 중요합니다. 관심이 없는 분야에서는 대화의 이해도가 확 떨어지기 때문이에요. 다음 재미있는 에피소드 두 개 살펴볼게요.

[집 안에서]

아나운서 (TV 뉴스에서) 시진핑 중국 국가 주석이 전 싱가포르 총리와 만나…….

어린이 시진핑이 뭐야? 그런 핑 처음 들어봤는데…….

엄마 뭐라고? 하하하!

어린이 시즌 몇에 나온 핑이지? 나 왜 모르지? 티니핑 도감 좀…….

[대학교에서]

PD 어떤 만화 봤었어요?

가수 『패션왕』,『진격의 거인』…….

PD 혹시 티니핑 알아요? 요즘 핫한데!

가수 네? 그게 뭐예요?

PD 요즘 어린이들한테 인기 많은 캐릭터인데...

가수 아…… 내가 아는 핑은 시진핑……?

어린이와 성인의 배경지식 차이가 확연히 드러나는 순간이에요. 시진핑은 모르지만 티니핑을 아는 어린이는 시진핑도 자신의 배경지식인 티니핑으로 흡수하죠. 반면에 티니핑을 모르는 가수분도 시진핑을 떠올립니다. 서로의 배경지식이 크로스하는 순간이네요.

아는 만큼 들리고 보이고 말하게 되는 에피소드를 또 살펴볼게요. 티빙에서 〈MBTI vs. 사주〉라는 웹 다큐를 방영했습니다. 다양한 성향의 사람들이 대화하는 장면 중에서 인상 깊었던 대화예요.

ENFP 학생 저는 원래 멀미가 심해요. 올 때도 버스 탔잖아요.

INTJ 의대생 버스 멀미……. 차멀미해요?

ENFP 학생 차멀미 진짜 심해요. 그래서 잘 못 타요.

INTJ 의대생 자율신경계가 예민하시구나.

ENFP 학생 저 이런 말 처음 들어봤어요.

INTJ 의대생	그럼 귀에다가 안 붙이세요? 멀미약?
ENFP 학생	네. 안 붙여요.
INTJ 의대생	그 멀미약이 약리학 과정에서 처음 배우는 약이 거든요.
ENFP 학생	아, 그래요.
INTJ 의대생	약 이름이 스코폴라민이라고, 부교감신경……

이 예능은 성향이 다른 남녀의 대화를 들여다보고자 했지만, 성향뿐 아니라 서로의 배경지식이 다름도 느낄 수 있어요. '자율신경계', '스코폴라민' 등 의학 지식을 전혀 모르니 상대방의 말에 흥미롭게 반응하기가 쉽지 않은 것이죠. 이런 영역에 관심이 있는 분들은 지식을 교류하며 더 깊은 대화도 가능했을 거예요. 공통의 관심사를 넘어 공통의 지식이 있을 때 소통이 확장됩니다. '덕후'들끼리는 몇 시간씩 대화해도 지루하지 않은 것도 공통의 맥락과 지식을 공유하기 때문입니다. 다음은 철학책의 한 구절이에요. 어휘력과 복합적으로 얽히는 부분이니 자세히 살펴볼게요.

니체의 신의 죽음, 초인, 힘에의 의지, 영원 회귀 사상 등은 전부 모든 가치의 전도라는 방법론과 밀접한 관련이 있다. 그는 신의 죽음을 통해 저편의 세계보다 이 대지의 삶에 충실해야 한다고 주장하면서 지금까지 사람들에게 최고 가치로 여겨진 것들을 재평가했다.

― 장재형, 『마흔에 읽는 니체』

우선 여기서 '전도'라는 어휘가 조금 낯설고 어색해요. '전도' 자체
는 여러 가지 의미가 있습니다. 대표적인 것들만 적어볼게요.

-전도¹: 앞으로 나아갈 길 (유의어: 미래, 앞날), (예) 전도유망한 청년
-전도²: 가치관 따위가 뒤바뀌어 원래와 달리 거꾸로 됨 (유의어:
 반전), (예) 주객전도
-전도³: 도리를 세상에 널리 알림(유의어: 선교, 포교), (예) 전도사님

그럼 저 문장 속 '전도'는 이 세 가지 중 어떤 의미로 사용될까요?
이 선택을 위해서는 니체의 사상에 대한 배경지식이 필요합니다. 이
책을 제대로 읽었으면 이해할 수 있을 것이고, 그 지식을 바탕으로 고
를 수 있겠죠. 니체의 사상을 제대로 알지 못한 상황에서는 고르기
쉽지 않아요. 니체의 별명은 '망치를 든 철학자'입니다. 기존 시대의
가치관, 관습, 정신을 다 깨부수고 싶어 했어요. 신을 절대적으로 믿
는 사람들에게 '신은 죽었다!'라고 선포하고, 죽으면 천국이나 지옥을
간다고 믿는 사람들에게 '삶은 영원히 반복된다'고 이야기합니다. 그
런 배경지식을 갖고 있으면 '반전'에 가까운 뜻을 고르게 되죠. 잘못
해서 '선교'와 같은 의미로 이해하면 전혀 다른 의미가 될 수 있습니
다. 배경지식과 어휘력은 긴밀히 연결돼 있어요. 배경지식을 최대한
활용하고, 부족한 부분은 문맥의 도움을 받아야 합니다. 끝부분의
'재평가'라는 어휘가 눈에 들어옵니다. '결국 다시 평가했다는 의미이
니까 뒤바꾸는 것이 아닐까?'라고 추론할 수 있습니다. 이후에는 유
튜브에 니체를 검색해서 5분이라도 그에 대한 배경지식을 습득해야

합니다. 배경지식과 어휘는 차곡차곡 쌓여 나의 문해력 자산이 되니까요.

전문적인 지식이라고 겁먹을 필요는 없습니다. 누구나 모든 분야의 전문가는 아니니까요. 대신 내가 아는 것과 모르는 것을 분명히 인지하고 접근하는 게 중요합니다. 그 정도에 따라 문맥 추론으로 가능한지, 자료 검색의 힘을 빌려 문제를 해결할지, 눈높이에 맞는 단계를 거치고 다시 접근할 것인지 전략적으로 선택하세요.

눈높이에 맞게 배경지식 쌓기

배경지식이 중요하다는 사실은 알았으니 이제 어떻게 쌓는지 알아봐야겠지요. 배경지식이 쌓일수록 그 지식을 바탕으로 더 많은 내용들을 쉽게 익힐 수 있어요. 지식 습득이 힘들지 않기 때문에 독서의 과정에서 재미도 느낄 수 있습니다. 이런 선순환 속에서 배경지식도 더 쉽게 쌓이죠. 배경지식이 없을 때는 이해하는 게 힘드니 독서도 재미없고 악순환에 빠지며 독서와 더 멀어집니다. 이렇게 배경지식의 빈부격차가 이해의 빈부격차로 이어지는 경우가 많습니다. 거기다 시대가 빨리 변하면서 지식도 변합니다. 자주 업데이트하며 차근차근 지식을 쌓아야 해요. 사람마다 시작점이 다르니 눈높이에 맞게 단계별로 살펴볼게요.

1단계: 영상으로 배경지식을 쌓습니다. 직관적이고 쉽게 정보를 얻을 수 있어요. 가장 진입 장벽이 낮은 숏폼부터 시작해도 됩니다. 짧은 시간이지만 유익한 생활 정보나 일상 지식을 담은 유익한 채널들이 있어요. 그다음으로는 5분, 10분 늘려 나가며 교양 유튜브 영상으로 다양한 지식을 습득하세요. 그리고 교양 예능, 다큐멘터리 등으로 확장합니다. 저는 tvN 교양 예능 〈유 퀴즈 온 더 블럭〉을 강력히 추천합니다. 다양한 사람들의 인생을 만날 수 있는 프로그램이에요. 경험을 확장하는 데 정말 좋습니다. 그 외에 〈EBS 다큐프라임〉, 〈시사기획 창〉과 같은 다큐 프로그램도 챙겨봅니다.

문학도 배경지식을 미리 쌓을 수 있어요. 해당 소설의 작가 인터뷰, 작가의 인생을 찾아봅니다. 유튜브 채널 〈민음사 TV〉나 〈교보문고〉, 〈밀리의 서재〉에서 실제 작가들을 영상으로 만나고 책을 읽으면 작품에 대한 이해가 깊어집니다. 또 '북튜버'나 평론가들이 해석한 내용, 비하인드 스토리 등을 통해 생각을 풍요롭게 할 수도 있어요. 책을 읽기 전에 이해하는 데 도움을 받을 수 있고, 책을 읽은 후 생각을 확장하기 위해 활용하는 방법도 있습니다.

2단계: 만화를 활용해서 배경지식을 쌓습니다. 글자보다는 그림이 직관적이고 재미있거든요. 대표적인 콘텐츠가 학습만화예요. 우리가 아는 유명한 작가님들의 책이 학습만화로 나와 있는 경우도 많아요. 『설민석의 삼국지 대모험』, 『정재승의 인류 탐험 보고서』, 『채사장의 지대넓얕』 등을 모두 만날 수 있어요. 주니어김영사에서 나온 『서울대 선정 인문고전 시리즈』도 고전을 조금 더 쉽게 만나는 데 많이 활용됩니다.

만화는 어린이를 대상으로 한 것이라 유치하다고 생각할 수 있어요. 성인을 위한 만화로 대표적인 작품은 『박시백의 조선왕조실록』입니다. 재미도 있으면서 역사에 대한 배경지식도 쌓을 수 있어요. 앞에서 망치를 든 철학자, 니체에 대한 이야기를 했었죠. 니체와 관련된 책을 읽기 부담스러우면 철학 이야기를 만화로 담은 철학 만화를 보면 됩니다. 삽화가 많을수록 부담이 줄어드니까요. SNS에서 만화 형식으로 연재하는 '인스타툰'을 통해 쉽게 경제를 공부하거나, 시사 상식을 쌓을 수도 있어요. 전세 사기에 대한 내용을 블로그와 인스타그램에 연재해서 화제가 된 『루나의 전세역전』 덕분에 어려운 부동산 공부를 부담 없이 시작한 사람도 많죠.

3단계: 유익한 짧은 글을 꾸준히 마주합니다. 지금의 현대인은 SNS로 많은 시간을 보냅니다. 그래서 내가 어떤 계정을 구독하느냐에 따라 정보 접근성에 큰 차이가 생겨요. 관심 있는 주제나 계정을 구독하며 최신 정보에 노출되는 것이 은근히 도움이 됩니다. 그래서 저는 최신 잡지를 보듯이 SNS를 통해 트렌디한 교육 정보, 마케팅 정보, 독서 정보 등을 얻습니다. 제가 이 책에 다양한 최신 자료를 활용할 수 있는 것도 그 덕분입니다.

다음으로 추천하는 콘텐츠는 뉴스레터와 칼럼이에요. 과거 신문의 역할을 지금은 이메일 뉴스레터가 하고 있다고 해도 과언이 아니에요. 메일 주소만 남기면 큐레이션된 정보를 정기적으로 보내줍니다. 저는 시사, 경제, 문화, 트렌드 등 다양한 분야의 뉴스레터를 여러 개 구독하고 있습니다. 출근길에 틈틈이 읽는 짧은 글이지만, 매일 읽다 보면 나도 모르게 여러 분야의 배경지식이 쌓이더라고요. 거기서 좀 더 관심 있는 주제는 칼럼을 찾아봅니다. 1,000자 정도의 칼럼을 통해 큰 부담 없이 지식과 전문가의 의견까지 만나볼 수 있어요. 짧은 글들을 아날로그로 만나고 싶은 분들은 잡지 정기구독도 추천합니다. 흥미로운 주제들을 정기적으로 만나며 원하는 분야의 배경지식을 차곡차곡 쌓을 수 있어요.

4단계: 쉬운 책을 통해서 단계적으로 입문할 수 있습니다. 같은 주제의 책도 대상 독자가 다르기 때문에 난이도 차이가 있습니다. 쉽게 이해를 돕는 책으로는 대표적으로 청소년 도서가 있습니다. 『정의란 무엇인가』를 읽기 힘들면 『10대를 위한 정의란 무엇인가』를 먼저 읽고 이해한 후에 『정의란 무엇인가』로 넘어가도 됩니다. 『사피엔스』를 읽고 싶어 계속 도전하는데 실패하는 분들도 『10대를 위한 사피엔스』를 발판으로 활용할 수 있어요.

2024년에는 '니체', '쇼펜하우어'에 관한 책이 인기였습니다. 고전 철학 그대로의 책이 있고, 철학자의 말을 편집해서 엮은 책이 있고, 철학자의 메시지를 에세이처럼 풀어서 쓴 책이 있었어요. 다 난이도가 다르겠죠? 더 눈높이를 낮추어서 '10대를 위한 ○○○'도 만날 수

있어요. 이렇게 단계를 나눠 쉬운 책으로 기본기를 다지고 점점 난이
도를 높이는 전략도 좋습니다.

중요한 건 단계적으로 접근해 결국은 원하는 목표의 책을 읽어내
야 한다는 점이에요. 얕은 지식으로 만족하고 다음 단계로 나아가지
않는다면 쉬운 콘텐츠들은 오히려 독이 될 수 있어요. 운동할 때 나
의 한계를 계속 자극해야 근육이 붙는 것처럼, 배경지식도 계속 쌓고
다듬는다는 생각으로 접근해야 합니다.

5단계: 직접 경험하는 것이 오래 남습니다. 직접 경험의 한계가 있
기 때문에 우리는 미디어로 간접 경험을 합니다. 하지만 직접 경험한
일은 몸과 마음에 오래 남는 경우가 많아요. 메타버스라는 개념이 한
창 뜰 때 아무리 설명해도 이해하지 못하는 사람들이 많았습니다.
놀랍기는 한데, 다른 세상 이야기처럼 반응했어요. 하지만 직접 메타
버스 플랫폼으로 자신만의 캐릭터를 만들어보면 확 와닿습니다. 어
떤 식으로 캐릭터가 구현되고, 현실이 반영되었는지 말이죠. 지금 챗
GPT도 마찬가지입니다. 수많은 책이 나왔지만, 직접 경험한 사람들
이 훨씬 이해도가 높습니다. 말과 글로 전해 듣기만 하면 신비롭기만
하고 크게 와닿지 않아요. 이럴 때는 직접 경험하는 것이 좋죠. 재테
크도 글로 배우는 데는 한계가 있기에 직접 발로 뛰어보고, 거래도
해보았을 때 살아 있는 지식이 됩니다.

소설의 배경이 되는 장소를 다녀온 사람은, 그 경험을 통해 책 속
묘사를 더 실감 나게 감상할 수 있어요. 역사적 유적지를 다녀오면
그 역사를 배경으로 한 이야기가 훨씬 수월하게 그려지고 구체적으

로 상상하게 됩니다. 그래서 사람들은 연령대에 상관없이 학교 이야기를 좋아합니다. 대부분 직접 경험한 학창 시절은 있으니까요. 이러한 경험 또한 소중한 배경지식입니다.

배경지식을 쌓을 때는 나의 수준을 정확히 진단하는 단계부터 시작해야 합니다. 나이에 얽매이지 말고, 부끄러워하지 말고 단계적으로 접근하면 됩니다. 누구나 모든 분야에 전문가일 수는 없다는 사실을 인지하고, 콘텐츠별 단계를 고려해 차근차근 지식을 쌓으세요. 사람마다 선호하는 콘텐츠가 있으니, 유연하게 접근하되 꼭 다음 단계로 넘어가야 합니다. 각 단계마다 효용성과 한계가 있기 때문에, 쉬운 단계에만 머무르지 않기를 바랍니다. 쉽게 쌓은 것은 쉽게 무너지는 법이니까요.

마음으로 문학 읽기

여섯 마디의 짧은 단편 소설로 알려진 작품이 있습니다. 전문을 인용할게요.

For sale: baby shoes, never worn.

(판매: 아기 신발, 사용한 적 없음.)

이 여섯 단어의 소설을 읽고 어떤 생각이 드나요? 어떤 분은 MBTI 성향으로 반응을 구분하더라고요. F의 반응과 T의 반응이라고…… 하지만 그것보다 문학적 상상력에 대해 이야기하려고 해요. 비문학을 읽는 태도와 문학을 읽는 태도는 다르니까요.

다시 소설 이야기로 돌아오면, 누군가 신발을 판매하는 상황입니다. 아기 신발인데 한 번도 사용하지 않았다고 합니다. 그러면 여기서 의문이 들어요. 왜 사용한 적이 없을까? 무슨 일이 있었던 것일까? 이런 생각을 하면서 울컥할 수 있습니다.

그리고 등장하지 않은 아이에 대해 상상해요. 아이는 남자아이일까? 여자아이일까? 잠시나마 세상에 태어났을까? 태어나지 못했다면 어떤 이유일까? 그러면서 자연스럽게 부모를 떠올립니다. 부모가 아기 신발을 샀을 때의 마음은 어땠을까? 그 기대와 희망 속에 어떤 신발을 골랐을까? 아기가 신발을 신지 못하게 되었을 때는 어떤 마음이었을까?

또 생각은 꼬리에 꼬리를 뭅니다. 이 판매는 어디서 이루어질까? 옛날이니까 온라인 판매는 아니고 시장에서 팔았을 텐데, 부모가 직접 팔았을까? 아니면 다른 사람이 파는 상황일까? 마음이 아파도 팔아야 할 만큼 돈이 필요했나?

이렇게 생각을 키워나가다 자기 삶과 연결합니다. '나도 태어날 조카를 위해 아기 신발을 선물한 적이 있었지. 하지만 안타깝게 조카는 세상의 빛을 보지 못했고, 그 신발은 주인을 잃었지. 그 신발을 보면 계속 아이의 생각이 나서 견딜 수 없었고 옷장 깊숙한 곳에 넣었지. 정말 마음이 힘들었는데, 저 사람은 그래서 신발을 팔려고 하나 보구나. 안타깝다.'

이처럼 고작 여섯 마디의 이야기를 읽고 다양한 상상의 나래를 펼칠 수 있습니다. 누군가는 문학이 허구라 읽을 가치가 없다고 하지만, 이 상상력과 정서적 감동은 수치화할 수 없는 가치입니다. 방금 펼친 생각들 속에 소설의 구성 요소인 인물, 사건, 배경이 모두 들어가 있어요. 인물은 신발의 주인인 아기와 부모, 사건은 신발을 판매하는 일과 그 이전에 일어났을지도 모르는 아이의 죽음, 그리고 장소는 신발을 파는 시장, 그외에도 가난한 옛 시대, 경제적 배경 등을 그려볼 수 있습니다. 우리는 새로운 하나의 세계를 만들어 냈습니다. 그리고 그 세계를 통해 나의 현재를 들여다봐요. '나도 그런 경험이 있었는데……' '나는 그런 마음이었는데……' '딱하기도 하지……' 자연스럽게 감정이입하고 공감합니다.

파편화된 자극에 익숙한 도파민 인류에게 이런 과정은 지지부진하게 느껴질 수 있어요. '그래서 하고 싶은 말이 뭐야? 결론을 말해 줘! 한 줄 요약 좀'이라고 단도직입적으로 묻는다면 그 감동은 사라질 테니까요. 돌직구를 던지는 자기계발서와 비교하면 그 차이는 더욱 도드라집니다.

+ **자기계발서** | 이승화(실존 인물)는 힘든 상황 속에서도 죽을 만큼 열심히 살아서 성공했습니다. 최선을 다해 사세요!

+ **소설** | 1960년대 시골(배경)에서 사는 김승화(가상 인물), 어려서 부모님이 돌아가시고 혼자 서울로 올라가 독특한 사업을 해서 성공함(사건). 독자들은 주인공의 삶을 통해 희망을 느낌.

자기계발서가 메시지를 직접 강하게 주입하고, 비문학이 핵심을 설명하는 것과 다르게 문학은 직접 주제를 말하지 않습니다. 인물이 특정 배경 속에서 일련의 사건들을 겪으며 살아가는 이야기를 보여 줍니다. 독자는 그 이야기와 자신의 경험을 엮어서 주제를 느끼는 거

269

예요. 긴 맥락을 이해하고 공감할 수 있어야 깊은 감동을 느낍니다. 승화의 행동과 대사가 기억나야 캐릭터에 감정이입을 할 수 있고, 승화의 어린 시절 이야기를 놓치지 않아야 이후의 성공에 더 감동받을 수 있습니다. 과정이 효율적이지 않을 순 있지만, 이렇게 새겨진 감동은 마음속에 오래 남습니다.

이야기의 맥락을 따라가기가 도통 힘든 분들은 메모를 하면서 읽어도 됩니다. 인물의 성격을 적어보거나 인물 사이의 관계 속에서 일어난 사건들을 정리한다거나, 시간과 장소의 이동 흐름을 메모할 수도 있어요. 이런 긴 흐름을 이해하는 데는 하나의 새로운 세계관을 창조한 판타지에 푹 빠져보는 방법도 큰 도움이 됩니다. 현실과 다르다고 쓸모없는 이야기인 건 아닙니다. 그 세계관을 이해하고 몰입하는 과정이 결국 여러 맥락 요소를 연결해서 이해하는 과정이니까요. 그런 의미에서 직설적이고 단순한 콘텐츠에 빠진 도파민 인류에게 소설의 힘, 서사의 힘이 더 필요합니다.

 20초 대화의 감각이 깨어나는 시간

소설을 읽다 보면 뒤에 내용을 잊어버려서 재미가 없다고 하는 사람들이 있습니다. 소설의 흐름, 인물-사건-배경이 담긴 서사 구조를 이해하려면 맥락을 파악하는 능력이 중요해요. 역으로 이 능력이 없으면 제대로 소설을 읽어낼 수 없습니다. 소설은 허무맹랑해서 싫다고 하는 분들도 안 읽는 것이 아니라 못 읽는 것일 수 있어요. 공부하는 마음으로 이야기의 맥락을 파악하고 몰입하면 정서적 감동까지 얻을 수 있습니다. 비문학에서는 결코 얻을 수 없는 보물 같은 매력을 느껴보세요.

전략적 비문학 읽기

앞서 살펴봤던 여섯 마디의 소설을 다른 관점에서 보려고 해요. 이번엔 소설이 아니라 정보를 전달하는 글이라고 생각해보세요. 떠오르는 생각의 연결고리가 다를 거예요.

For sale: baby shoes, never worn.

(판매: 아기 신발, 사용한 적 없음.)

중고 판매 사이트에 올라온 글이라고 생각해 볼게요. 어떤 질문이 떠오르나요? '가격이 얼마지?', '어떤 브랜드지?', '사이즈는 몇이지?', '정말 사용한 적이 없나?', '왜 이렇게 짧게 썼지?', '호기심을 유발하려는 전략인가?' 등 현실적인 질문이 떠오릅니다. 이 소설을 설명하는 글이나 주장하는 글로 보면 전혀 다르게 인식합니다. 빠진 정보는 없는지, 믿을 만한 정보인지, 나한테 필요한 정보인지, 어떤 전략으로 전달하는지 등을 확인하게 되죠.

말하는 사람이 메시지를 어떤 방식으로 설명하는지를 알면 메시지를 이해하기 쉽고, 어떤 방식으로 주장하는지를 알면 판단하기 쉽

271

습니다. 사용하기 좋은 몇 가지 전략을 살펴볼게요.

무슨 직업을 선택할지 어떻게 목표를 세워야 할까? 여기서 우리는 세 가지 요소를 고려해야 한다. 첫째, 장기적으로 스스로 만족감을 가져야 한다. 둘째는 자신의 역량, 셋째는 시장이다. 세 가지 요소 모두 중요하다.

– 대니얼 T. 윌링햄,『공부하고 있다는 착각』

이 글에서는 중요한 키워드를 나열해서 설명합니다. 이때는 첫째, 둘째, 셋째로 짚어준 부분들을 잘 챙기면 돼요. 길게 설명되었을 때도, 첫째를 읽고 다음에 셋째를 만나면 다시 뒤로 돌아 둘째를 찾아 주목해야 합니다. 이 요소들은 같은 등급의 중요도라고 생각하세요.

심리상담은 내담자가 스스로 해결할 수 있도록 돕는데, 그러기 위해서는 자신의 존재를 받아주고(수용), 마음을 알아주며(공감), 자기 생각을 정리(자기일치)하는 단계를 거쳐야 합니다.

– 야마네 히로시,『HEAR(히어)』

위와 똑같이 키워드를 나열한 구조 같지만 조금 다릅니다. 이번에는 시간의 순서가 중요해요. 1단계 수용, 2단계 공감, 3단계 자기일치의 순서가 바뀌면 안 됩니다. 시간의 순서나 장소의 이동 등 단계적으로 진행되는 흐름이 중요한 경우는 반드시 그 순서대로 체크해야합니다.

무엇인가를 해야 한다는 강박관념인 네고티움을 내려놓고, 아무것도 하지 않는 여유인 오티움이 바캉스의 개념이 되어야 한다. 모든 분주함과 성과에서 벗어나야 진정한 바캉스다.

－ 로랑스 드빌레르,『모든 삶은 흐른다』

비교와 대조는 가장 자주 사용하는 설명 전략 중 하나입니다. 이 글은 두 대상의 차이점을 바탕으로 명확하게 개념을 구분합니다. '네고티움'은 강박관념, '오티움'은 아무것도 하지 않는 여유. 서로 정반대의 개념을 동시에 설명하고, 지향하는 부분을 강조합니다. 또 공통점을 바탕으로 설명하는 경우도 많아요. 축구와 농구를 설명한다고 했을 때, 둘 다 단체로 공을 가지고 하는 스포츠라는 점은 공통점이죠. 반면에 주로 사용하는 신체가 발과 손으로 다른 것은 차이점입니다. 이렇게 정리하면 축구와 농구의 성격이 명확하게 구분됩니다.

지금의 MZ세대는 가치관의 변화 때문에 '향상심'이라고 표현하는 '더 많이, 더 빨리, 더 크게 가지려고 하는 욕구' 자체가 줄어들 수밖에 없다. 이렇게 되면 소위 혁신은 상대적으로 제한된다.

－ 정태익 외,『머니 트렌드 2023』

원인과 결과의 전략은 어떤 요소가 서로 영향을 주고받았는지 관계를 분명하게 파악해야 합니다. 이 글에서는 세 가지 요소가 서로의 원인과 결과가 됩니다. MZ세대의 가치관 변화(원인) → 향상심이 줄어듦(결과), 향상심이 줄어듦(원인) → 혁신이 제한됨(결과). '~때문에', '~

이유로'와 같은 표현이 자주 활용됩니다.

여기서 한 발 더 나아가면 문제와 해결의 전략이 보입니다. '혁신이 제한된 문제 상황을 해결하기 위해 창업센터에 대한 지원을 확장해야 한다'라고 하면 '혁신이 제한됨(문제) → 창업센터 지원 확대(해결)'의 구조를 만들 수 있어요. 이처럼 글의 전략과 구조를 파악하면 이해도 쉽게 됩니다. 나무를 보다가 숲을 보다가 다시 나무를 보면 맥락 이해와 함께 이해도가 높아집니다.

 20초 대화의 감각이 깨어나는 시간

비문학은 기본적으로 지식과 정보를 전달하는 글입니다. 어떤 지식을 전달하고 있는지, 그 지식이 믿을 만한지, 그 지식을 어떻게 전달하고 있는지를 확인하는 과정이 필요해요. 그리고 글의 전략과 구조를 파악하면 더 효율적으로 저자의 의도를 이해해서 나의 지식으로 만들 수 있습니다. 대표적으로 예시, 나열, 비교와 대조, 시간과 공간의 순서, 원인과 결과, 분류와 분석, 문제와 해결 등이 있어요.

나만의 구조화

직접 운영하고 있는 독서 모임에서 매월 모임 일정을 공지합니다. 주로 날짜 순서대로 모임을 공지해요. 사람들도 저의 '순서' 전략대로 이해할 줄 알았습니다. 하지만 댓글을 보고 몇몇 사람들은 제공된 전략과 다르게 받아들인다는 것을 알게 되었어요. 모임 사람들은 각자의 요구사항대로 재구조화해서 인지하고 있었습니다. 그 과정을 볼게요.

안녕하세요. 1월 모임 공지할게요. 1월 12일 일요일 아침 7~9시 『분실물이 돌아왔습니다』 온라인 독서 모임 진행합니다. 1월 23일 목요일 저녁 8~9시 칼럼 독해 모임 진행합니다. 1월 26일 일요일 11~13시 『B주류경제학』 오프라인 독서 모임 건대역 카페에서 진행합니다. 신청자는 블로그 비밀 댓글로 성함과 연락처, 신청 모임명 남겨주세요. 감사합니다.

저는 시간 순서대로 1월 12일 → 1월 23일→ 1월 26일, 날짜별로 정리해 정보를 전달했습니다. 이대로 이해한 사람은 블로그 댓글에 모임 신청 댓글을 달 때도 날짜부터 적어요. 예를 들어, '1월 12일 『분실물이 돌아왔습니다』 모임 참여하겠습니다', '1월 26일 『B주류경제학』 모임 참여하겠습니다' 이런 식으로 댓글을 달죠. 이렇게만 이해하고 댓글을 남겨도 훌륭합니다. 나아가 내용을 자기화해서 구조화하는 사람들도 있어요.

본인을 중심으로 온라인 모임인지, 오프라인 모임인지에 더 관심이 많은 사람들이 있습니다. 지방에 살아서 서울 오프라인 모임에 참여하지 못하니 관심이 없는 사람들이 있고요. 또 온라인 모임은 카메라가 어색해서 직접 만나는 대면 모임을 선호하는 사람들이 있어요. 이런 분들은 온라인이냐, 오프라인이냐를 우선 적어요. 예를 들어 '오프라인 독서 모임 참여합니다'라고 간단하게 다는데, 오프라인 모임은 하나뿐이니 이해가 됩니다. 또 '온라인 책 모임 참여할게요', '온라인 일요일 모임 참여할게요'와 같이 댓글을 남기기도 합니다.

다음은 평일인지, 주말인지가 중요한 사람들입니다. 평일에는 직장 때문에 참여하기 힘든 분들은 주말 모임만 애타게 기다리죠. 또 주말에 육아 때문에 참여하기 힘든 분들은 평일이 오히려 자유롭다고 합니다. 그렇게 본인의 사정에 따라 신청 댓글을 답니다. 예를 들어 '평일 모임 참여할게요'라고 댓글을 달아도 평일 모임이 하나뿐이니 이해가 돼요. '주말 온라인 모임 참여할게요'라고 신청하는 것도 같은 맥락일 것입니다. 제가 전달한 방식과는 다르지만 나름 정리가 되어 있죠.

마지막으로는 텍스트 종류에 따라 호불호가 있는 분들입니다. 『B 주류경제학』 읽고 싶었던 책인데?', '책은 읽을 시간이 없는데 칼럼 모임이 부담 없고 좋더라' 등의 선호도에 따라 신청합니다. 이런 분들은 『B주류경제학』 모임 신청합니다', '칼럼 모임 신청합니다' 등으로 간단하게 이야기합니다. 시간과 장소의 제약보다 콘텐츠 자체에 집중한 분들이죠. 이렇게 자신의 상황을 중심으로 재구조화해서 말하는 현상이 참 흥미롭죠?

학교 다닐 때 공부 잘하는 친구들의 교과서나 노트를 빌렸는데,

그만큼 효과를 보지 못하는 경우가 있지 않았나요? 오히려 정리한 내용이 낯설어서 혼란스럽지 않았나요? 친구네 집에 가서 냉장고를 열었는데 뭐가 뭔지 하나도 찾지 못했던 경험은 없었나요? 모두 '자기화된' 정리라서 그렇습니다. 자신에게 알맞은 방식으로 저장한 것이죠. 우선 1차적으로는 메신저의 구조와 전략을 이해하고, 2차적으로는 자신에게 맞는 방식으로 재구조화하는 것이 장기기억으로 가는 지름길입니다. 자기화된 지식은 더욱 오래가니까요.

20초 대화의 감각이 깨어나는 시간

처음에는 다른 사람의 전략과 구조를 모방하고 참고합니다. 특히 메신저의 전략을 알아채는 과정이 중요하죠. 그러면서 조금씩 자신에게 맞는 스타일을 찾고 자기화된 방식으로 기록합니다. 그렇게 자기만의 구조화 방법을 찾으면 지식을 습득하고 꺼내고 활용하는 데 효율을 높일 수 있어요. 자신만의 성향과 우선순위를 고려한 정리이기 때문입니다. 이러한 자기화 기록은 나만의 콘텐츠를 새롭게 기획하는 데 큰 도움이 됩니다.

7단계

문해력 기초가 잡혔나요?

① **다음 단어를 활용하여 예문을 만들고, 유의어도 적어볼까요?**

좇다: 목표, 이상, 행복 따위를 추구하다

쫓다: 어떤 대상을 잡거나 만나기 위하여 뒤를 급히 따르다

_____

_____

② **다음 배경지식을 담은 책과 영화를 찾아볼까요?**

시간적 배경지식	공간적 배경지식	인물 배경지식

③ 다음 문장을 문학적 상상력을 동원해 이야기로 만들어볼까요?

하나도 풀지 않은 올해 EBS 수능특강 문제집 팝니다.

_____

_____

_____

_____

_____

④ 지금까지 읽은 내용 중 가장 도움이 된 내용을 기록해 보세요.

_____

_____

_____

_____

_____

_____

이거 맞아? 진짜야?

티빙에서 하는 드라마 〈LTNS〉에서 '어복쟁반'이라는 말이 나왔습니다. 며느리가 간만에 자기만의 시간을 보내고 있는데, 시어머니가 '어복쟁반이 먹고싶다'고 해서 어쩔 수 없이 집으로 복귀하는 장면이었어요. 그때 '어복쟁반'이 무엇일까 궁금증이 들었지만, 긴박한 사건 전개에 따로 찾아보지는 못했습니다. '그런 음식이 있구나' 정도로 머릿속에 남았습니다.

그 이후에 어쩌다 회사에서 회식 장소를 정하는 막중한 임무를 맡게 되었어요. 평소 맛집이라고는 찾아다니지도 않고, 가던 곳도 줄이 있으면 나와버리는 저에게는 시련에 가까운 임무였습니다. 그러다 옆자리에 앉은 동료에게 도움을 청했고, 주변 맛집들을 전수받았습니다.

추천받은 맛집 중에 '어복쟁반' 가성비 맛집이 있었어요. TV에도 소개된 곳이며 오랫동안 인정받은 곳이라고 했습니다. 무엇보다 메뉴 자체에 대한 궁금증이 막 샘솟았어요. 과거에 해결하지 못한 호기심이 발동해 적극적으로 추론했어요. '어'가 들어가니까 당연히 '생선'이 들어간 음식이고, 쟁반 위에 있으니 회와 비슷한 비주얼이 아닐지 짐작했습니다. 하지만 입 밖으로 꺼내기는 민망해서 머릿속에서 상상의 나래를 펼치며 경청했어요.

충격적으로 '어복쟁반'에는 생선이 들어가 있지 않았어요. 물고기 '어魚'가 아니었습니다. 쇠고기 샤부샤부 비슷하다고 하더라고요. 너무 당황스러웠지만 큰 내색은 하지 않고 열심히 검색했어요. 한국민속대백과사전에 따르면 '소반만 한 큰 쟁반에 국수 만 것을 사람 수대로 벌여놓고 쟁반 한가운데에 편육 담은 그릇을 들여놓은 다음 여럿이 둘러앉아 먹는 음식인 어복장국 또는 어복장국을 담는 쟁반'이라고 되어 있었어요. 그래도 쟁반은 맞았습니다. 어복은 소의 뱃살인 '우복'에서 나온 말이라고 합니다. 이러니 좀 이해가 되죠.

이런 새로운 지식을 혼자 알고 있기 아깝지 않습니까. 절친한 친구에게 슬쩍 물었습니다.

나   어복쟁반이 뭔지 아니?

친구   그럼, 알지! 내가 옛날에 요리 게임 했었는데 거기서 만들었어.

나   오, 진짜? 어떻게 만들어?

친구   복어 있잖아. 얇게 썰어서 쟁반 위에 깔면 돼.

나	……그 배 빵빵한 복어? 그거 비싸다던데.
친구	응. 그래서 엄청 고급 요리잖아.
나	……그거 독 있지 않아?
친구	응. 그래서 무슨 왕실 음식이라고 하던데.
나	……그렇구나. 그 게임 재밌었어?
친구	응. 어릴 때는 열심히 했지. '천하일품 요리왕'이었나?
나	……그렇구나. 나중에 먹으러 가자.
친구	너 생선 좋아하나? 알았어, 그럼.

우선 매끄럽게 대화가 진행되는 동안 생각했습니다. 한번 먹어봐야 끝나는 게임이겠구나. 불필요한 논쟁으로 사이가 멀어지느니 따뜻한 전골 국물을 먹으면서 스스로 깨닫도록 하고 싶었어요. 그리고 음식점에서 친구는 어복쟁반의 정체를 알게 되었습니다. 적반하장으로 왜 알면서도 바로 고쳐 말하지 않고 그냥 듣고 있었냐고, 나를 바보 취급했었냐고 날뛰었어요. 그리고 게임 속에서 직접 만들었다는 그 요리는 '복어회'로 수정했습니다. 게임은 진짜 했다고 하더라고요. 심성이 나쁜 친구는 아니라 악의적인 거짓말을 하지는 않습니다. 그냥 착각한 것이죠. 이런 일은 사실 꽤 자주 발생합니다. 그렇게 그 친구의 세 번째 굴욕적인 에피소드를 만들었습니다. 친구가 오 씨라서 '오복쟁반 사건'이라고 명명했습니다.

듣는 사람은 말하는 사람의 메시지가 사실인지 아닌지 확인할 의무가 있습니다. 친구의 말을 듣고 '어복쟁반'을 생선요리라고 생각했다가는 언제 한번 큰 망신을 당할 수 있어요. 지금처럼 허위 정보가 판치는 시대에는 더욱 주의해야 합니다. 여기서도 나오는 사실 확인을 위한 3대 수칙! 첫째, 출처를 명확히 확인한다. '친구야, 너는 그 정보를 어디서 얻었어?'라고 물을 수 있어야 합니다. 둘째, 정보 간에 비교하고 점검한다. 친구의 말을 100% 신뢰할 수 없으니 다른 친구에게 또 묻거나 검색합니다. 모두가 어복쟁반이 생선요리라고 말한다면 신뢰도가 올라가겠지만, 서로 다른 정보가 나왔을 때는 경계해야겠죠. 셋째, 공유하기 전에 한 번 더 생각한다. 적어도 혼자 알고 있으면 피해를 최소화할 수 있죠. 허위 정보 유포자가 되는 길만은 막아야 합니다.

━━━ ✚ 20초 대화의 감각이 깨어나는 시간 ✚ ━━━

어떤 정보를 들었을 때 '사실이야?', '진짜야?'라는 질문은 수시로 던져야 합니다. 특히 숏폼 콘텐츠로 빠르게 다양한 정보를 얻는 요즘, 검증할 시간적 여유도 없이 믿어버리곤 해요. 1차적으로 정보를 얻으면 우선은 보관하는 마음으로 가지고 있다가, 검증 후 다음 단계로 넘어가는 연습을 해야 합니다.

비판적 질문이 만우절을 이긴다

잠자기 전 누워서 숏폼 콘텐츠를 보다가 놀랐습니다. 〈빠더너스

BDNS)라는 채널에 나왔던 아이유가 AI 기술을 활용한 가짜 영상이라는 내용이었어요. 모션 캡처 기술을 통해 대역 배우가 연기를 하고, 아이유의 영상을 입힌 딥페이크 결과물이라는 비하인드 스토리였습니다. 1분이 안 되는 시간 동안 전과 후를 흥미롭게 보여줬어요. 그때 마침 인공지능 관련 교육에 대한 강의를 준비하고 있던 터라 내용이 솔깃했습니다. 아주 따끈따끈한 자료를 보여줄 수 있겠다고 생각하고 저장했어요.

4월 2일 밤에 그 자료를 급하게 받아놓고, 4월 3일 강의를 떠났습니다. 시간이 빠듯했던 터라 점심에 간단히 햄버거를 먹으며 문제의 아이유 영상 원본을 찾아 헤맸습니다. 1분짜리 영상은 굉장히 자극적이고 흥미로웠지만, 그것만으로 메시지를 전달하기는 아쉬웠어요. 실제로 어떤 식으로 기술을 적용했는지 알고 싶었습니다.

'아이유와 오지 않는 당신을 기다리며'라는 영상이 일주일 전에 올라와 있었고, '오당기 아이유 편 비하인드 공개합니다'가 4월 1일 만우절에 올라와 있었습니다. 그러니까 이것은 오래전부터 계획된 콘텐츠였어요. 영상 제목 자체가 '오지 않는 당신을 기다리며'라고 해서 아이유 외에도 다양한 연예인을 딥페이크 영상으로 만들어 촬영하는 기획일지 추론해 봤습니다. 오지 않는 연예인들을 가짜로 만들며 기다린다는 의미라고 짐작했죠. 그럴듯한 기획이라고 혼자 끄덕거리며 채널을 탐색했습니다.

그렇게 저는 150만 조회 수가 넘는 '아이유와 오지 않는 당신을 기다리며' 영상을 봤어요. 영상과 함께 댓글을 보는데 인터뷰한 아이유와 문상훈의 진정성에 대한 칭찬 댓글이 가득했습니다. 미리 숏폼 영상으로 영상의 실체를 확인한 저는 생각했죠. '이거 AI인지도 모르고, 다들 아주 오버하는 댓글을 달았구만! 나중에 이불 킥하는 거 아닌지 몰라!' 그렇게 30분이 넘는 영상을 다 보고 나서 AI 기술이 정말 장난이 아니라고 감탄하며 이어서 2분이 좀 넘는 비하인드 스토리를 봤습니다.

영상을 보며 다양한 의문이 들었습니다. '30분을 설명하기엔 너무 짧은데?', '목소리는 어떻게 한 거지?', '조명이 조금 다른 거 같은데?', '문상훈 씨 표정도 좀 다른데?' 등 여러 의문점이 들었습니다. 혹시나 해서 댓글을 봤는데, 댓글에서는 뜨거운 토론이 이루어지고 있었습니다. 영상 속 아이유가 진짜인가, 이 모션 캡처 기술의 비하인드 스토리가 진짜인가, 매트릭스의 빨간 약과 파란 약에 버금가는 혼란이라는 내용이었어요. 또 만우절 기념이라고 속아주는 연기를 하는 댓글도 많아서 진상을 알아내기가 쉽지 않았습니다.

결론은, 영상 속 인물은 실제 아이유가 맞았습니다. 아이유의 일정에 빠더너스 채널 촬영 안내가 있었다고 해요. 만우절에 올라온 그 비하인드 스토리 영상 자체가 거짓부렁이었어요. 그냥 2분짜리 영상을 따로 찍어서 올린 것이었습니다. 소름이 돋았어요. 제가 이 전체 영상을 보지 않고 강의 때 이야기했으면 어땠을까요? 허위 정보를 널리 유포한 사람이 되는 것은 한순간입니다. 일회성 강의라 오해를 풀어줄 수도 없으니, 사회적 매장을 당할 수도 있었을 일입니다. '비판적 사고를 강조하는 문해력 강사, 만우절 딥페이크 영상에 속아 공무원들에게 거짓 정보 퍼뜨리다.' 다행히 뼛속까지 내재화된 팩트 체크 정신으로 위기를 넘겼습니다. 그 정신을 담아 비판적 사고를 자극하는 질문을 정리해 볼게요.

Q 글쓴이의 주장이나 의견은 타당한가?
→ AI로 만들었다는 비하인드 스토리는, 현대의 딥페이크 기술로 충분히 가능함.
→ 한 개그맨의 채널에서 그만한 정성과 비용으로 딥페이크 기술을 사용할지는 의문임.
→ 아이유와 같은 유명 연예인이 그 채널에 등장하는 것이 오히려 이상하다는 의견도 있음.

Q 글쓴이가 제시하는 근거가 믿을 만한가?
→ 2분짜리 비하인드 스토리 영상은 원본 30분과 연결하기에는 내용이 부족함.
→ 비하인드 스토리 영상과 원본 영상의 다른 점이 곳곳에서 발견됨.
→ 마지막에 강아지 딥페이크 영상을 활용한 것, 'This is comedy'라는 말을 볼 때 자료의 신빙성 떨어짐.

Q 글쓴이는 믿을 만한가? 어떤 의도가 있지 않은가?
→ 개그맨이라 믿을 수 없다.
→ 만우절이라 더 믿을 수 없다.
→ 결국 유튜브……. 화제성을 얻고 조회수도 얻을 수 있다.

책이라고 하면 많은 사람이 좀 더 믿을 만한 콘텐츠라고 생각합니다. 일반적으로는 그렇지만, 모든 것을 다 검증한 상태에서 책이 나오지는 않아요. 제대로 된 검증 시스템이 구축되지 않은 곳도 많고, 다 사람이 하는 일이라 누락되는 경우도 많습니다.

얼마 전에 한 북토크를 다녀왔습니다. 그 책은 한 나라의 정치, 역사, 종교, 문화 전반적인 내용을 다룬 교양서였어요. 한 권으로 한 나라를 훑어보는 책이라 '넓고 얕은 지식'을 표방하는 콘셉트였죠. 그때 종교인 한 분이 날카로운 질문을 했어요. 본인이 알고 있던 종교 역사와 책에 소개된 내용이 다른데, 책에 있는 내용은 무엇을 바탕으로 적었느냐고 물었어요. 순간 분위기는 조금 경직됐지만, 날카로운 독자의 시각이 인상 깊었습니다. 항상 전문가는 더 전문가를 만났을 때 움츠러들게 되니까요.

꾸준히 나오는 논란 중 하나가 저자의 허위 이력입니다. 이승화 작가는 엄청난 사람이라고 포장합니다. 그리고 그 근거로 사업에 성공해서, 돈을 잘 벌어서, 기부를 많이 해서 등을 이야기해요. 방송도 나오고 여기저기 언론에 소개됩니다. 그럼 독자들은 그의 생각과 삶이 궁금해서 책을 구매하고 읽습니다. 하지만 나중에 그 이력이 전부 허위였다고 밝혀지는 경우가 종종 있어요. 그 사람의 이력을 제대로 검증하고 확인하지 않은 채 책을 출판한 것이죠. 누구도 이런 오류를 피하기 쉽지 않기 때문에 날카로운 비판적 사고를 갖고 말하는 사람과 그의 메시지를 수용해야 합니다.

비판적 사고는 우직함을 요구합니다. 짧은 콘텐츠 속에 있는 내용만으로는 검증할 수 없어요. 여러 자료를 찾고, 확인하는 과정 속에서 좀 더 날카로운 사고를 하게 됩니다. 주장의 타당성, 근거의 신뢰성, 더 나아간다면 말하는 사람의 인성까지도 꾸준히 확인합니다. 매번 모든 사실을 꼼꼼히 검증할 수는 없더라도 물음표를 던지는 연습은 꾸준히 해야 합니다.

질문으로 문맥 점검하기

직장 내 커뮤니케이션은 특히나 빠른 속도로 오가기에 문맥 파악이 까다롭습니다. 빠르게 오고 가요. 순간 방심하면 어리바리하다는 소리를 듣기 쉽죠. 말하는 사람은 함축적으로 생략해서 말하고, 듣는 사람은 알아서 척척 빈칸을 메우며 들어야 할 때가 많아요. 여기서 정신 바짝 차리고 끊임없이 질문해야 합니다. 실제 상황과 매우 흡사한 예시를 살펴볼게요.

고대리 안녕하세요. 이 과장님. 저번에 말씀하신 신메뉴 출시 관련해 보고드립니다. 앱 푸시 알람이 갈 예정인데요, 그 문구를 세 가지 준비했습니다.

제목: 봄 햇살처럼 빛나는 봄의 시작!

내용: 상큼한 과일에 초코를 얹은 스무디와

　　　행복이 팍팍 자라나는 신메뉴 출시!

②안

제목: 여보세요! 똑똑! 신메뉴가 왔나 봄!

내용: 봄바람 타고 온 행복 가득 상품 메뉴가 등장!

　　　산뜻한 과일이 담긴 스무디와 티/라떼까지! 두둥!

③안

제목: Have a nice day!

내용: 톡톡 튀는 비주얼에 한 번, 달달함에 두 번 놀랄 거예요.

　　　행복을 담은 신메뉴가 오늘 나왔습니다! 지금 구경 고고!

이 과장　3안 내용 괜찮네요. 제목에 좀 더 행복 가득함을 전해
주면 어떨까요? 계절의 특성이 잘 드러나게 바꿔주세요.

고 대리　수정본 보내드립니다.

Have a nice 봄봄 day!

톡톡 튀는 비주얼에 한 번, 달달함에 두 번 놀랄 거예요.

행복을 담은 신메뉴가 오늘 나왔습니다! 지금 구경 고고!

이 과장 '봄 햇살처럼 빛나는 봄의 시작!', 이걸로 갑시다. 중간에 이모티콘도 팍팍 넣고요.

이렇게 피드백을 받은 고 대리는 어떻게 수정해야 할까요?

첫째, 처음 1안으로 돌아간다.

봄 햇살처럼 빛나는 봄의 시작!
상큼한 과일에 초코를 얹은 스무디와
행복이 팍팍 자라나는 신메뉴 출시!

둘째, 기존 3안에 1안 제목을 조합한다.

봄 햇살처럼 빛나는 봄의 시작!
톡톡 튀는 비주얼에 한 번, 달달함에 두 번 놀랄 거예요.
행복을 담은 신메뉴가 오늘 나왔습니다! 지금 구경 고고!

제목만 바꾸라는 건지, 아래의 내용까지도 전부 바꾸라는 건지 오락가락하는 분들이 있을 수 있어요. 말하는 사람이 내용을 생략했기 때문입니다. 누군가는 이게 왜 헷갈리느냐고 할 수도 있지만, 이 과장의 말에는 중요한 부분이 생략돼 있습니다. 채워 넣어볼까요?

이 과장 3안 내용 괜찮네요. (내용은 확정되었고, 제목만 바꾸면 되겠어요!) 제목에 좀 더 행복 가득함을 전해주면 어떨까요? (제목만) 계절의 특성이 잘 드러나게 바꿔주세요. '봄 햇살처럼 빛나는 봄의 시작!', (제목만) 이걸로 갑시다. 중간에 이모티콘도 팍팍 넣고요.

이렇게 명확히 말해주었다면 둘째, 1안과 3안의 조합형으로 수정하면 됩니다. 하지만 빠르게 진행되는 업무 대화에서는 이렇게 친절하게 지시하는 상사를 보기가 힘듭니다. 결국 듣는 사람이 눈치껏 상사의 의도를 맞혀야 하죠. 그래서 우리는 꾸준히 질문하고 추론해야 하는 것입니다. '앞에서 내용은 괜찮다고 했으니, 안 고쳐도 되겠지?', '제목은 아이디어까지 제공했으니 수정해야겠지?', '계절의 특성이 잘 드러나게 하라고 하는 건, 제목의 행복 가득함과 이어지는 건가?' 우선 속으로 다양한 시뮬레이션을 돌려봅니다. 그리고 자신 있다면 이걸 바탕으로 유추해요.

하지만 모든 추론이 잘 맞을 수는 없기에, 미심쩍을 때는 확인하는 습관이 필요해요. 속으로 생각했던 내용을 메신저에게 질문합니다. 상사가 짜증을 내더라도, 확인하지 않고 엉뚱한 결과물을 가져가는 상황보다는 낫습니다. '내용은 확정하고, 제목만 수정하면 될까요?', '3안 내용에 1안 제목을 넣으라는 말씀인가요?', '네, 알겠습니다. 3안 내용에 1안 제목 넣겠습니다' 식으로 명료하게 말의 의도를 확인하는 질문을 하고 반응을 보는 겁니다. 혹자는 왜 말을 두 번 하게 하냐며 핀잔을 줄 수도 있지만, 확실한 게 좋습니다.

가장 피해야 할 것은 일명 '뇌피셜'입니다! 특히 내가 1안이 더 낫다고 생각하고 있을 때 위험합니다. 머릿속에 1안이 최고다, 내가 미는 안이다, 라는 생각이 가득할 때는 제목과 본문 내용을 함께 가져올 수 있습니다. 속으로는 '역시 1안이 좋구나! 1안이 선택되어서 다행이다!' 이런 생각이 들 수 있어요. 그럼 1안의 제목만 가져오자는 의도가 모두 가져오자는 말로 들리기 시작합니다. 이렇게 1안으로 모두 바꾼 수정안을 가져가게 되고, 제목만 가져오라는 상사의 피드백을 제대로 반영하지 못했다고 혼날 수 있어요.

객관과 주관을 분리하는 연습이 중요합니다. 메신저가 전달하고자 하는 메시지와 나의 주관적인 감상과 생각을 분리합니다. 메신저의 메시지를 최대한 그대로 이해하려 노력하고, 그다음에 나의 생각을 덧붙입니다. 그래야 동문서답이 되지 않습니다.

 20초 대화의 감각이 깨어나는 시간

집중력이 많이 짧아진 시대이기에 긴 문맥을 단번에 이해하기 힘들 수 있습니다. 그럴 때 대화를 추적한다는 마음으로 단계적으로 되짚어 보는 습관을 익혀보세요. 그리고 중간중간 선택의 기로에 섰을 때는 점검하고 질문하는 방법도 필요합니다. 대화 중간 길에 잘못 들면 뺑뺑 도느라 고생할 수 있어요. 조금 힘들더라도 확실하게 이해하려는 태도가 좋습니다.

목표에 맞게
전략적으로

읽어도 남는 게 없다면

읽어도 남는 게 없어서 고민이라는 이야기를 많이 듣습니다. 유튜브만 봐서 머리가 나빠진 것 같다고 한풀이를 하는 사람들도 있고, 자꾸 딴 생각이 나서 글자가 눈에 안 들어온다는 사람도 있습니다. 그럴 때마다 저는 다시 물어요. "무엇을 남기고 싶나요?" 그럼 명확히 대답하기 힘듭니다. 내용을 오래 기억하고 싶다거나 지혜가 쌓였으면 좋겠다거나, 재미를 느끼고 싶다는 이야기도 나옵니다.

그때 다시 물어요. "잘 읽는다는 것이 무엇일까요?" 사람마다 떠올리는 그림이 다릅니다. 한 달에 몇십 권씩 읽는 다독가를 떠올리기도 하고, 어려운 책을 줄줄이 읽고 통찰력을 뽐내는 지식인을 그리기도 해요. 또는 푸근한 인상을 가진 건강한 태도의 인격체를 상상합니다. 유명한 독서가 중 원하는 모습이 있나요?

독서 교육에서는 '평생 독자 육성'을 목표로 합니다. 책을 친구 삼아 평생 함께하는 사람이면 충분해요. 꼭 무언가를 남기지 않아도, 똑똑해지지 않아도, 지속 가능한 책 읽기를 응원합니다. 어려서부터 독서 습관을 중요하게 생각하는 이유입니다. 하지만 갈증이 좀 남죠? 성숙한 독자, 능숙한 독자는 전략적 읽기를 합니다. 상황에 따라, 나의 수준에 따라, 책에 따라 읽기 목적을 세우고 이를 달성하기 위해 전략적으로 접근해요. 그러니 하나의 방법으로 모든 책을 읽는 것이 아니라, 여러 가지 방법을 익히고 활용해야 합니다.

전략적 읽기의 첫 단계로 추천하는 방법은 '줌 아웃-줌 인 전략'이에요. 처음에는 책을 통째로 한 번 훑어 읽기를 합니다. 줌 아웃의 상태로 숲을 보며 대충 감을 잡는 과정이에요. 간단히 책을 파악하고 원하는 내용은 있는지, 난이도는 어느 정도인지, 어떻게 읽으면 좋을지 전략을 구상합니다. 중요한 부분만 가려내서 읽을지, 내용 전체를 속독할지, 천천히 음미하며 읽을지를 선택할 수 있어요. 그리고 줌 인을 해서 나무를 보는 과정을 거치며 읽습니다. 이 과정에서 책의 목차와 머리말은 좋은 가이드가 됩니다.

천 리 길도 한 걸음부터! 작은 목표를 세우고 이뤄나가는 연습부터 합시다. 우선 지금 느끼는 갈증을 들여다봐요. 그 필요에 따라 대응하는 방법이 다릅니다. 운동으로 비유하면, 팔근육을 키우고 싶은데 하체 운동을 하면 효율이 떨어지겠죠. 단련하고 싶은 부위에 맞는 밀착 운동법이 있어요. 물론 전신운동도 있고, 몸 전체에 영향을 미치겠지만 원하는 근육이 생기기까지는 시간이 오래 걸립니다. 장기전보다 속도전에 강한 도파민 인류를 위해 맞춤형 읽기 방법과 점검법을 알아볼게요.

빠르게 많이 읽고 싶을 때

회사에서 속독 프로그램을 연구한 적이 있습니다. 시험을 보는 수험생들은 항상 시간이 부족하기 마련이죠. 짧은 시간 안에 빨리 읽고 문제를 풀 수 있다면 좀 더 여유롭게 실력을 발휘할 수 있습니다. 그래서 요즘도 학교에서나 회사에서, 혹은 재미로 독서 속도 테스트를 해보는 경우가 많습니다. 디지털 읽기 도구들이 발달하면서 자연스럽게 1분에 몇 글자를 읽는지 결과치를 얻을 수 있어요. SNS에서 성인들의 독서 속도 테스트가 잠시 유행하기도 했지요.

시험을 보지 않더라도 숏폼과 1.5배속 영상에 익숙한 도파민 세대에게 속도는 민감한 부분이에요. 읽고 싶고 보고 싶고 즐기고 싶은 것은 많은데, 시간은 한정적이니까요. 그런 분들은 중요한 부분을 뽑아내서 읽는 발췌독이 유용합니다. 성공적인 발췌독을 위해서는 목차와 친해져야 합니다. 목차를 길잡이 삼아 여행해야 하니까요. 처음부터 뚜렷한 목표가 있을 때는 그 목적에 적합한 부분을 목차에서 찾으면 됩니다. 대학생을 대상으로 콘텐츠 기획, 퍼스널브랜딩에 대해 강의할 때는 뚜렷한 목적이 있기 때문에 책 한 권을 통으로 추천하는 것이 아니라 '책『미디어 읽고 쓰기』의 제5장 창의적 미디어 쓰기, 그 장에서 05 퍼스널브랜딩 실천하기'를 읽으라고 콕 집어 말하곤 합니다. 책만 추천하면 1장부터 읽다가 포기하는 사람들이 있을 수 있거든요. 완독을 힘들어하는 사람들에게 유용한 방법이기도 합니다.

발췌독이 아니라 전체를 빨리 읽고 싶어 하는 분들도 있어요. 우선 배경지식이 많아지면 글이 잘 읽히고 쉽게 이해되어 진도가 술술 나갑니다. 알아서 속도가 붙어요. 같은 분야의 비슷한 주제를 다룬 지식정보 책 세 권을 연속으로 읽어보세요. 그리고 한 권당 읽은 속도와 시간을 비교해 보세요. 저도 처음 재테크 관련 책을 읽을 때는 시간이 오래 걸렸어요. 하지만 여러 권을 읽다 보니 책에서 나오는 어휘, 패턴, 예시들이 익숙해져 점차 빠르게 읽을 수 있었습니다. 그 과정을 직접 느껴보면 배경지식의 빈익빈 부익부가 무엇인지 알 수 있어요.

기능적으로 읽는 속도를 조절하고 싶을 때는 시간과 분량을 확인해야 합니다. 책마다 난이도가 다를 수 있으니 같은 책에서 10분에 몇 페이지 정도 읽는지 확인해요. 같은 10분 동안 읽는 페이지가 점점 늘어나는 것이 느껴지면 성공입니다. 달리기 경주나 수영에서 시간 기록을 계속 확인하는 것과 같은 원리예요. 숫자를 직접 눈으로 보면 느낌이 달라지고 목표 의식이 생긴답니다.

이와 같은 과정이 익숙해지면 나중에는 스스로 읽은 책의 권수 통계도 쌓아나갈 수 있어요. 이번 달에 몇 권을 읽었는지, 올해 몇 권을 읽었는지 가볍게라도 기록하며 분량을 확인합니다. 출판사나 독서를 독려하는 문화가 있는 기업에서는 33권 챌린지, 100권 챌린지 등의 이벤트도 많이 하는데, 초기 독서 근육을 만들 때 유용해요. 대신 기록 때문에 책을 대충 읽는 습관이 들지 않도록 주의합니다.

발췌독은 목차를 보고 필요한 것을 명확히 찾아 읽어야 만족도
가 높습니다. 내가 원하는 것을 찾고 목차를 꼼꼼히 살펴 그 내
용이 어떤 목차에 있을지 발견하는 연습을 해보세요. 속독은
꾸준히 기록하고 흔적을 남긴 후 확인해야 합니다. 게임할 때
경험치가 눈에 보여야 레벨업을 위해 노력하게 되는 원리예요.
눈에 보이는 경험치와 효율적인 독서를 위해선 몰입이 필수입
니다. 시간이 단축되는 즐거움, 완독한 책 수가 늘어나는 뿌듯
함을 느껴보세요.

핵심을 파악하고 오래 기억하고 싶을 때

책에서 알아야 하는 것은 결국 글의 핵심입니다. 그리고 핵심을 파악
하는 가장 좋은 방법은 요약이지요. 더 중요한 것과 덜 중요한 것을
구분해서 계속 골라내는 과정이에요. 처음에는 열 줄로 요약했다가,
다음에는 다섯 줄로 요약했다가, 그다음에는 세 줄로 요약하는 방식
으로 단계적 훈련을 합니다. 마지막은 한 줄 요약으로 끝냅니다. 이렇
게 줄여나가면 직접 선택과 집중, 판단의 과정을 계속 해볼 수 있기
때문에 좋은 훈련이 됩니다.

책 한 권을 요약하기 부담스러울 때는 목차별로 요약하는 방법도
좋습니다. 목차가 흥미로운 『B주류경제학』으로 예를 들어볼게요. 해

당 목차를 내용 중심으로 요약하는 겁니다.

CHAPTER 1 콘텐츠

출판　　늘 불황이지만 사라지진 않는 기묘한 책들의 세계

웹툰　　콘텐츠의 대홍수 속에서 웹툰이 살아남는 법

음악 엔터 엔터 글로벌 시장으로의 퀀텀 점프 대성공! 그다음은?

팝업　　팝업스토어 주류 브랜드로 올라서는 관문이 되다

　↓

CHAPTER 1 콘텐츠

출판　　보존이 필요한 문화 자산? 화석 비즈니스에 혜성처럼 등장한 독서 플랫폼

웹툰　　종주국 대한민국의 위상! 회·빙·환으로 성장하고 IP 확장하는 블록버스터 기대!

음악 엔터 취향의 파편화, 차트의 재편! 그리고 아날로그의 반격? 춘추전국시대!

팝업　　힙한 동네를 넘어 백화점과 팝업 스토어의 만남. MZ와 SNS, 그리고 명품의 연결고리.

이렇게 키워드별로 요약하면 출판, 웹툰, 음악 엔터, 팝업, 패션, 웰빙, 명품, 뷰티, 캠핑, 항공, 러닝, 스포츠, 페스티벌, 베이커리, 와인, 라면, 커피, 디저트. 총 18개의 키워드, 18줄의 정리가 가능하죠. 이 내용을 챕터별로 요약하면 콘텐츠, 스타일, 여가, 음식, 네 줄로 가능합니다. 마지막으로 전체 책 한 권을 한 줄로도 요약할 수 있겠죠. '우리

가 즐기는 취향 속 경제와 트렌드를 읽는 책'이라고 말입니다.

오래 기억하는 방법도 같은 맥락이에요. 스스로에게 계속 질문하고 확인합니다. '독서 퀴즈', '독서 골든벨'과 같은 문답형 게임을 진행해 보며 기억을 자극할 수 있어요. 누군가의 물음에 반응하다 보면 머릿속에 있는 내용을 다시 한번 정리하게 되고 기억이 활성화됩니다. 『친애하는 슐츠 씨』를 읽고 나서는 '슐츠 씨가 누구였지?' 스스로에게 질문해 봐요. 누군가가 질문해 주면 좋겠지만, 질문하지 않더라도 혼자서 되새김질합니다. '아! 〈피너츠〉에 흑인 아이 캐릭터를 그려넣은 유명 만화가지' 이렇게 기억을 자극해요. 여기서도 목차를 활용하면 좋아요. 목차를 단서 삼아 계속 내용을 떠올리는 것이지요.

'세상의 모든 멜라니들'

ⓠ 멜라니가 누구였지?

ⓐ 똑똑한 흑인 여학생인데 경제적 문제로 공부하지 못한 이야기였어.

'여자 옷과 주머니'

ⓠ 여자 옷과 주머니에 어떤 의미가 있었지?

ⓐ 여자 옷에는 주머니가 작거나 없는데 그게 남자와의 역할 고정관념에서 비롯된 것이라고 했어!

목차가 선명하지 않은 문학의 경우는 구성 요소를 활용해 질문하면 유용해요. '주인공이 누구였지?', '언제, 어디를 배경으로 했지?', '어떤 사건이 있었지?', '결말이 전하는 주제는 뭐였지?' 사소한 내용 같지만 기억력을 활성화할 때는 모두 도움이 됩니다. 이미 읽었던 내용을 꺼내는 셈이니, 좋은 자극이 돼요. 그래서 저는 소설을 읽은 후 인물 구조도를 그리고 사건 전개도도 그리면서 내용을 정리하기도 해요.

책을 다 읽은 후에 목차와 다시 대화를 나눠요. 혼잣말처럼 들리겠지만, 책과 하는 상호작용입니다. 내용이 기억나지 않으면 그때 다시 책을 읽으며 정리하면 돼요. 빨리 다른 책으로 넘어가고 싶은 마음을 참고, 되새김질의 기쁨을 느껴보세요. 정말 기억이 안 난다면 다시 읽으면 됩니다.

20초 대화의 감각이 깨어나는 시간

학생 때는 시험을 봅니다. 누군가 문제를 내고 확인하고 피드백을 줍니다. 그 과정을 스스로 할 수 있으면 가장 좋아요. 계속 질문하고 대답하고 스스로 피드백하고 다시 확인해요. 선생님이 과제를 주지 않아도 글을 요약하고 지인에게 책을 소개해보세요. '그게 뭐였지?'라는 질문에 쉽게 포기하지 않고 기억을 활성화하며 생각을 자극해요.

깊은 재미와 감동을 느끼고 싶을 때

책을 읽고 눈물을 흘린 적이 있나요? 강의 중에 이런 질문을 하면 다양한 반응을 만나요. 쑥스러워하며 손을 드는 분도 있고, 책 읽고 왜 우냐고 다시 묻는 분도 있어요. 그럴 때 저는 책 읽고 우는 것은 소중한 능력이고 경험이라고 말합니다. 글에 진심으로 공감하고 이입해야 가능한 귀한 순간이라고요. 저도 한 달에 한 번은 책 읽다 우니까요.

반면에 당연한 걸 왜 묻냐고 의아해하는 분들도 있습니다. 이런 분들은 책은 머리가 아니라 마음으로 읽는 것이라고 해요. 책의 내용을 기억하지 못해도, 핵심을 파악하지 못해도, 책을 음미하는 순간 즐거웠으면 충분하니까요. 책의 내용은 잘 기억이 안 나도 그때의 감동은 생생하게 떠오르기도 합니다. 대표적으로 늦깎이 시인인 제 어머니가 그렇습니다.

어머니는 같은 고전 명작 소설을 읽어도 제가 꼬치꼬치 내용을 캐물을 때 시큰둥하게 '느낌 좋았어. 그 캐릭터 멋있었어. 풍경 묘사 아름다웠어'라고 정서적 반응을 합니다. 기억이 나면 좋고, 기억나지 않으면 어쩔 수 없다며 다시 찾아볼 생각을 굳이 하지 않죠. 그래도 꾸준히 글을 읽고 눈물을 흘리거나 웃기도 합니다.

깊은 재미와 감동을 느낄 수 있는 방법 중 하나는 과몰입이에요. 저래도 되나 싶을 정도로 인물들에 감정을 이입하고 상황에 몰입하며 이야기에 흠뻑 빠져 읽습니다. 드라마나 예능 프로그램에 과몰입한 사람들의 반응과 같아요. 특정 분야나 사람을 열성적으로 좋아하게 되어 '덕질'하면서 기쁨을 느끼는 사람들도 마찬가지죠. 그 몰입의 순간 자체를 즐깁니다. 마술쇼를 보아도 마술 그 자체를 즐기는 사람이 있고, 마술의 속임수를 찾기 위해 분석하는 사람이 있죠. 후자에 비해 전자가 마술의 신기함에 빠져 놀라움을 느낄 수 있습니다.

다음은 나의 경험과 연결 짓는 방법이에요. 『참 괜찮은 태도』는 저자가 인터뷰한 많은 사람들의 이야기를 담은 에세이입니다. 책에 나오는 할머니 사연을 보면 우리 외할머니의 모습이 떠오르고, 부족한 아버지의 모습에서 우리 가족이 떠오릅니다. 힘들어하는 청년의 모습을 보고는 친구들을 떠올리죠. 호스피스 병동의 이야기를 읽으면 몸이 아픈 누군가와도 공감할 수 있을 것 같은 마음이 들어요. 이런 연결고리가 감정을 증폭하고 재미와 감동을 불러옵니다. 하지만 그 사람들을 나와 거리가 먼 사람이라고 생각하면 감동이 줄어들죠. 금방 사랑에 빠지는 사람들의 인생은 훨씬 더 풍요롭습니다.

 20초 대화의 감각이 깨어나는 시간

재미와 감동을 느낄 수 있는 태도, 자세를 생각해요. 팔짱 끼고 시큰둥하게 앉아 있는 사람과 초롱초롱한 눈망울로 화면에 빠져들듯 앉아 있는 사람 중 누가 더 작품에 몰입할 수 있을까요? 경험과 배경지식을 활성화해 연결고리를 만들어봐요. 공감하고 이입하고 몰입할 대상을 열심히 찾아 헤매는 거죠. 그리고 마음껏 과몰입하며 웃고 울어보세요.

삶에 적용해야
진짜 읽기

인풋과 아웃풋은 하나다

인풋과 아웃풋은 하나다! 항상 강조하는 말입니다. 아웃풋을 내놓는
과정에서 자신의 인풋을 점검하고 상태를 진단하며 이후의 아웃풋
에 더 정교한 피드백을 해주기도 하니까요. 아웃풋은 '인형 뽑기'의 과
정과 비슷해요. 제 나름의 체크리스트를 공유합니다.

첫째, 괜찮은 인형들이 있는가? 이는 어휘력과 배경지식과 연결됩
니다. 기존에 깔려 있는 인형들이 멀쩡해야 꺼내고 싶은 마음도 생깁
니다. 매력적인 인형들이 없으면 집게가 공중만 떠돌다 시간이 끝나
요. 우리가 아웃풋을 내는 과정에서도 기반이 되는 어휘력과 배경지
식이 충분해야 합니다.

둘째, 정리가 잘 되어 있는가? 이는 자기화, 구조화와 연결됩니다.
아무리 마음에 드는 인형이 있어도 다른 인형들에 둘러싸여 깊숙한

곳에 처박혀 있으면 꺼내기 힘들어요. 정갈하게 정리가 잘 되어 있어야 꺼내기 좋습니다. 머릿속에도 구조화가 잘 되어 있어야 필요할 때 쉽게 꺼낼 수 있어요.

셋째, 목적이 뚜렷한가? 이는 목적의식과 대상에 대한 고려입니다. 전반적으로 깔려 있는 인형들의 질을 확인하고, 잘 정리되어 있는지 살펴본 후에 명확한 표적을 정합니다. 목적의식이 분명할수록 대상을 구체화할 수 있고, 대상에 맞는 적절한 아웃풋을 내놓을 수 있어요. 항상 말하는 사람-메시지-듣는 사람의 관계를 염두에 두어야 합니다.

마지막, 집게에 힘이 있는가? 이는 결국 경험에 대한 이야기입니다. 손으로 따지면 근육인데 이 근육은 많이 훈련할수록 활성화되죠. 고기도 먹어본 사람이 먹고, 골도 넣어본 사람이 넣고, 집게도 집어본 집게가 집습니다. 결국 아웃풋을 많이 낼수록 근육이 발달되어 더 수월하게 아웃풋을 낼 수 있게 돼요. 그래서 '다시 말하기' 활동이 중요합니다. 내가 이해한 내용을 다시 누군가에게 설명하는 거예요. 본인이 제대로 이해하지 못하면, 남도 이해시키기 힘드니까요. 매 순간 강의를 준비하면서 더 똑똑해지는 저를 느낍니다. 이를 '러닝바이티칭 Learning by teaching'이라고도 해요. 가르치는 활동을 통해서 더 배운다는 뜻이죠. 아웃풋과 인풋의 관계는 상호보완적입니다.

이렇게 아웃풋에 대해서 강조하면, 많은 분이 실천하기 힘들다고 해요. 분명히 알고 있던 내용인데도 막 꺼내려고 하면 기억이 나지 않는다고 하소연하는 사람들도 있어요. 책만 덮으면 기억이 다 사라진다고 걱정합니다.

그럴 때 앞서 소개한 '유의미 학습법'과 함께 '연결고리 읽기 방법'을 추천합니다. 내가 지금 읽고 있는 부분이 개괄적인 주제와 어떻게 연결되어 있는지 생각하는 겁니다. 앞에서 '인형 뽑기' 이야기는 왜 했을까요? '인풋과 아웃풋은 하나다'라는 주제를 말하기 위해서입니다. 그럼 이 주제의 상위 주제는 무엇일까요? '삶에 적용해야 진짜 읽기다'입니다. 그럼 이 주제의 상위 주제는 무엇일까요? '본격 읽기 돌입, 문맥 제대로 파악하기'입니다. 이런 식으로 상위 주제, 하위 주제의 연결고리를 파악하며 읽는 거예요. 거시적인 시각과 미시적인 시각을 오가며 읽으면 시야가 넓어집니다. 전자책을 읽을 때도 수시로 위에 나와 있는 목차를 확인하고, 종이책을 읽을 때도 페이지 번호 옆에 쓰인 상위 챕터를 자주 확인하면 좋습니다.

마지막으로 '내면화 읽기 방법'입니다. 책을 읽고 1인칭으로 된 질문을 만들어요. 예를 들어 '내 삶에 어떻게 적용할 수 있을까?', '만약 나라면 어떻게 했을까?', '나는 이 주제에 대해 어떻게 생각하는가?' 등의 질문이 있겠죠. 실제로 저는 어떤 책이든 1%라도 배울 점이 있다는 마음으로 읽습니다. 내 생각과 너무 다른 것 같고 시간이 아깝다고 할지라도 한 가지 정도는 의견을 들어주자는 마음으로 책을 읽어요. 섣불리 판단해서 밀어내지 않고 작은 자극이라도 받고자 합니다. 그런 마음으로 읽으면 좀 더 건질 내용이 많습니다. 평론가 입장에서는 1점을 주더라도, 일반 독자 입장에서는 본전 뽑는 게 이득이니까요. 손해 보는 장사를 하지 않는 장사꾼이라고 생각하세요. 그런 의미에서 단계적으로 삶에 적용하는 과정을 나눠보겠습니다. 적용하는 방법은 실제 적용한 사례를 보는 것이 최고거든요.

인풋과 아웃풋은 깊은 관련이 있습니다. 둘을 하나로 인식하고, 인풋하면 자동으로 아웃풋이 따라온다고 생각하세요. 음식을 먹으면 소화하고 화장실에 가는 것처럼요. 그러니 유의미 학습 전략과, 연결고리 전략을 활용해서 인풋을 정교화합니다. 이후 평론가 마인드보다 장사꾼 마인드로 아웃풋을 적극적으로 내서 본전 뽑을 생각을 하세요.

1단계. 책 읽고 바로 활용하기

지금은 강의를 하며 많은 사람을 만나지만, 사실 저는 대문자 I입니다. 완전히 내향적인 성격이라서 낯도 많이 가립니다. MBTI가 유행하기 전부터 저는 I 유형이란 것을 알았고, 관련된 책을 읽으며 공감하곤 했어요. 그러던 제가 회사에서 사내 교육을 맡게 되었습니다. 연구개발팀이니 직접 만든 콘텐츠를 선생님들에게 교육하면 어떨지, 가장 잘 아는 사람이 해야 하지 않을지 등의 의견들이 모아졌죠. 윗분들의 의견을 따를 수밖에 없는 직원이었어요.

팀원들 모두 책상에 얌전히 앉아서 연구하던 사람들이라 강의에 대한 부담이 컸어요. 그때 팀원들과 함께 『강의력』이란 책을 읽고 연구했습니다. 실전에 바로 투입되어야 하니 동기 부여가 꽉꽉 됐어요.

이 책의 저자는 직접 강의도 하고, 강사도 육성하고 있었어요. 가장 인상 깊었던 내용은 여섯 살 아이도 이해할 수 있도록 설명하라는 내용이었습니다. 연구 개발을 하면서 저는 이 콘텐츠의 전문가가 되었지만, 다른 사람은 그렇지 않아요. '지식의 저주'라는 말도 있는데, 나의 지식이 오히려 소통을 어렵게 한다는 의미입니다. 다들 나만큼 알고 있다고 오해할 수 있으니까요. 그래서 처음 강의를 듣는 분들의 눈높이에 맞게 내용을 구성하는 것이 특히 중요했습니다. 쉽게 이해할 수 있는 내용으로 원고를 재구성했어요. 그리고 혼자 떠들지 말고 청중과 함께 소통하라는 부분을 읽고 가볍게 참여할 수 있는 질문들을 곳곳에 넣었어요. 혹시나 아무도 대답해 주지 않으면 어쩌나 두려워서 막아뒀던 소통의 틈새가 작은 질문들로 열리기 시작했어요. 추가로 적절하게 손짓 활용하는 법, 무대를 넓게 쓰는 법 등의 꿀팁이 담겨 있었습니다. 책을 읽고, 함께 무대에서 리허설하며 팀원들이 서로 피드백도 해주며 책에서 배운 내용을 잘 활용하려고 노력했어요. 유튜브에 나와 있는 저자의 강의 영상을 찾아서 보고 따라 하기도 했습니다. 좋은 경험을 여기까지 이끌고 와서 지금은 강사로서의 삶도 살고 있어요. 막막했던 분야지만 책을 읽고 잘 접목한 결과입니다.

문해력은 결국 새로운 내용을 배우고 접목하며 나의 것으로 만드는 능력이에요. 새로운 시대에 적응하는 중요한 힘입니다. 일을 하면서 대학생 때 배운 지식 이상으로 많은 지식을 습득해요. 그때 가장 큰 도움을 줄 수 있는 지식의 체계가 책입니다. 책과 함께 평생 학습하겠다는 마음가짐으로 이를 통해 얻은 지식들을 삶에 계속해서 적용해 보세요.

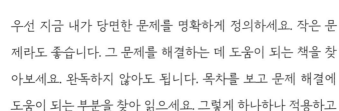

우선 지금 내가 당면한 문제를 명확하게 정의하세요. 작은 문제라도 좋습니다. 그 문제를 해결하는 데 도움이 되는 책을 찾아보세요. 완독하지 않아도 됩니다. 목차를 보고 문제 해결에 도움이 되는 부분을 찾아 읽으세요. 그렇게 하나하나 적용하고 효과를 보면 독서를 계속하게 될 겁니다. 성공적인 독서 경험을 꼭 만나보세요.

2단계. 가치관 정립하기

1단계가 행동으로 곧장 적용하는 단계라면, 2단계는 심리적인 태도에 영향을 미치는 과정입니다. 항상 마음에 새기는 말 중에 '정서의 바다에 인지의 배를 띄워라'가 있습니다. 쉽게 말하면 똑똑한 머리도, 안정적인 마음도 모두 중요하다는 말이에요. 배의 성능이 좋지 않으면 당연히 갈 길이 멀겠죠. 그래서 우리는 빠르게 효과를 볼 수 있는 '배 성능 높이기'에 힘을 쏟습니다. 하지만 정서의 바다가 불안정하면 배가 아무리 성능이 좋아도 목표까지 나아가지 못합니다. 대신 순풍이고 바다가 잔잔하면 배는 저절로 목표를 향해 나아가요. 열심히 자기계발해서 성능 좋은 배를 만들어도 단 한 번의 폭풍으로 배가 뒤집힐 수도 있어요. 그러니 항상 정서적 안정도 생각해야 합니다.

자기 삶에 등대가 되어줄 책을 읽고 스스로 기대하는 바를 이루

고 있는지 자문해 보길 추천해요. 한국사회에서는 스스로에게 기대
하는 삶은 무엇인지 고민할 기회가 별로 없어요.

책을 읽는다고 해서 바로 눈에 보이는 효과가 나타나지는 않을
거예요. 도파민 자극에 익숙한 사람들이 독서를 힘들어하는 이
유 중 하나입니다. 태도의 변화란 그렇습니다. 꿀팁이란 게 존
재하지 않는 영역이니, 마음의 여유를 갖고 두드려보세요. 조급
함이 없어야 정서의 바다를 다스려줄 책을 만날 수 있어요. 그
책과 메시지, 감동은 마음속에 평생 남습니다.

3단계. 새로운 것 창조하기

연구개발팀에서 처음 직장 생활을 시작하면서 다양한 프로그램을 개
발하게 되었습니다. 분명 의미 있는 경험이었지만 오롯이 창조한다는
느낌을 받을 수는 없었어요. 아웃풋은 결국 하나의 결과물을 만들어
내는 것인데, 그 부분에 대해 아쉬움과 갈증이 있었습니다. 그때 나만
의 콘텐츠를 만들고 결핍이 해소가 됐어요. 시간은 많이 들지만, 보람
차고 뿌듯한 경험을 하게 되고 더 역동적인 삶을 살게 되었습니다. 이
렇게 책을 읽고 실체가 있는 결과물을 만드는 과정은 큰 의미가 있어

요. 글쓰기, 책 쓰기, 콘텐츠 기획하기, 발명하기, 사업하기 등 창조의 과정은 삶을 좀 더 주체적으로 만들어줍니다.

오래전부터 알고 있던 친구들은 역동적인 삶을 꾸려나가는 제 모습에 놀라기도 합니다. 예전에는 그렇게 에너지 넘치는 스타일이 아니었거든요. 여러 도전을 통해 얻은 용기를 구체화한 것이 바로 개인 명함입니다. 개인 명함에는 소속된 회사명을 적지 않고, 그 외 모든 '부캐'를 담았어요. 이처럼 자신을 드러낼 개인 명함을 만들어보세요. 마음속에만 있는 작은 용기가 삶을 변화시킬 수 있어요.

20초 대화의 감각이 깨어나는 시간

책을 읽는 행위 자체가 궁극적인 목표는 아닙니다. 결국 책을 통해 어떻게 살아가면 좋을지, 주체적이고 행복한 삶을 만들어갈 수 있는지에 대한 고민이 이어져야 합니다. 조급해할 필요는 없지만 읽기의 궁극적인 가치에 '창조'란 키워드는 꼭 새겨두길 바랍니다. 그 키워드가 여러분의 읽기를 더 정교하고 풍요롭게 만들어줄 테니까요.

8단계

문해력이 완성됐나요?

① 가장 최근에 읽은 책을 바탕으로 질문을 만들어볼까요?

_____

_____

_____

_____

_____

_____

② 내가 생각하는 '잘 읽는다는 것'은 무엇인가요? 잘 읽기 위해 어떤 노력을 해볼지 적어보세요.

_____

_____

_____

_____

_____

_____

③ 삶에 적용하는 읽기의 경험을 단계별로 나눠 적어볼까요?

읽고 행동에 옮긴 경험?

_____

_____

_____

읽고 태도가 바뀐 경험?

_____

_____

_____

읽고 무언가를 창조한 경험?

_____

_____

_____

④ 이번 4장에서 다룬 내용 중 가장 도움이 된 내용을 기록해 보세요.

_____

_____

_____

_____

_____

_____

_____

_____

_____

소소하고 확실한 대화력 상승 Tip

마인드맵으로
생각 정리하기

책을 읽고 정리하는 다양한 방법 중 마인드맵을 소개하려고 해요. 마인드맵은 생각을 시각적으로 구조화해 나타내기 때문에 직관적 소통에 익숙한 도파민 인류에게 적합합니다. 책을 중심으로 핵심 키워드나 카테고리를 적고 세부 가지로 뻗어나가면 책의 내용을 한눈에 담을 수 있어요. 빼곡하게 꽉 채우는 것보다 뼈대만 남긴다는 마음으로 그려나가는 것을 추천해요. 단, 지도는 다른 사람이 봐도 이해가 돼야겠죠?

다 그림으로 나타낼 수는 없으니 최대한 단순하게 그려보세요. 얼핏 간단하게 느껴질 수 있지만, 복잡하지 않게 핵심만 추려내는 일도 보통이 아닙니다. 그렇게 요약하고 덜어내고 도식화하는 과정에서 중요한 내용과 덜 중요한 내용을 수없이 판별해 낼 수 있습니다. 이렇게 책을 정리하는 사이 우리의 머릿속도 체계적으로 구조화될 거예요. 머릿속에 넣을 나만의 지도를 그린다고 생각하세요.

마인드맵은 상위 주제와 하위 주제를 어떻게 설정하느냐에 따라 같은 책이라도 그림이 달라집니다. 중심 주제를 비문학 책으로 했을 때, 그 하위 주제를 목차로 하는 방법이 있어요. 챕터별로 중요한 내용을 적으며 확장해 나가면 저자의 의도에 맞는 책의 지도가 완성돼요. 앞에서 목차를 보고 한 줄로 정리한 내용을 시각적으로 표현한다고 생각하면 됩니다.

문학 책의 경우, 구성 요소인 인물-사건-배경을 하위 주제로 설정하는 방법이 있어요. 인물별로, 사건별로, 시간과 공간별로 정리하는 것이죠. 반드시 모두 담을 필요는 없고, 책마다 강조되는 부분을 살려도 돼요. 특히 인물의 관계도를 그리고, 인물의 성격을 정리하면 작품 속 캐릭터들을 한눈에 파악할 수 있어요. 이에 더해 작품에 묘사된 인물의 생김새를 그려 넣으면 직관적으로 바로 인식할 수 있어서 좋아요.

책의 목차나 작품의 구성 요소를 중심으로 분류하는 방법이 저자의 의도와 텍스트의 핵심 메시지를 파악하기 좋다면, 나의 기억과 감상을 중심으로 키워드를 새로 설정하는 방법도 있어요. 특색 있는 나만의 생각 지도를 그려 마음껏 뻗어나갈 수 있는 장점이 있습니다.

예를 들어, 『소크라테스 익스프레스』는 저자가 기차 여행을 하며 열네 명의 철학자에 대해 이야기하는 책이에요. '새벽-정오-황혼'으로 챕터를 나눠 이불 밖으로 나오는 순간부터 죽음에 이르는 주제를 다룹니다. 이를 목차대로 정리하면 책의 하위 주제로 '새벽, 정오, 황혼'을 정하고 해당 챕터의 철학자들로 확장하며 뻗어나갈 수 있습니다. 해와 달을 그려 넣어 시간의 흐름을 추가로 표현할 수도 있어요.

다른 방법으로는 책의 흐름을 따르지 않고, '생각, 행동, 감정'으로 나눠서 정리하는 방법도 있죠. 새로 정한 카테고리에 따라 열네 명을 재배치해요. 열네 명의 철학자를 모두 다룰 필요 없이 선정한 주제에 맞게 일부만 정리할 수도 있습니다. 책의 내용을 재구성해 나만의 마인드맵으로 만듭니다.

꾸미기를 좋아하는 사람은 색깔별로 알록달록하게 이미지를 구현하며 만족감을 느끼기도 합니다. 그래서 여럿이 한 책을 읽어도 다양한 마인드맵이 탄생해요. 다른 사람들의『소크라테스 익스프레스』마인드맵을 보면 저자의 기차 여행을 모티브로 해서 기차를 그린 작품도 있고, 해가 뜨고 지는 과정을 그린 작품도 있습니다. 실제 철학자들의 모습을 그리거나, 힘들면 사진을 출력해서 마인드맵에 붙일 수도 있어요. 이런 시각화가 마인드맵의 매력입니다.

마인드맵 작품들을 모아 전시하기도 합니다. 보기 좋은 마인드맵이 기억도 잘 되는 법이에요. 시각적으로 연출하고 기획하고 구성하는 능력도 함께 자랍니다. 디지털 마인드맵 도구도 종종 활용하는데, 편리하게 정리하고 쉽게 공유할 수 있는 장점이 있어요. 이런 마인드맵만 모아도 좋은 독서 포트폴리오가 됩니다.

막힌 귀가 뚫리고
흐린 눈이 맑아지길

'읽기는 대화다', '모든 것은 읽을거리다'라는 말을 자주 합니다. 읽기 코칭전문가로 활동하면서 일상생활 속 문해력에 많은 관심을 갖고 듣기와 읽기의 관계에 대해 깊이 고민했어요. 요즘 사람들, 도파민 인류에게 필요한 문해력 수업을 연구한 결과 '막힌 귀'와 '흐린 눈'은 깊은 관련이 있었습니다. 청각과 시각은 결국 연결된 감각이고, 우리는 이 감각을 정교한 수업으로 다듬어 향상시킬 수 있습니다. 대화의 감각이 읽기와 쓰기, 직장 업무, 생활 태도에도 전이될 것이라 믿어요. 마지막으로 칭찬하고 싶은 대화의 장면을 소개할게요.

4살 아이 여보세요~

아빠　　여보세요.

4살 아이 지금 어디야?

아빠　　일하고 있지. 밥은 먹었어?

4살 아이 응.

아빠 뭐하고 먹었어?

4살 아이 밥이 없어서 빵 먹어.

아빠 아……. 밥이 없어서 빵 먹었어?

4살 아이 아빠 쌀이 왜 떨어졌어? 쌀이?

아빠 차에……. 사과?

4살 아이 아니, 쌀이 왜 떨어졌냐고?

아빠 뭐가 떨어졌냐고?

4살 아이 아니 쌀! 말귀를 왜 못 알아들어?

아빠 뭐라고?

4살 아이 말귀를 왜 못 알아듣냐고. 그럼 더 크게 해? 귀를 뚫어!
빨리~

아빠 어, 다시 한번 얘기해 줘 봐.

4살 아이 왜 쌀이 다 떨어졌어?

아빠 아~ 쌀이 왜 떨어졌냐고?

4살 아이 응.

아빠 돈이 없어가지고 못 시켰어. 쌀을.

4살 아이 쌀이 안 떨어지게 해야지.

아빠 알았어. 다음부터는 쌀이 안 떨어지게 아빠가 잘 준비
해 놓을게.

4살 아이 응.

아빠와 아이의 귀여운 전화 통화 영상을 각색한 내용이에요. 이

짧은 전화 통화에 대화의 본질이 모두 담겨 있습니다. 조금 부정확한 발음의 아이지만, 그 아이의 메시지를 잘 이해하기 위해 아빠는 귀를 쫑긋 세워요. 그런 아빠의 노력으로 성공적인 대화가 되었어요. 아빠는 말하는 사람을 어린아이라고 무시하지도 않고, 발음이 부정확하다고 탓하지도 않습니다. 있는 그대로 집중해서 들으려고 노력해요. 안 되면 대충 넘어갈 법도 한데 '다시 한번 더' 부탁하며 대화 의지를 보여줍니다.

이처럼 제대로 이해하고자 하는 의지, 상대방에 대한 존중이 있어야 진정한 소통으로 나아갈 수 있어요. 각고의 노력 끝에 말을 제대로 이해한 아빠는 아이에게 친절히 이유를 설명합니다. 최종 감동 포인트는 마지막입니다. 아기가 한 말을 다시 한번 정리해서 들려주며 확실한 매듭을 짓습니다. 영혼 없는 '넵무새'와 다른 반응이에요. 배울 점이 참 많은 대화입니다.

도파민 인류는 이전으로 돌아가기 힘듭니다. 이미 편리함과 즐거움에 익숙해졌기 때문이에요. 지금 이 순간, 도파민 인류에게 맞는 해결책을 찾아야 해요. 특정 단어를 몇 개 모른다고해서 문해력이 낮고도, 어휘력이 높다 해서 문해력이 높다고도 할 수 없습니다. 실질적인 문해력을 키우기 위해서는 일상 속 소통에 주목해야 합니다. 많은 사람이 문해력 때문에 겪는 고통의 뿌리에는 말과 글에 담긴 맥락을 파악하는 데 어려움이 크다는 점이 있었고, 이를 해결하기 위해 노력했어요.

눈에는 눈! 이에는 이! 문해력 논란의 중심인 숏폼 콘텐츠를 역으로 활용해 교육 자료로 삼았습니다. 이 자료들이 즐거움과 유익함을 동시에 드렸기를 바랍니다. 이제 여러분에게 숏폼 콘텐츠는 단순한 오락거리가 아니라 학습의 장이 될 수 있어요. 만나는 콘텐츠, 소소한 채팅, 커뮤니티 대화 하나하나가 도파민 인류를 위한 문해력 수업입니다. 이 책과 함께 일상에서 짧지만 강렬한 문해력 습관을 만들어 나가길, 그렇게 누구와도 즐겁고 편안하게 대화하길 응원합니다.

정홍수 지음,『대화의 정석』, 피카, 2023.

류재언 지음,『대화의 밀도』, 라이프레코드, 2023.

이상각 지음,『잘될 수밖에 없는 대화법』, 비바체, 2023.

김범준 지음,『귀를 열면 대화가 달라진다』, 유노북스, 2019.

오수향 지음,『모든 대화는 심리다』, 유노북스, 2019.

피터 버고지언·제임스 린지 지음, 홍한결 옮김,『어른의 문답법』, 윌북, 2021.

구니타케 다이키 지음, 혜원 옮김,『듣기는 어떻게 삶의 무기가 되는가』, 반니라이프, 2020.

임정민 지음,『어른의 대화법』, 서사원, 2022.

야마네 히로시 지음, 신찬 옮김,『히어 HEAR』, 밀리언서재, 2023.

이승화 지음,『읽어도 읽은 게 아니야!』, 시간여행, 2023.

김윤나 지음,『말의 시나리오』, 카시오페아, 2022.

김윤나 지음,『말 그릇 (50만 부 기념 에디션)』, 오아시스, 2017.

히키타 요시야키 지음, 송지현 옮김,『어른의 말센스』, 더퀘스트, 2023.

리 매킨타이어 지음, 노윤기 옮김,『지구가 평평하다고 믿는 사람과 즐겁고 생산적인 대화를 나누는 법』, 위즈덤하우스, 2022.

한철우 지음,『거시적 독서 지도』, 역락, 2011.

김주환 지음,『교사를 위한 독서교육론』, 우리학교, 2019.

이승화 지음,『나를 중심으로 미디어 읽고 쓰기』, 시간여행, 2021.

정옥년 외 4인 지음,『다면적 읽기능력 진단 검사』, 학이시습, 2020.

매리언 울프 지음, 전병근 옮김,『다시, 책으로』, 어크로스, 2019.

나오미 배런 지음, 전병근 옮김,『다시, 어떻게 읽을 것인가』, 어크로스, 2023.

최소희·이승화 지음,『독서에도 교육이 필요하다면』, 인풍, 2020.

한우리독서문화운동본부 지음,『독서교육의 이론과 실제 1,2』, 스푼북, 2022.

조병영 지음,『읽는 인간, 리터러시를 경험하라』, 쌤앤파커스, 2021.

김성우·엄기호 지음, 『유튜브는 책을 집어삼킬 것인가』, 따비, 2020.

조병영 외 6인 지음, 『읽었다는 착각』, EBS BOOKS, 2022.

정재승 지음, 『열두 발자국』, 어크로스, 2023.

세이노 지음, 『세이노의 가르침』, 데이원, 2023.

김병규 지음, 『호모 아딕투스』, 다산북스, 2022.

김보경 지음, 『낭독은 입문학이다』, 현자의마을, 2014.

팀 페리스 지음, 박선령·정지현 옮김, 『타이탄의 도구들』, 토네이도, 2022.

전광진 지음, 『우리말 한자어 속뜻 사전』, 속뜻사전교육출판사, 2021.

최인철 지음, 『아주 보통의 행복』, 21세기북스, 2021.

장재형 지음, 『마흔에 읽는 니체』, 유노북스, 2022.

대니얼 T. 윌링햄 지음, 박세연 옮김, 『공부하고 있다는 착각』, 웅진지식하우스, 2023.

로랑스 드빌레르 지음, 이주영 옮김, 『모든 삶은 흐른다』, 피카, 2023.

정태익 외 6인 지음, 『머니 트렌드 2023』, 북모먼트, 2022.

김혜정 지음, 『분실물이 돌아왔습니다』, 오리지널스, 2024.

이재용·토스 지음, 『B주류경제학』, 오리지널스, 2024.

박상현 지음, 『친애하는 슐츠 씨』, 어크로스, 2024.

심윤경 지음, 『나의 아름다운 정원』, 한겨레출판, 2024.

박지현 지음, 『참 팬찮은 태도』, 메이븐, 2022.

최재웅 지음, 『강의력』. 폴앤마크, 2013.

에릭 와이너 지음, 김하현 옮김, 『소크라테스 익스프레스』, 어크로스, 2021.

도파민 인류를 위한 대화의 감각

막힌 귀가 뚫리고 흐린 눈이 맑아지는 문해력 수업

1판 1쇄 인쇄 2025년 1월 3일
1판 1쇄 발행 2025년 1월 10일

지은이 이승화
발행인 박현진

본부장 김태형
책임편집 한미리
기획팀 이지향 고혜원 박지수
책임마케팅 송지민
마케팅 정진아 김수현 이유림
디자인 MALLYBOOK 최윤선 오미인 조여름
일러스트 까꿍 @sally07065
제작 세걸음

펴낸 곳 ㈜밀리의 서재 출판등록 2017년 1월 5일(제2017-000008호)
주소 서울특별시 마포구 양화로45, 20층(서교동 메세나폴리스 세아타워)
메일 contents@millie.town
홈페이지 http://www.millie.co.kr

ISBN 979-11-6908-423-9 (03800)